Bruno Schmidt

Der Tote im Backhaus

Roman

Impressum:

Kückelheim 11, 57392 Schmallenberg
www.woll-verlag.de
Lektorat: Jeanine Hunold
Umschlaggestaltung:
GLADE - Medienmacher seit 1886
Gedruckt in Europa
Mai 2021

ISBN 978-3-948496-28-9

Hundesossen im Sauerland

Die Handlungen, Behauptungen und Namen dieses Buches sind rein fiktiv und frei erfunden. Ähnlichkeiten mit lebenden oder verstorbenen Personen sind nicht beabsichtigt und wären rein zufällig. Nur einige Erinnerungen, Orte und historische Daten sind real, erinnern an den Heimatort des Autors und sind in diesen fiktiven Roman eingewoben worden.

Die Landschaftsfotos und die Sage vom Goldstein entstammen der Website www.lenne.de

Vorgeschichte – Der Rabe des Köhlers

Die Jahre nach dem 2. Weltkrieg in Deutschland wurden geprägt durch Wirtschaftswachstum und stetig wachsende Lebensqualität. Auf dem Lande spürte man die letzten Kriegstage und den völligen Zusammenbruch nicht so hart wie in den Metropolen und Städten. Auch ein kleines Dorf im Sauerland kam mit seinen annähernd hundert Einwohnern mit dem Schrecken davon, als die Amerikaner es eroberten. Aber mit den Todesnachrichten von neun gefallenen Söhnen im Dorf zog die Trauer in fast jedes Haus ein.

Der Zufall führt den Erzähler dieser Geschichte, der in den Nachkriegsjahren in diesem Dorf aufgewachsen ist, dreißig Jahre später wieder in die letzten Tage des Weltkriegs zurück. Alte Erinnerungen werden wach und seine Nachforschungen sowie sein Wissensdrang bringen immer mehr Geheimnisse hervor, die er erst viel später mit diesem Buch offenlegen kann.

So erfahren wir, wie der Köhler die letzten Kriegstage damals gemeinsam mit seinem Sohn hoch oben im Wald neben seinem rauchenden Meiler erlebt. Unten im Dorf bereiten sich die Bewohner auf die Eroberung des Sauerlands durch die Amerikaner vor. Vater und Sohn werden plötzlich in den Krieg hineingezogen, dem sie oben am Berg eigentlich entgehen wollten.

Eines Tages entdeckt der gezähmte Rabe des Köhlers den verletzten, abgeschossenen US-Piloten Edward Richmond. Die beiden Köhler pflegen und verstecken ihn in einer Höhle in ständiger Angst, die SS könnte ihnen auf die Schliche kommen. In dieser Zeit lernt Edward auch die Ziegenhüterin des Dorfs kennen. Neun Monate nach Kriegsende wird sie Mutter einer Tochter, Hedi. Sie wächst im Dorf ohne Vater auf und ist eine Jugendfreundin von Michael. Als sie erfährt, was man ihrer Mutter in den letzten Kriegstagen angetan hat, verlässt sie mit zwanzig Jahren das Dorf und kommt nie wieder zurück. Wie der Zufall es will, deckt Michael die Geschichte auf und macht den ehemaligen Piloten in Atlanta, USA ausfindig. Dort lebt er zusammen mit seiner Tochter Hedi.

Nach dem Tod von Edward schreibt Michael diese wundersame Geschichte nieder und veröffentlicht sie, damit die Dorfbewohner erfahren, was damals mit der verschollenen Hedi geschehen ist.

Prolog

Der Jahreswechsel hatte ungewöhnlich mildes Wetter gebracht, doch draußen im Garten lag noch tiefer Schneematsch. Michael Schneider hatte gerade aus dem Terrassenfenster geschaut. Dort vor dem kleinen Springbrunnen lag der Rest des Schneemanns, den er mit Enkelin Hanna am zweiten Weihnachtstag gebaut hatte. Er war in sich zusammengefallen. Die rote Möhre, die als Nase gedient hatte, lag am Boden vor einem Haufen aus Schnee.

Da kam der Anruf. Es war eine große Überraschung für ihn, denn er hatte seit mindestens fünf Jahren nichts mehr von ihm gehört.

„Here is Peter“, hatte sich der Anrufer gemeldet. Zuerst hatte Michael nicht gewusst, um welche Peter es sich handelte, denn er kannte mehrere mit diesem Namen. Doch dann hatte ihn die Sprache des Anrufers auf die richtige Spur geführt.

„Peter aus Georgia, USA?“, hatte er überrascht zurückgefragt.

„No, not Georgia, from Chicago“, war die Antwort. „Ich wohne seit zwei Jahren in Chicago.“

Die Überraschung war perfekt gewesen. Es war sein alter Bekannter Peter Richmond. Der Amerikaner sagte, er habe erst vor kurzem Michaels Buch mit Unterstützung einer Übersetzungs-App gelesen, das Buch über den Köhler aus dem sauerländischen Dorf Hundesossen. Seine Schwester Hedi hatte es ihm erst vor Weihnachten geschickt. Das Buch habe ihn an seinen eigenen Aufenthalt in Hundesossen vor fünfundzwanzig Jahren erinnert.

„And my second reason is“, meinte er und fiel wieder zurück ins Deutsche, „warum ich anrufe, Sauerland wurde yesterday in television gezeigt.“

Er berichtete radebrechend von einer Fernsehsendung vom Vortag. Peter hat schon mal besser deutsch gesprochen, dachte Michael und schlug vor, auf Englisch zu wechseln. Das tat Peter dankend und erklärte, er habe gerade gestern auf CNN einen Dokumentationsbericht über die früheren Terroristen der RAF angesehen. In Deutschland würden immer noch ein paar von dieser Bande im Untergrund auf freiem Fuß leben. Und ab und zu würden sie Banken und Geldtransporter ausrauben. Diese sogenannte Dritte Generation der RAF habe vor einigen Jahren auch im Sauerland zugeschlagen. Diese Erwähnung und ein kleiner Filmauszug, der die Sauerländer Berge gezeigt habe, seien für Peter veranlasst, sich mal wieder bei Michael zu melden.

Mindestens eine halbe Stunde dauerte das Gespräch. Michael machte es sich dabei im Sessel gemütlich und fragte sich, welchen Überseetarif Peter für das Telefonat wohl zahlen müsste. Sie tauschten sich über Neuigkeiten aus und unterhielten sich über Peters Halbschwester Hedi, ihren verstorbenen Vater und über Peters dreimonatigen Deutschlandaufenthalt vor fünfundzwanzig Jahren. Am Ende vereinbarten sie, dass sie versuchen sollten, sich im Sommer alle zusammen im Hochsauerland zu treffen.

Ein paar Tage später hatte Michael mit Hedi einen Termin für diese Zusammenkunft vereinbart – im Juni zur Pfingstzeit, wenn das raue Klima im Hochsauerland den beginnenden Sommer küsst. So hatte sich Hedi mit einem herzlichen Lachen ausgedrückt. Nun würde Hedi nach fünfzigjähriger Abstinenz ihren Geburtsort doch noch einmal besuchen. Damals hatte sie ihre Heimat Hals über Kopf verlassen.

„Ich werde versuchen, einen Teil meiner Familie mitzubringen“, hatte Michael zum Schluss versprochen. „Wir kommen gerne aus München hoch ins Sauerland.“ Michaels Frau war zehn Jahre jünger und noch berufstätig. Sie war Kunsthistorikerin, die sich als Fachfrau für zeitgenössische Kunst einen international renommierten Namen gemacht hatte.

Michael Schneider war Rentner und hatte vor zwei Jahren eine bis dahin geheim gehaltene Geschichte vom Ende des zweiten Weltkriegs in einem Buch veröffentlicht. Darin spielten der Vater von Hedi und Peter sowie ein Köhler aus Hundesossen mit seinem zahmen Raben die Hauptrollen.

Michael hatte sich sehr über den unverhofften Telefonanruf aus den USA gefreut. Am nächsten Tag suchte er im Internet nach Informationen über die Überfälle im Sauerland. Aber er fand keine offiziellen Beweise, nur Vermutungen, dass es die RAF Nachfolger gewesen waren. Er erinnerte sich noch daran, dass seine Mutter ihn damals zwar über einen dreisten Überfall und den Geldraub im Sauerland informiert hatte, aber dass es sich dabei um die Erben der Bader-Meinhof Bande handeln sollte, war ihm nicht bekannt gewesen. Zum Schluss stolperte er im Sauerlandkurier über eine Kolumne, die am gleichen Tag von einem völlig ausgebrannten Auto auf einem Parkplatz an der Bundesstraße in der Nähe seines Heimatorts Hundesossen berichtete. Darin stellte der Redakteur die rhetorische Frage, ob das Auto vielleicht den RAF Geldräubern als Fluchtfahrzeug gedient habe.

Michael wusste, dass die meisten Anschläge und Morde des RAF Terrorismus in den 70er Jahren verübt wurden. Und nun sollten sie vor wenigen Jahren im Sauerland zugeschlagen haben? Die RAF in Hundesossen? Das konnte sich Michael beim besten Willen nicht vorstellen und verdrängte diesen Gedanken bald wieder. Stattdessen freute er sich auf ein baldiges Wiedersehen mit seinen amerikanischen Freunden im Sauerland.

Er musste bereits das zweite Mal gähnen. Die Straße war trocken und die Temperaturen entsprachen den Vorstellungen der meisten Pfingsturlauber. Es fiel ihm seit einigen Kilometern aber immer schwerer, die Augen offen zu halten und sich auf die Straße zu konzentrieren. Aber plötzlich war er hellwach, als rote Bremsleuchten und gelbe Warnblinker vor ihm Gefahr meldeten, wieder ein Stau. Auch er ging in die Bremsen. Dann schüttelte er mehrmals den Kopf seitlich hin und her, um ganz wach zu werden und riss die Augen weit auf. Er stellte das Radio an und drehte den Lautstärkeregler hoch. Irgendjemand sang New York, New York. Nun war er wieder konzentriert. Ganz vorn mündeten die zwei Fahrbahnen in eine enge, einspurige Fahrrinne auf dem Seitenstreifen. Verdammt, schon wieder eine Baustelle, dachte er. Er hatte gerade das Hambacher Kreuz hinter sich gelassen, und hier begann die Sauerlandlinie.

Autofahren machte ihn in den letzten Jahren immer öfter müde. Er war gegen acht Uhr in München losgefahren, hatte einmal kurz in Würzburg angehalten und tuckerte nun mit sechzig Stundenkilometern über den holprigen Seitenstreifen der Sauerlandautobahn gen

Norden. Seit dem frühen Morgen machte er sich Gedanken, was ihn in seinem Geburtsort wohl erwarten würde. Um seinen Rücken strecken zu können, rückte er im Sitz etwas nach vorn und schaute dabei in den Rückspiegel. Ein blauer BMW war so nah an seine Stoßstange gerückt, als wollte er ihn von hinten bespringen. Als er etwas Gas wegnahm und noch langsamer wurde, fuchtelte der junge Fahrer hinter ihm mit seinen Händen in der Luft herum. Der hat es sehr eilig und keine Zeit für eine Baustelle, dachte er und gab etwas Gas, um wieder zu seinem Vordermann aufzuschließen.

Ja, die Zeit, sagte er sich, die kann man sich nicht kaufen, und man kann sie auch auf einer einspurigen Autobahnbaustelle nicht überlisten oder verkürzen. Denn sie vergeht, ohne dass ein Mensch etwas daran tun muss, immer gleichmäßig, Sekunde für Sekunde, Stunde für Stunde und Tag für Tag. Der Mann im Rückspiegel hatte sich wieder etwas beruhigt und wohl eingesehen, dass er dem Gesetz der Zeit, was manchmal auch das Warten einschloss, nicht entgehen konnte.

Ja, die Zeit. Es war jetzt zwei Jahre her, als er das letzte Mal zu einem Kurzaufenthalt im Sauerland gewesen war – zur Beerdigung seiner Mutter, an einem kalten regnerischen Apriltag. Seitdem hatte sich einiges in seinem Geburtsort mit dem markanten Ortsnamen Hundesossen getan, denn in der Zwischenzeit war sein Elternhaus verkauft worden. Ein über viele Generationen von seinen Vorfahren bewohntes Haus war auf einen neuen Besitzer übergegangen. Er wusste noch nicht einmal, wer jetzt darin wohnte. Aber das würde er bald schon erfahren, er plante, ein paar Wochen in Hundesossen zu bleiben, in der einzigen Pension des Dorfs, auf dem Ferienbauernhof Hanses. Auch seine Tochter wollte mit ihren Kindern kommen. Sie war es, die ihn überredet hatte, dort seine Zelte aufzuschlagen. Von hier aus wollte er mit ihrer Familie seinen Heimatort gemeinsam wiederentdecken.

Der Mann, der im Auto saß und sich zwei Jahre nach dem Tod seiner Mutter wieder auf den Weg in seine alte Heimat machte, war Michael Schneider. Er war im Jahr 1948 in Hundesossen geboren, hatte seine Kindheit und Jugend dort verbracht, war jedoch im Alter von zwanzig Jahren weggezogen, beruflich in der Welt herumgekommen und wohnte jetzt seit vielen Jahren mit seiner Frau in München. Seine zwei erwachsenen Kinder, die eigene Familien gegründet hatten, wohnten in Konstanz am Bodensee und in Freiburg im Breisgau. So lange Michaels Mutter gelebt hatte, war Michael seinem Geburtsort immer sehr nah gewesen, denn er wurde von seiner Mutter bestens informiert. Hundesossen – ein Dorf mit elf Wohnhäusern und zirka siebzig Einwohnern.

Ich bin auf dem Weg nach Hause, sinnierte er. Aber wo ist man zu Hause, wenn man kein Elternhaus mehr hat? Driving home for Christmas, singt Chris Rea jedes Jahr vor Weihnachten auf allen Kanälen. Dort, wo der Tannenbaum steht und die Eltern warten, that´s home. Zu hause ist dort, wo deine Lieben wohnen, hatte seine Frau gesagt. Papa, was philosophierst du wieder, hatte seine Tochter ihm vorgeworfen: „Natürlich in München, dort wohnt ihr, dort sind wir Kinder geboren und dort sind wir daheim!" Daheim sagt man in Süddeutschland, aber ist daheim dasselbe wie zu Hause? Egal, ich fahre jetzt nach Hundesossen und nenne es einfach mein Zuhause.

Michael fuhr mit gemischten Gefühlen in seine Heimat. Denn er hatte im letzten Jahr ein paar Geheimnisse des Dorfs bekannt gemacht, die über siebzig Jahre im Dunkeln gelegen hatten. Durch Zufall war er vor vielen Jahren einem Geheimnis auf die Spur gekommen, die der damalige Köhler des Dorfs, Günter Birkensee, mit ins Grab nehmen wollte. Das Ergebnis seiner Recherchen zu dieser bemerkenswerten Geschichte aus den letzten Kriegstagen war erst vor ein paar Jahren durch einen amerikanischen Kriegsveteranen aufgeklärt worden. Dieser Mann war der Vater von Hedi und Peter, die er bald wiedersehen würde. Er hatte diese Geschichte aufgeschrieben, und seine Publikation hatte dazu beigetragen, dass die Wahrheit über die dramatischen Ereignisse im Dorf ans Licht gekommen war. Nun bewegte ihn unentwegt die Frage, wie die Bewohner die Veröffentlichung des langjährigen Geheimnisses aufgefasst hatten. Wie würden sie ihn bei seinem ersten Besuch danach im Dorf empfangen? Diese Gedanken beschäftigten ihn auf der Fahrt, bis er die Autobahn schließlich verließ und über die Bundesstraße Richtung Winterberg weiterfuhr.

Irgendwie beschlich ihn auf den letzten Kilometern der Fahrt ein komisches Gefühl in der Magengegend. Vielleicht war es bloß sein schlechtes Gewissen, weil er diese Kriegsgeschichte ausgegraben und veröffentlicht hatte. Doch als er hinter Olpe über den langgezogenen Anstieg der Griesemert herauffuhr und ihn die sonnenbeschienenen grünen Hügel und Berge des Sauerlands bereits grüßten, überwog die Vorfreude auf ein baldiges Wiedersehen mit seiner Tochter Sarah und ihren Kindern. Denn auch sie wollten dort zwei Wochen Ferien machen und reisten gleichzeitig mit der Deutschen Bahn an. Ihre Ankunft war am späten Nachmittag am Bahnhof in Altenhundem geplant.

Ein weiterer Besuch, auf den sich Michael sehr freute, ihn aber auch ein bisschen nervös stimmte, war die Heimkehr seiner alten Jugendfreundin. Die verlorene Tochter des Dorfs, Hedi Trautmann, wollte nach fast fünfzig Jahren zum ersten Mal wieder ihren Geburtsort besuchen. Ende der sechziger Jahre hatte sie ihre Heimat Knall auf Fall verlassen, war untergetaucht und Jahrzehnte vermisst gewesen. Erst vor ein paar Jahren hatte Michael sie infolge seiner Nachforschungen in den USA wiedergefunden. Um ihr Leben und Verschwinden rankten sich viele Gerüchte im Dorf. Erst die Veröffentlichung seines Buchs hatte ihre Flucht erklärt und die Zusammenhänge des damaligen Dramas aufgeklärt. Hedi wohnte in der Nähe von Atlanta und wollte versuchen, zusammen mit ihrem Halbbruder Peter anzureisen, um ein letztes Mal die Stätten ihrer gemeinsamen Jugend zu sehen. Michael wusste nicht, wie dieses Wiedersehen vor Ort ausgehen würde.

Hedi hatte ihm vor ein paar Monaten in einer Email geschrieben, dass sie bereits jetzt Herzklopfen verspürte, wenn sie daran dachte, das Sauerland zu besuchen. Er hatte ihr gut zugesprochen und zugesichert, bereits ein bis zwei Wochen vor ihr da zu sein. Daraufhin hatte sie ihm geschrieben, dass sie noch eine Rechnung mit dem Sauerland offen habe und dass ihr Halbbruder Peter, der in den 80er Jahren mehrere Monate im Sauerland gelebt hatte, zum Gedenken an die mutigen Taten des Köhlers Günter Birkensee aus Hundesossen in ihrem Wohnort in den USA einen See nach seinem Namen benannt hatte. „Lake Birkensee" hieß jetzt ein kleiner Stausee in Georgia, der von einem kleinen Bach gefüllt wurde und als Notstaubecken für die Wasserversorgung diente.

Hedi wollte in einer Woche anreisen, aber war in den letzten Tagen nicht mehr erreichbar gewesen. Nun fragte er sich auf der Fahrt zum wiederholten Male, warum sie sich nicht mehr meldete. Was hatte Hedi wohl mit dieser offenen Rechnung gemeint? Warum tat sie so geheimnisvoll?

Der Köhler Birkensee aus Hundesossen hatte in den letzten Kriegstagen Hedis Vater, einen abgeschossenen US-Piloten, in den Bergen versteckt und so vor dem sicheren Tod bewahrt. Was hatte Hedi nun vor und wie wird sie sich verhalten, wenn sie nach fast fünfzig Jahren wieder nach Deutschland zurückkommt? Das fragte er sich, als ihn nach den letzten Serpentinen hinauf zum Pass der *Hohen Bracht* wieder einmal der weite, freie Blick über das Lennetal überraschte. Der Ausblick auf die Berge lenkte ihn von den Gedanken um Hedi ab.

Im Laufe seines Lebens hatte Michael schon größere Berggipfel gesehen und bestiegen als die des Sauerlands, hatte als Bergsteiger die Schönheit und Erhabenheit der Alpen und einmal sogar des Himalayas erleben und bewundern können. Aber dieser Anblick auf die grünen Wälder und Berghänge entlang des Flusstals ließen ihn abbremsen und in einer Parkbucht am Straßenrand anhalten. Wieder einmal faszinierte ihn das umwerfende Panorama auf die sanften Hügelketten. Je weiter sie entfernt waren, desto blasser reihten sie sich hintereinander im Dunst auf, um im Graublau des Horizonts zu enden. Irgendwo da hinten lag sein Geburtsort Hundesossen.

Die Aussichtsplattform auf dem fünfunddreißig Meter hohen Turm der *Hohen Bracht*, den er rechts von sich aufragen sah, ist wegen der weiten Panoramasicht ein beliebtes Ausflugsziel. Am Rande des Rothaargebirges überblickt man von hier oben bei klarem Wetter alle Berge des größten Naturschutzgebiets Deutschlands. Michael blieb jedoch im Auto sitzen und genoss von seinem bequemen Sitz aus ein paar Minuten die faszinierende Aussicht. Die Sonne stand hoch, und weiße Wolken zogen vorbei. Sie warfen Schatten auf das junge Grün der Eichen- und Buchenwälder und ließen sie wie einen Fleckenteppich in unterschiedlichen Grünnuancen erscheinen.

Gedankenverloren fuhr Michael nach einer Weile weiter, die Serpentinen ins Lennetal hinunter. Seine Gedanken gleiteten zurück in frühere Zeiten, an seine Schulzeit hier in der Schule am Berghang. Je älter er wurde, desto intensiver führten ihn seine Gedanken zurück in die vergangenen Jahrzehnte – ein Phänomen, das er in jüngeren Jahren nicht empfunden hatte. Auch dieses Mal fielen ihm plötzlich wieder Begebenheiten aus seiner Schulzeit ein, die jahrzehntelang vergraben schienen. Es muss mit dem Alter zusammenhängen, sagte er sich, der Kreis schließt sich wieder.

Als er durch den nächsten Ort fuhr, ein langgezogenes Dorf am Lenne Fluss, kam ihm sein Schulfreund Manfred in den Sinn – Manni, wie sie ihn auf der Penne genannt hatten, der immer neben ihm gesessen hatte. Ob er wohl noch hier lebt? Ist er weggezogen? Ob er immer noch so fußballverrückt ist? Ihm fielen schlagartig wieder einige Begebenheiten und Streiche aus der Schulzeit ein, die Jahrzehnte begraben waren. Sie hatten zusammen Fußball in der Schulmannschaft gespielt, mit fünfzehn kämpften sie um den Titel des Westfalenmeisters und hatten erst im Endspiel 5 zu 0 gegen Bielefeld verloren. Michael war der nicht zu beneidende Torwart gewesen. Im Tor konnte ich noch nie etwas ausrichten, dachte er und entschuldigte sich innerlich, als er sich nun wieder an diese Niederlage erinnerte. Trotzdem hatten alle Schüler und Lehrer das Fußballteam am nächsten Tag mit Beifall auf dem Schulhof empfangen, sie waren Vize-Westfalenmeister geworden.

Michael näherte sich Hundesossen. Ein paar hundert Meter vor dem Dorf führt eine langgezogene Kurve die Autofahrer durch eine Talenge, die Goldstein genannt wird. Einer Sage zufolge soll hier in Urzeiten der Teufel persönlich erschienen sein, in früher Vorzeit, als die Bewohner noch an Elfen, Drachen, Hexen und Teufel glaubten. Aus seiner Schulzeit war ihm die Sage noch in vager Erinnerung geblieben.

Als das Dorf in Sichtweite rückte, nahm er den Fuß vom Gas, blickte zu der kleinen Häuseransammlung herüber und stellte fest, dass sich in der letzten Zeit nichts verändert hatte. An das imposante Anwesen des Landwirts Lindner reihten sich ein paar Fachwerkhäuser, die sich, wie Modellbauten einer Märklin Eisenbahnlandschaft an die grünen Hänge drängten. Michael ließ seinen Wagen auf der Bundesstraße im Leerlauf langsam auslaufen, doch sofort hatte er wieder einen Drängler hinter sich – das zweite Mal an diesem Tag! Dieser hupte sogar mehrfach, bevor er provozierend hautnah auffuhr. Doch Michael ließ sich nicht aus der Ruhe bringen und bog langsam ab, um die Auffahrt zum Dorf hochzufahren. Im Schritttempo fuhr er weiter, bog nicht sofort zur Pension Hanses ab, sondern spurte langsam über die Dorfstraße weiter. Vor dem Einchecken in der Pension wollte er noch schnell einen Blick auf sein altes Elternhaus werfen. Langsam fuhr er vorbei. Es war niemand vor dem Haus zu sehen, wen hatte er auch nur erwartet? Hier lebte kein Verwandter mehr. Die Situation machte ihn traurig. Er blieb stehen, stieg aber nicht aus. Plötzlich spürte er einen Druck in der Magengegend, ein Unwohlgefühl machte sich in seinem Innern breit. Er wollte hier weg. Schnell gab er wieder Gas und fuhr zurück durch das Dorf hinauf zur Pension von Hanses Bauernhof. Dort hatte er sein Feriendomizil erreicht.

Noch im Auto sitzend versuchte er wieder einmal, Hedi telefonisch in den USA zu erreichen. Vergebens.

Er stieg aus und atmete die frische Landluft ein. Hier oben wies sie zwar den leicht säuerlichen Geschmack eines Landwirtschaftsbetriebs auf, doch das störte ihn nicht. Der Dorfbach plätscherte das Tal hinunter, und ringsum sah er bewaldete Berge und grasgrüne Weidehänge. Das Haupthaus der Hanses wurde umrahmt von sauberen schwarz-weißen Fachwerkhäusern, die als Scheunen oder Ställe dienten. Am Rande eines grauen Silos standen ein paar geparkte Autos. Ein schwarzer BMW aus Dortmund, ein alter Daimler aus Bochum und ein grauer SUV aus Essen. Feriengäste. Das Ruhrgebiet lässt grüßen, dachte Michael und schritt zum Hauseingang.

Zur gleichen Zeit saßen drei Passagiere im Regional Express der Deutschen Bahn Richtung Dortmund.

„Mama, wann sind wir endlich da?", fragte Hanna ihre Mutter und machte ein weinerliches Gesicht.

„Bald haben wir es geschafft", antwortete sie. Sie hatte Verständnis dafür, dass die Kleine unruhig wurde und seit kurzem quengelte, denn sie waren bereits dreimal umgestiegen und schon viele Stunden unterwegs. ‚Mensch ärgere Dich nicht' spielen wollte sie nicht mehr, und von ihren Barbiepuppen hatte sie auch genug.

„Hier! Hier sind wir jetzt, in Kreuztal." Ihr älterer Bruder Markus, der gegenübersaß, hielt den beiden sein Smartphone mit der Landkarte von Google Earth hin und zeigte auf einen Punkt, der sich langsam weiterbewegte.

„Seht hier, der rote Punkt, das sind wir. Und wir brauchen noch fünfzehn Minuten bis Altenhundem." Eine Weile war Hanna mit dieser ablenkenden Information zufrieden und verfolgte den Punkt auf dem kleinen Bildschirm. Dann steckte Markus das Smartphone in seine Jackentasche und nahm sich wieder sein Buch hervor.

„Und Opa holt uns wirklich ab?“, fragte Hanna weiter.

„Ja natürlich“, beruhigte Sarah ihre siebenjährige Tochter und strich ihr zärtlich über das blonde Haar.

„Ich will jetzt endlich aussteigen“, quengelte Hanna weiter.

„Du nervst“, zischte ihr Bruder.

„Du nervst auch“, äffte die Kleine ihrem Bruder nach. „Und wie du erst nervst! Die ganze Zeit, immer am Lesen. Was liest du da eigentlich die ganze Zeit?“

Die Mutter legte nun den Arm um die Kleine. Sie schien kurz vor einem Tränenausbruch zu stehen. „Beruhig dich, Hanna. Wir sind gleich da. Und Markus liest in dem Buch, das ihm Opa geschenkt hat. Das Buch, das er über das Leben in dem Dorf geschrieben hat, wo wir jetzt Ferien machen. Und wenn ein Buch spannend ist, dann liest man immer weiter und lässt sich von anderen nicht stören.“ Sie lächelte ihrem Sohn zu.

„Das ist doch blöd“, meinte Hanna.

„Komm, Hanna“, sagte die Mutter jetzt und stand auf. „Wir packen schon mal unsere Sachen und stellen die Koffer bereit. Und dann gehen wir beide noch einmal zur Toilette. Und wenn wir wieder zurückkommen, sind wir in Altenhundem angekommen.“

Mama, so ein Gartenhaus möchte ich auch zu Hause haben, so schöööön!“, rief Hanna, als sie alle aus der Gitterbox, Marke Eigenbau des Landwirts Hanses, ausstiegen.

Der Bauer hatte auf seinem Hof die Koffer der drei neuen Gäste auf das Transportgestell gestellt und die vier Personen aufgefordert, mitzufahren. „Aufsteigen und an dem Gitter festhalten!“, hatte er gerufen, dann hatte er die Box hydraulisch etwas angehoben und sie mit seinem Traktor zu den neuen Ferienhäusern den Hang hinaufgefahren. Je weiter sie über den Schotterweg nach oben kamen, desto erstaunter waren die Neuankömmlinge über die kleine, in den Hang eingelassene Ferienhausanlage mit den drei Chalets. Ganz aufgeregt lief Hanna auf das erste zu.

„Hanna, das sind keine Gartenhäuser, das sind Ferien Chalets. In dem hier vorn werden wir jetzt fast zwei Wochen wohnen“, erklärte Sarah. Auch sie war von dem online gebuchten Feriendomizil mehr als überrascht.

„Dort im ersten wohnt ihr“, ergänzte Michael und leitete seine Enkeltochter Hanna auf die Vorterrasse. „Und da im zweiten Chalet wohne ich.“

Michael hatte seine Überraschungsphase schon hinter sich, denn er war bereits am Mittag in sein Quartier eingezogen. Seine Siebensachen waren schon ordentlich verstaut, und er hatte sich in den holzvertäfelten Innenräumen sofort wohl gefühlt. Urige Holzmöbel, dicke bunte Kissen und flauschige Teppiche sorgten für eine ländliche Gemütlichkeit. Der Ausblick vom Küchentisch aus war phänomenal. In der kleinen Kochnische hatte er Kaffeemehl gefunden und sich einen Kaffee gekocht. Damit hatte er sich auf die Terrasse gesetzt und war dort lange sitzen geblieben. Der Blick aufs Dorf und ins Lennetal hinunter hätte ihm fast ein paar Tränen gekostet. So schön hatte er die Landschaft in seiner Jugend nicht empfunden. Ja, das Alter macht sentimental, es ist schon immer schön hier gewesen, dachte er, aber als junger Mensch empfindet man das nicht so. Das hier würde nun für ein paar Wochen seine Bleibe sein. Nach einer Stunde melancholischen Schwelgens war er aufgestanden und hatte seine Tochter Sarah mit Markus und Hanna am Bahnhof abgeholt.

Am Bahnhofsplatz oberhalb des Treppenaufgangs hatte er gestanden und gewartet, als Hanna ihn erkannte und freudig auf ihn zustürmte. Mit offenen Armen sprang sie auf ihn zu und umarmte ihn. Er hob sie auf, drehte sich einmal mit ihr im Kreis und merkte, dass sie zu schwer für ihn geworden war. „Mann Hanna, was bist du groß geworden!"

Markus trug lässig die zwei Koffer der Familie die Treppe hoch, und bei der Begrüßung hatte Michael den Eindruck, dass sein Enkel schon bald erwachsen war. Er hatte den Vierzehnjährigen ein Jahr nicht mehr gesehen, und sein Stimmbruch hatte ihn mittlerweile zu einem feschen, jungen Mann gewandelt.

Sarah umarmte ihren Vater. „Ist Mama gut in New York angekommen? Bis Juli will sie bleiben? Warum bleibt sie denn nur so lange?", fragte sie ganz aufgebracht, und ließ ihren Vater kaum zur Rede kommen. „So lange? Das würde ich nicht aushalten! Das du ihr das überhaupt erlaubst", schickte sie schnippisch hinterher.

„Aber Sarah, lass sie doch! Wir hatten ja geplant, dass sie auch mitkommt, aber dann kam dieses fantastische Angebot. Sie konnte nicht nein sagen! Ihr tut das doch gut", beruhigte er sie. „Sie hat noch viel Freude an ihrem Job, und ist stolz, dass man sie noch braucht. Ihre Expertise im Kunstgeschäft zählt halt immer noch. Wenn die Ausstellung im Metropolitan vorbei ist, kommt sie wieder, und spätestens dann kehre ich auch wieder zurück nach München. Sie ist zwar sechzig, aber noch fit wie ein Turnschuh, das kannst du mir glauben! Ich gönne ihr die Reise und den beruflichen Erfolg. Wir können sie ja heute Abend mal zusammen über Skype anrufen, dann seht ihr, wie glücklich sie ist.“

Er verfrachtete die Koffer und Passagiere in sein Auto und fuhr los, musste aber alsbald in einer Autoschlange an der Kreuzung anhalten.

„Seht ihr da“, wandte er sich an die Kinder auf der Rückbank, „die drei großen Gebäude oben am Berghang? Das war mein Gymnasium damals. Und dort unten an dem Straßenübergang habe ich damals als Schülerlotse meinen Dienst getan. Ich war einer der ersten Schülerlotsen hier im Land mit zwölf oder dreizehn Jahren. Wir mussten die Autos anhalten, damit die Schüler sicher über die Straße gehen konnten.“

„Gab es damals denn schon Autos?“, fragte Hanna. Alle lachten laut los.

„Hanna“, rief Michael gespielt entrüstet, „so alt bin ich ja nun auch noch nicht!“

„Hast du denn Geld dafür bekommen?“, fragte sie sofort hinterher.

„Nein, nein. Das war eine freiwillige Aufgabe. Aber ich war ganz stolz damals, mit weißer Schildmütze, einer breiten leuchtend weißen Schärpe um die Brust und mit einem großen weiß-roten Stopp-Schild in der Hand. Aber das Beste war, Schülerlotsen durften den Unterricht immer schon zehn Minuten vor Schulschluss verlassen, damit sie rechtzeitig an der Straße standen.“

Kurze Zeit später waren sie alle auf dem Ferienhof Hanses angekommen und wurden mit einem selbstgepressten Apfelsaft von Wirtin Elke begrüßt.

Nun standen sie am Berghang unterhalb der drei Chalets, die die Familie Hanses oberhalb ihres Bauernhauses in den Hang hineingebaut hatten. Unten schlängelte sich der silberglänzende Fluss Lenne durch die saftig grünen Wiesen des Tals. Hier oben in den urigen Holzhäuschen wollten sie gemeinsam ein paar Tage Urlaub machen. Michaels Tochter Sarah schaute immer noch abwechselnd zu den wunderschönen Holzhäusern und ins Lennetal. Sie war fasziniert von dieser einmaligen Lage, das sah der Vater ihr an. Er freute sich, dass es seiner Tochter in seinem Heimatort gefiel. Auch als Kind war es ihr hier bei Oma während der Ferienaufenthalte nie langweilig gewesen.

Bauer Hanses trug die Koffer bis auf die Holzterrasse und wünschte ihnen einen schönen Aufenthalt. „Und wenn ihr euch in der kleinen Küche nicht selbst verpflegen wollt, könnt ihr bis halb zehn morgens runter zu uns zum Frühstück kommen, Abendessen haben wir auch. Sagt nur vorher meiner Frau Bescheid."

Dann stieg er auf seinen Traktor und fuhr mit seiner umfunktionierten Transportbox wieder herunter zum Hof.

Als Michael am Mittag angekommen war und von der Pensionswirtin Elke Hanses wie ein verlorengegangener Sohn des Dorfs mit herzlichen Umarmungen begrüßt wurde, hatte er mit dem Bezug eines Zimmers unten in der Pension des Bauernhauses gerechnet. Doch Elke sagte ihm, seine Tochter hätte keine Zimmer, sondern zwei Chalets gebucht.

„Chalets? Ihr habt Chalets? Das wusste ich gar nicht“, antwortete er erstaunt.

„Dann sieh mal aus dem Fenster. Dort oben werdet ihr wohnen, zweihundert Meter über unserem Hof.“

Michael schaute aus dem Küchenfenster den Hügel hinauf. Er war baff und rief ihr bewundernd zu: „Was ist denn das? Das sind ja drei idyllische Schmuckstücke, toll! Im Stil von österreichischen Alpenhäusern. Die ersten Ferienhäuser hier seit Menschengedenken! Das ist ja mal ganz etwas Neues im Dorf. Elke, du musst ja eine erfolgreiche Unternehmerin geworden sein!“

Elke lächelte und war erfreut über sein Kompliment. Das tat ihr gut, weil sie solche Aufmerksamkeiten von den Männern im Dorf nicht gewohnt war. Die schütteten ihr Lob meistens über ihren Mann aus. Bald würde sie zwar das Zepter an ihre Tochter übergeben, doch war sie die treibende Kraft beim Aufbau des Pensionsbetriebs gewesen.

Mittlerweile war ihr Nebenerwerb mit zehn Pensionsbetten und den drei neuen Chalets fast ertragreicher als der Landwirtschaftsbetrieb. Auch im Winter war ihre Pension meist gut belegt. Immer mehr Natur- und Wanderfreunde oder Skifahrer füllten in der Wintersaison ihre Zimmer.

Sie dankte Michael für das Lob und schaute ihn an. Etwas Bewunderndes war in ihrem Blick. Denn Michael war ein äußerlich agiler und junggebliebener Mann aus dem fernen München, der die Welt gesehen hatte. Seine Frau war als Kunsthistorikerin auch noch in der Welt unterwegs. Er hatte ein Buch geschrieben und war früher selten hier in seinem Geburtsort gewesen. Nun war er wieder hier, obwohl er sein Elternhaus verloren hatte.

„Ich befinde mich sozusagen auf Abschiedstour“, lächelte er sie an. „Wer weiß, ob ich je noch mal wieder hierherkomme. Meine Restlaufzeit ist bald beendet und nach dem Tod unserer Mutter zieht mich nur noch wenig hierher. Doch wollte ich wenigstens noch einmal euer Umfeld einsaugen und das schöne Sauerland genießen.“

Elke nickte. Sie und ihr Mann hatten damals nicht verstanden, dass sein Elternhaus verkauft worden war. Doch das Dorf war den Schneiders irgendwie zu klein geworden, und niemand aus der Familie wollte das Haus ihrer Vorfahren bewohnen. Deshalb verstand sie, was er meinte und entgegnete: „Du bist bei uns immer herzlich willkommen.“

„Danke, aber darauf darfst du nicht hoffen. Ich wünsche dir dafür viele andere Gäste, die deine schöne Pension und euren Bauernhof besuchen. Mit eurer neuen Expansion und den Chalets dort oben wird dir das sicher gelingen.“

„Ja, unsere Töchter waren vor drei Jahren die treibende Kraft für die Chalets“, klärte Elke ihn auf. „Sie meinten, die Lage unseres Dorfs sei sehr geeignet für erholsame Ferien, da sollte man doch noch mehr in den Tourismus investieren. Sie waren der Auffassung, unsere Pension laufe jetzt ganz gut, wir hätten viel Erfahrungen, und deshalb sollten wir unser Geschäft weiter ausbauen. Ein Jahr später waren die drei Chalets bezugsbereit. Die Familie hat sehr viel Eigenleistung reingesteckt. Unsere Tochter Barbara und der Schwiegersohn Günter haben über mehrere Monate geschuftet. Und unsere Tochter Gisela, die ja in Düsseldorf im Hilton arbeitet, hat die Inneneinrichtung entworfen und organisiert.“

„Mensch Elke, das habt ihr gut gemacht“, lobte er sie noch einmal und nahm sie in den Arm. „Aber ich kenne deine Töchter überhaupt nicht, wie schnell doch die Zeit vergeht! Als ich deine Mädchen das letzte Mal gesehen habe, warte mal, wann war das? Auf der Hochzeit von Werner Becker, irgendwann in den 80ern. Da waren die Mädchen vielleicht fünf, sechs oder sieben Jahre alt. Sie hatten weiße Kleider an und Kränzchen auf dem Kopf, ich erinnere mich noch genau. Du musst mir deine Ladys mal vorstellen."

„Ja, das mache ich gerne. Barbara wirst du sicher morgen beim Frühstück sehen, dafür ist sie zuständig. Sie hat schon zwei Kinder, sieben und fünf Jahre alt. Sie wohnen hier im ersten Stock. Und Gisela kommt am Wochenende meistens heim, denn ihr Schatz wohnt auch hier im Dorf."

„Was, hier im Dorf? Wer ist das denn?", fragte Michael etwas vorwitzig.

„Sie ist mit dem Hegner Junior verlobt, mit Carsten, dem Ältesten von Hegners Karl. Der hat den Hof übernommen und betreibt jetzt intensiv Viehwirtschaft."

„Ja, da weiß man, was man hat, oder?", flachste Michael. „Ich meine, als Schwiegermutter."

Beide lachten und verließen die Küche.

Michael kannte Elke nun schon seit seiner Jugendzeit. Sie war drei Jahre jünger als er. Und als er damals selbst noch als Halbstarker durch die Dörfer des Sauerlands gezogen war, tauchte auch Elke auf manchen Festen auf. Sie kam aus Oberberndorf, einem kleinen Kaff im Haberland und hatte Reinhard Hanses auf einem der Dorffeste kennengelernt. Ende der Siebziger Jahre hatte sie den aufstrebenden Landwirt geheiratet und war in dieses kleine Dorf gezogen. Seitdem hatte sie das Regiment auf Hanses Hof geführt und die Pension unter dem Motto „Familienferien auf dem Bauernhof“ mit Erfolg betrieben.

„Wo steckt eigentlich dein Mann?“, fragte Michael.

„Reinhard ist mit Günter, unserem Schwiegersohn, dort draußen auf dem Feld.“ Sie zeigte Richtung Burbecke, wo eine Schar Krähen über einem Acker kreiste. Das Kreischen war bis auf den Hof zu hören. „Die pflügen das Feld dort drüben.“ Nun hörte Schneider auch ein leises Brummen von Motoren. Weit hinten sah er zwei Traktoren, die ihre dunkelbraunen Furchen auf das Feld warfen.

„Komm“, sagte Elke, „die zwei kannst du später noch begrüßen. Ich bringe dich jetzt hoch in dein Chalet, dann kannst du dich erst einmal von der langen Reise ausruhen.“

Auf dem Gang nach oben verlangsamte Michael seinen Schritt. „Du kennst doch Peter? Peter Richmond, der damals bei euch gewohnt hat. Der Vogelkundler aus Amerika.“

Elke blieb stehen und hielt Michael am Arm fest. „Ja natürlich! Was ist mit ihm? Ich habe Jahre nichts mehr von ihm gehört.“

„Er kommt nächste Woche und will euch besuchen.“

„Nein!“, kreischte sie. „Da freue ich mich aber. Das war ein Vogel, der Peter. Er war lange unser Gast. Das liegt sicher schon fünfzehn Jahre zurück.“

„Nein“, korrigierte Michael, „seither sind fast dreißig Jahre vergangen.“

Am nächsten Morgen war Michael ausgeschlafen und ging etwas zögerlich gegen halb neun zum Nachbarchalet herüber. Seine Tochter und Hanna waren bereits wach. Er setzte sich zu ihnen auf die breite Couch und schaute durch die Holzfenster zum Gipfel des gegenüberliegenden Bergs, wo sich die Sonne ganz langsam in das helle Blau des Tages schob. Sie wollten am Vormittag nach dem Frühstück zum Einkaufen in die Stadt fahren, um sich mit Lebensmitteln und Getränken für die nächsten Tage einzudecken. Am Vorabend waren sie früh schlafen gegangen, denn die Anreise war für alle anstrengend gewesen.

Hanna mäkelte schon wieder herum, sie hatte Hunger. Sie musste aber auf Markus warten, der erst spät wach geworden war und in dem kleinen, mit Holzwänden ausstaffierten Bad eine Ewigkeit brauchte. Die Kleine drängte, denn da ihre Kühlschränke noch nicht aufgefüllt waren, wollten sie zusammen zum Frühstück in die Ferienpension Hanses heruntergehen. Endlich war Markus mit seiner Morgentoilette fertig, und sie folgten dem Weg herunter zum Bauernhof.

In der großen Bauernküche setzten sie sich an den hinteren Teil des riesigen Küchentisches. Am anderen

Ende des großen Tisches saßen bereits Feriengäste, die sie freundlich begrüßten. Drei Paare im Rentenalter, wahrscheinlich die aus dem Ruhrpott, dachte Michael. Sie hatten ihr Frühstück bereits eingenommen und standen gerade auf, um zu gehen. Wanderkleidung, Rucksäcke und festes Schuhwerk verrieten ihr geplantes Tagewerk, das sie wahrscheinlich in die Berge führte.

Die Buffetauswahl gefiel Jung und Alt, und so genoss Michael als erstes ein Glas kalte Milch aus Hanses Milchkeller. Markus brachte ein Glas Nutella mit an den Tisch, was Hannas Morgenstimmung sofort erhellte. Dann erschien eine junge Frau mit zwei kleinen Mädchen an der Hand. Sie stellte sich als Elkes Tochter Barbara mit ihren Töchtern vor, und sie setzten sich zu ihnen ans andere Tischende. Barbara fragte nach besonderen Essenswünschen. Sie könne Eier oder Omelette mit Schinkenspeck in der Küche braten. Doch sie lehnten alle ab, denn das Buffet hatte sie ausreichend gesättigt. Ganz die Mutter Elke, dachte Michael, und bald waren sie in Gesprächen verwickelt, als würden sie sich schon jahrelang kennen. Nach dem Frühstück hatten die Mädchen die anfängliche Scheu abgelegt, und Hanna hatte zwei Freundinnen für die beiden Ferienwochen gefunden. Sie folgte den zwei heimischen Schwestern zur Scheune, in der sie ihr die Katzen und die gerade erst geschlüpften Küken zeigen wollten.

In den folgenden Tagen wurde meist ausgiebig auf der Terrasse von Sarahs Chalet gefrühstückt und dabei gemeinsam die Tagesplanung besprochen. Nur zwei Mal regnete es, und der Tisch wurde drinnen gedeckt. Hanna verschwand danach meist sofort nach unten zum Bauernhof zu ihren neuen Freundinnen. Sarah hatte einige Bücher in ihrem Gepäck und verbrachte erholsame Terrassentage auf der bequemen Liege in der Frühlingssonne.

Michael zog es mit seinen Wanderschuhen fast täglich in die Wälder und auf die Berge der Umgebung. Markus hatte seinen Opa mit vielen Fragen gelöchert, die ihm beim Lesen seines Buchs gekommen waren. In den ersten Tagen begleitete ihn Markus noch, der sich gerne alte Geschichten aus Opas Jugendzeit anhörte und mit ihm die Lieblingsplätze seiner Kindheit besuchte. Schließlich fand Markus einen Freund im Dorf und verbrachte fortan die meiste Zeit mit dem fünfzehnjährigen Sven. Er war ein Enkel von Willy Gessler, der mit Michael zur Schule gegangen war.

Wann immer er vom Ferienhof Hanses zur Wanderung aufbrach oder zurückkehrte, kam er zwangsläufig am Haus der Familie Birkensee vorbei. Hier hatte damals Günter Birkensee und sein Sohn Gerhard gewohnt, der in den achtziger Jahren tödlich verunglückt war. Heute lebten dort die Enkel und Urenkel des alten Köhlers. Aus Sicht seiner amerikanischen Freunde waren Günter und Gerhard Helden gewesen.

Bisher hatte er noch keinen aus der Familie getroffen oder gesehen. Doch er wollte auf Hedi warten, damit sie die Familie gemeinsam besuchen konnten. Am dritten Tag seines Aufenthalts in Hundesossen kam er am Haus vorbei und sah ein Kind auf der Terrasse. Es war ein Mädchen von zirka zehn Jahren, das apathisch in einem Rollstuhl saß. Trotz des warmen Wetters war sie warm eingepackt und hatte eine Decke um die Beine geschlagen. Langsam ging er vorbei und winkte ihr freundlich zu, doch sie schaute nur traurig und zeigte keine Reaktion.

Ein wichtiges Ziel bei seinem Heimatbesuch war für Michael natürlich sein altes Elternhaus. Er fragte sich, ob noch alles so wie in seinen Erinnerungen war, oder ob man das Haus umgebaut hatte. Bei seiner Ankunft, bei der er das Haus bereits aus dem Auto heraus besichtigt hatte, hatte er gar nicht darauf geachtet. Zu sehr war er emotional gerührt gewesen. Doch nun war er bereit, auch die neuen Hausbewohner kennenzulernen.

Am dritten Tag hatte er eine lange Wanderung zum Gipfel des Auergangs hinter sich gebracht, ehe er sich am späten Nachmittag ein Herz fasste. Er ging zu Fuß durch das Dorf und steuerte auf sein Elternaus zu. Als er bei Gesslers vorbeikam, sah er Markus und Sven, die sich in der Garage an einem Moped zu schaffen machten. Er ging auf die beiden zu und sah, wie Markus errötete und Sven seine ölverschmierten Hände hinter sich verbarg.

„Na, was macht ihr denn da?“, fragte er die Jungen. Sie kamen aus der Garage ein paar Schritte auf ihn zu und fühlten sich wohl überrascht.

„Eigentlich nichts“, antwortete Markus verlegen.

Michael schaute Sven streng an. „Kannst du überhaupt schon Moped fahren? Hast du Erfahrung mit so einem Ding da?"

Dabei zeigte er auf das aufgebockte Geländemotorrad ohne Schutzbleche und Nummernschild. Sven nickte vorsichtig.

Michael machte es spannend. „So, so", sagte er nachdenklich und schaute sie abwechselnd an. „Und wie alt bist du, Sven?"

„Fünfzehn."

„Aha, schon fünfzehn." Michael schaute sie streng an, nickte mehrmals mit dem Kopf und schaute dann an ihnen vorbei zu dem verdreckten Gefährt, das niemals mehr zu einer TÜV-Prüfung zugelassen würde.

„Dann bist du ja alt genug, um dem Markus mal zu zeigen, wie man mit so einem Ding hier durch die Felder und Wälder fahren kann, oder? Aber bitte, fahrt vorsichtig!" Beide schauten ihn überrascht mit weiten Augen an. Es hatte Markus die Sprache verschlagen, denn er hatte wohl mit Kritik oder gar einem Verbot gerechnet.

Schmunzelnd ging Michael weiter und dachte an seine eigene Jugendzeit zurück – an die wilden Motorradausflüge mit seinen Freunden in die Berge, die sie damals im gleichen Alter mit ihren alten Maschinen gemacht hatten. Richtige Jungs müssen so etwas erleben, meinte er. Und wenn nicht hier hinter dem Dorf auf den vielen Waldwegen, wo denn dann? Ich glaube, in Konstanz am Bodensee kann Markus das nicht erleben, soll er sich doch in den Ferien hier mal richtig austoben.

Langsam schritt er durch das Dorf weiter. In der offenen Garage neben dem Elternhaus stand ein VW Polo. Mit etwas Herzklopfen ging er langsam über den Vorhof und schaute sich um. Die Abendsonne sandte ihre letzten Strahlen auf das graue Schieferdach und würde bald hinter den Bergen des Rothaargebirges verschwunden sein. Äußerlich hatte sich nicht viel geändert. Der Sitzplatz am Ufer war etwas erweitert worden und der Anbau hatte einen neuen Anstrich bekommen. Der Bach plätscherte immer noch in einiger Entfernung vorbei. In der vorderen Hausfront waren neue Fenster eingebaut worden. Ansonsten schien am Elternhaus alles so geblieben zu sein, wie er es in Erinnerung hatte.

Plötzlich stand ein Mann hinter ihm. „Kann ich Ihnen helfen?“, fragte er. Er war aus der Garage gekommen und trug einen Korb mit Brennholz unter dem Arm.

„Nein, danke, ich wollte mich nur umsehen. Mein Name ist Schneider, Michael Schneider.“

„Aha, Schneider! Sind Sie ein Verwandter von Frau Schneider, die uns das Haus verkauft hat?“

„Ja, genau. Ich bin ihr Bruder und hier in dem Haus geboren. Gerade mache ich Ferien hier, in den Chalets von Hanses Bauernhof. Ich wollte mich nur mal umschauen."

„Aha, Sie sind also der Schriftsteller. Das Buch mit dem Raben und dem Köhler? Ich habe das Buch gelesen."

Michael nickte und lächelte ihn an. „Nicht Schriftsteller, nur Autor."

Der Mann stellte den Korb auf den Boden und reichte Michael die Hand. Zirka fünfunddreißig, mindestens eins neunzig groß, sportlich und blond. Er wohnte jetzt hier in seinem Elternhaus, und Michael fand ihn sympathisch. Michael drückte fest seine Hand.

„Christian Brandstetter, freut mich. Wir kommen aus Berlin und wohnen jetzt seit knapp einem Jahr hier, meine Frau und ich. Es ist schön hier, und wir sind gerne hier."

Die zwei Männer standen sich nun gegenüber, Michael schaute verlegen an dem Mann vorbei. Er wusste auch nicht mehr, was er noch hier wollte, was ihn hier eigentlich hingezogen hatte. Er kannte das Haus doch ganz genau, warum stand er überhaupt noch hier? Er rieb sich die Handflächen aufeinander. Dann machte er einen kleinen Schritt zurück.

„Hat mich gefreut. Ich bin noch ein paar Wochen hier. Man sieht sich", sagte er und wollte schon wieder umkehren.

„Oder wollen Sie mal reinschauen, ins Haus? Wir haben einiges umgebaut."

„Nein, nein. Ich bin nur zufällig vorbeigekommen. Vielen Dank. Bis später mal." Michael drehte sich um und ging zurück.

Christian Brandstetter blieb noch eine Weile stehen und blickte dem Urlauber nach. Ich kann verstehen, dass er wehmütig ist, sagte er zu sich.

Michael ging am Zaun von Rückerts vorbei, ohne sich noch einmal umzusehen.

Da hörte er plötzlich: „Guten Abend".

Ein junger Mann stand hinter dem Gartenzaun und lächelte ihn an.

„Grüß Gott", antwortete Michael und wandte sich zu ihm herüber. „Max Rückert, habe ich Recht?", fragte er herüber.

„Ja, richtig. Und Sie sind der Michael Schneider von nebenan?"

„Ja, auch richtig, aber das von nebenan war einmal, ist schon lange her", antwortete Michael.

„Schön, Sie mal wieder hier zu sehen", meinte Max.

„Ja, aber ich kann mich nicht mehr an Sie erinnern, ich war schon lange nicht mehr hier. Ich mache ein paar Tage Ferien hier in der Pension Hanses", sagte Michael zögerlich und blieb auf dem Weg stehen. Er kannte Max nur vom Hörensagen. Seine Mutter hatte von ihm berichtet, aber gesehen hatte er den erwachsenen Nachbarn noch nie, erinnerte sich zumindest nicht daran. „Ich muss weiter, das Abendessen wartet auf mich.“

„Dann wünsche ich guten Appetit. Aber wenn Sie demnächst Zeit haben, kommen Sie doch einfach nochmal vorbei. Ich würde mich gern mal mit Ihnen unterhalten, auch wegen Ihrem Buch. Sie sind immer herzlich wollkommen.“

„Danke, gerne. Ich komme mal vorbei, versprochen“. Michael war erstaunt und erfreut über eine solch spontane Gastfreundschaft. „Bis dann“, fügte Michael noch hinzu.

Er hob die Hand zum Gruß und ging dann zügig Richtung Ferienhof zurück, und auf einmal war die vor seinem Elternhaus entstandene Schwermut verschwunden. Er war froh, dass der freundliche, junge Mann mit Namen Brandstetter jetzt in seinem Elternhaus wohnte. Ich gönne es ihm, dachte er, und wenn seine Frau auch aus dem gleichen Holz geschnitzt ist, bin ich mit den neuen Bewohnern unseres Elternhauses ganz zufrieden. Ja, und den Max besuche ich auch bald mal.

Als Michael frisch geduscht auf die Terrasse seines Chalets saß, verspürte er plötzlich einen Riesendurst auf ein Glas Bier. „Ich gehe mal runter zu Elke auf ein Bier", rief er zu seiner Tochter herüber und ging zum Hof hinunter, wo er sich am Gartentisch unter einem großen Sonnenschirm niederließ.

Noch war er der einzige Gast und genoss die Ruhe im Garten. In der Ferne hörte er nur das monotone Brummen eines Traktors, der gegenüber im Talgrund ein langgezogenes Feld mit seinem Pflug bearbeitete. Eine Schar schwarzer Raben begleitete den Bauern, die im frischen Erdreich nach Beute suchten.

Schon den ganzen Tag hatte er während seiner Wanderung an sein Elternhaus gedacht, an seine Eltern, seine Erlebnisse in ihrem Haus. An die Kindheit mit seinen zwei Schwestern, zu denen er nur noch wenig Kontakt pflegte und sich nicht eingestehen wollte, warum das so war, obwohl er den Grund genau kannte. Man hatte sich auseinandergelebt. Es war seine Schuld. Er hatte seine Heimat in jungen Jahren verlassen, seine Schwestern hingegen waren in Hundesossen geblieben. Dann hatte Maria einen Landwirt im Münsterland geheiratet und sich dort zurückgezogen,

Elisabeth war im Elternhaus geblieben, bis sie vor zehn Jahren zu ihrem Sohn nach Winterberg gezogen war. Nur ihre Tochter war hier im Dorf geblieben und hatte seine Mutter, ihre Oma, nicht allein gelassen und gepflegt, bis sie vor zwei Jahren gestorben war. Nun war das Haus an einen Ortsfremden verkauft worden. Das ist der Lauf der Dinge, sagte er sich. Er konnte niemand einen Vorwurf machen, im Gegenteil. Er selbst war der Heimat jahrelang ferngeblieben – und dieser Besuch würde wohl sein letzter sein, eine Abschiedstour. Er wollte sein Dorf noch einmal ringsum von den Bergen herab sehen und erleben. Das würde seiner Fitness guttun, und zu Hause konnte er noch von seinen Erinnerungen zehren. Nun werde nicht melancholisch, sagte er sich, als er Schritte hörte. Barbara, die Junior Chefin, hatte ihn entdeckt und kam auf ihn zu.

Er bestellte sich eine Flasche Pils und genoss kurz darauf in langen Zügen das kalte Sauerländer Bier, als Elke aus der Türe auf ihn zu kam. Sie sah erschöpft aus. Träge stützte sie sich auf eine Stuhllehne und bat ihre Tochter, ihr auch ein Bier zu bringen.

„Was ist los, Elke? Du siehst müde aus. Komm setz dich zu mir“, sagte er aufmunternd zu ihr.

„Du kannst dir ja gar nicht vorstellen, was die deutschen Behörden alles wissen wollen und welche Knüppel uns kleinen Gewerbetreibenden zwischen die Beine geworfen werden. Jetzt habe ich den ganzen

Nachmittag die Buchhaltung gemacht und Formulare für die Pension und den Landwirtschaftsbetrieb ausgefüllt. Was die alles wissen wollen, das ist nicht mehr schön!", schimpfte sie.

Michael hatte zwischenzeitlich das Bier für sie ausgeschüttet und stieß mit ihr an. „Entspann dich und genieß den Abend!"

„Ich muss meine Tochter Gisela warnen. Da kommt etwas auf sie zu, wenn sie das Ferienresort aufbauen wollen. Mittlerweile ist das schon Schikane, was die in ihren Behördenstuben aushecken."

Michael blickte zu ihr herüber, zog die Stirn kraus und hob ihr fragend die offenen Hände entgegen. 'Ich verstehe nicht recht?"

„Ja, ja. Unsere Tochter Gisela und ihr Verlobter Carsten wollen dort oben ein kleines Ferienresort bauen und wissen bestimmt nicht, was auf sie zukommt. Allein die Büroarbeit frisst einen bald auf."

Michael schaute sie immer noch fragend an.

„Ja, sie wollen auch ein Resort mit Chalets bauen, aber im großen Stil. Die Genehmigungsverfahren laufen noch."

„Soso, ein Resort?"

Elke lächelte. „Ja, wenn das klappt mit dem Ferienresort von Hegners, dann wirst du unser Dorf in ein paar Jahren nicht wiedererkennen. Das soll dort oben im

Tal eine große Sache werden. Man redet sogar von einer Sommerrodelbahn. Und oben am Auergang will man einen Baumwipfelpfad bauen, von dem man dann sogar den Kahlen Asten sehen können soll."

„Was?" Mehr konnte Michael darauf nicht antworten.

„Ja, Michael. Unsere Gisela will auch wieder aus Düsseldorf zurückkommen. Sie will das Resort dort oben managen und mit Carstens Hof zu einem Waldbauernhof umgestalten. Erfahrung hat sie ja in vielen Hotels als Hotelmanagerin gemacht. Das Ferienresort soll *Hegners Höhe* heißen. Mir ist das ja auch unheimlich, aber sie wird wohl bald den Carsten heiraten, und dann wollen sie loslegen. Aber warten wir mal ab, wie das weitergeht."

„Das glaub ich doch nicht!", staunte Michael. „Da tut sich ja was Großes in unserem Dorf. Hundert Jahre ist hier nichts mehr gelaufen, es sind keine neuen Häuser gebaut worden und nun auf einmal das. Ich bin fassungslos!"

Kurz darauf setzte sich ihr Mann Reinhard auch zu ihnen an den Tisch. Er bestätigte, dass Carsten Hegner mit Gisela sowie ein stiller Investor und ein Bauunternehmer diese großen Baupläne hätten. Er sei aber skeptisch, ob das alles so kommen werde. Er schimpfte auf die Behörden, die heutzutage mehr Hindernisse aufbauen würden als Bürgern und Unternehmern bei ihren Vorhaben zu unterstützen. Einige Behördenhengste hätten da halt auch ein gewichtiges Wort mitzureden. Eine endgültige Genehmigung für die Projekte gäbe es noch nicht.

Als Michael in der Dämmerung wieder hinauf zu seinem Chalet hochstapfte, konnte er immer noch nicht begreifen, was er da von den beiden erfahren hatte. Es kam ihm wie ein futuristisches Bauvorhaben vor. Sein Heimatdorf im Wandel, seit hundert Jahre aus dem Tiefschlaf gerissen! Ein Ferienresort mit Freizeitpark! Kopfschüttelnd betrat er sein Ferienhäuschen.

Er nahm sich fest vor, demnächst öfter zum Abendschoppen herunter auf den Hof zu gehen, um mit Elke und Reinhard einen Schwatz zu halten. So würde er spielend leicht viele Informationen über das Dorf, die Menschen und die Umgebung erhalten.

Auch am nächsten Abend kam Michael, diesmal in Begleitung von Enkel Markus, von einer Tageswanderung aus den Bergen zurück. Auf der Dorfstraße sahen sie einen Fremden auf sich zukommen. Er trug einen dunkelblauen Anzug, ein weißes Hemd mit schwarzer Krawatte, und auf seinem kugelrunden Kopf trug er einen dunklen Hut. In der rechten Hand schwenkte er eine schwarze Ledertasche. Als er näherkam, erkannte Michael, dass der Mann asiatischer Herkunft war. Eindeutig ein Chinese. Auch Markus schaute ihn staunend an, als der Mann an ihnen vorbeiging, ohne sie anzublicken. Michael grüßte zwar aus Gewohnheit mit „Grüß Gott“, doch der Chinese reagierte nicht. Schnurstracks ging er weiter und schlug den Weg Richtung Hörsters Haus ein. Was machte denn ein Chinese hier in der Provinz und dann noch in diesem kleinen Dorf? Als sie auf den Weg zur Pension Hanses einbogen, blieben sie stehen und schauten noch einmal zurück. Der Chinese stand vor der Armin Hörsters Haustür, der in der Türe stand und mit dem Chinesen sprach. Dann gingen beide am Haus vorbei und verschwanden hinter der Hauswand Richtung Garten. Michael kannte den schweigsamen Hörster ganz gut und konnte sich überhaupt nicht vorstellen, was ein geschäftlich gekleideter Chinese mit Armin oder seiner Familie zu tun haben könnte. Vielleicht ein Vertreter oder Autoverkäufer? Ahnungslos schüttelte er den Kopf.

„Markus, merkst du was? Die Globalisierung ist auch hier angekommen."

„Ich verstehe, auch Hundesossen wird international", antwortete er und lachte dabei.

Sie gingen weiter und überquerten den Hof von Hanses in Richtung der Chalets. An der Scheunenecke stand Bauer Reinhard und stützte sich mit seinen Armen auf einer Mistgabel ab.

„Hallo Reinhard", begrüßte er ihn, „Markus hat gerade gesagt, Hundesossen wird international." Etwas verschämt blickte der Junge zu seinem Großvater und ging weiter, Michael blieb beim Bauer stehen.

„Wieso?", fragte der.

„Was macht denn der Chinese hier im Dorf?"

„Ach, der Chinese. Ist er wieder da?"

„Wieso, kennst du den?"

„Nicht persönlich. Aber letzten Sonntag nach der Messe, als wir vor der Kirche standen, hat uns Rückerts Maria alles über den Chinesen erzählt. Du kennst Maria nicht?", fragte er.

Michael schüttelte den Kopf.

„Sie ist über alles im Dorf bestens informiert, sie ist sozusagen die Dorfrundschau. Dieser Chinese wurde also schon öfter in den letzten Wochen gesichtet, wie er durch das Dorf spaziert und mit dem Hörster zusammenkommt. Als erstes hat man ihn am diesjährigen Osterfeuer gesehen. Da stand er plötzlich mit dem Hörster, und später hat er sich auch mit dem Bauunternehmer Siepe unterhalten. Es gibt viele Gerüchte im Dorf, da will ich jetzt aber nicht drauf eingehen. Tatsache ist, dass man ihn oft bei dem schweigsamen Hörster sah. Keiner weiß, warum und was der mit dem bespricht. Der kann doch gar kein Englisch! Vielleicht spricht er ja auch auf Chinesisch mit ihm?“ Der Bauer lachte über seinen Witz laut los und nahm das Ganze gar nicht ernst.

„Sein Auto parkt er immer unten auf der Bundesstraße und geht von da aus ins Dorf. Manchmal sitzt er auch auf einer Bank, schaut in der Weltgeschichte herum und schreibt etwas in sein Heft“, fuhr der Bauer fort. „Ab und zu geht er auch außerhalb des Dorfs spazieren, und das immer im Sonntagsanzug. Das ganze Dorf rätselt, was es mit diesem Verrückten auf sich hat.“

„Aber was sagt denn Hörsters Armin dazu?“

„Der Brandstetter, der in euer Haus gezogen ist, und auch Rückerts Maria haben ihn mal gefragt, was er mit dem Chinesen zu tun habe. Er hat nur geantwortet, das ginge keinen etwas an.“ Reinhard lachte wieder los.

„Schon komisch, was hier im Dorf alles passiert“, meinte Michael kopfschüttelnd und ging weiter zum Chalet hoch. Hinter sich hörte er immer noch das herzhafte Lachen des Bauern.

Oben wartete Markus und rief ihm zu, er solle sich beeilen. Michael eilte nach oben, er hatte ganz vergessen, dass wieder Skype Abend war. Über das Internet wurde dann die Oma in New York angerufen. Sarah rief seit Anfang der Woche ihre Mutter an, so war es vereinbart, und sie wollte sich jeden zweiten Tag Zeit nehmen und in einen kleinen Raum neben den Galerien verschwinden, um auf ihrem Laptop ihre Familie zu sehen und zu sprechen. Hanna freute sich immer darauf und erzählte ihr von den Abenteuern auf dem Bauernhof, die sie mit ihrer großen Freundin Franziska erlebt hatte. Als Michael in die Wohnstube des Chalets kam, war seine Frau schon auf dem Bildschirm zu sehen und sprach mit Sarah und den Kindern. Er stellte sich in den Hintergrund und winkte seiner Frau zu, die ihn schon erblickt hatte.

„Und wie geht es meinem Mann?“, fragte sie zwischendurch.

„Alles klar, meine Liebe, keine besonderen Vorkommnisse hier. Es ist erholsam hier, und Markus begleitet mich auf meinen Wandertouren“, war Michaels

Antwort, und schon hatte Hanna ihre Oma wieder mit weiteren Neuigkeiten in Beschlag genommen. Alle vier saßen und standen nun vor dem Bildschirm und erzählten von den Neuigkeiten in den Ferien. Dann war Oma an der Reihe, doch ihre Schilderungen über Ausstellungsbesuche und internationale Konferenzen waren für die Familie nicht sehr spannend.

Zwischendurch tippte Michael seinem Enkel auf die Schulter und sagte: „Markus, erzähl doch der Oma mal von deinem neuen Freund Sven und seinem Geländemotorrad."

Zuerst stutzte er, schaute seine Mutter an und begann dann doch sehr engagiert über seine neuen Erlebnisse mit dem fahrbaren Untersatz in den Sauerländer Bergen zu berichten. Zuerst schien Oma geschockt zu sein, doch als Sarah ruhig blieb, erkannte sie, dass das mit Opas und Mamas Zustimmung erfolgt war.

Zum Schluss stürmte Hanna wieder vor und wollte wissen, ob Oma ihr etwas mitbringen würde. Weitere Gespräche mit der viel beschäftigten Mama und Oma wurden für den übernächsten Tag vereinbart, ehe sie wieder vom Bildschirm verschwand.

„Hat sich Hedi aus Amerika gemeldet?", fragte ihn seine Tochter.

Er bemühte sich, sich seine eigene Beunruhigung nicht anmerken zu lassen, als er antwortete: „Sie wird bestimmt wie geplant in vier Tagen ankommen“, antwortete er, „ich habe aber noch keine genauen Ankunftsdaten.“

„Komisch“, meinte Sarah.

Als er wieder allein in seinem Chalet saß, versuchte er noch einmal Hedi in den USA anzurufen. Sie meldete sich nicht, und die Sprachbox sprang wieder an.

Max war ein Lebenskünstler, das hatte Michael schon beim Frühstück in der Bauernküche von Elke erfahren. Er war klug und konnte mit den Dickköpfen im Dorf einfach nichts anfangen. Deshalb war er aber noch lange kein schlechter Kerl, der Max Rückert, hatte Reinhard Hanses ihm erzählt. Und er war erfolgreich. Wenn du dir mal sein Luxushaus von innen ansiehst, du glaubst es nicht, hatte Reinhard geschwärmt. Diese Beurteilung hatte Michael noch im Hinterkopf, als er sich entschloss, Max in seinem Haus zu besuchen. Er hatte ihn schließlich über den Gartenzaun eingeladen.

Max Rückert wohnte in seinem Elternhaus mitten im Dorf, das er vor sechs Jahren nach seinen Wünschen umgebaut und eingerichtet hatte. Michael hatte Max, als er noch klein war, während seiner Heimatbesuche zwar ein paar Mal gesehen, aber sie hatten sich wegen ihres Altersunterschieds trotz der Nachbarschaft mit seiner Mutter kaum gekannt. Max' Eltern waren bereits tot, die Schwester und sein jüngerer Bruder weggezogen und besuchten ihn und ihren Heimatort nur noch sehr selten, was nicht unbedingt für ein harmonisches Familienleben sprach. Max galt für die Verwandtschaft und die Dorfgemeinschaft nämlich als Sonderling, für Familie und Nachbarn hatte er nicht viel übrig. Seine jugendlichen Eskapaden mit einigen Mädchen aus den Nachbargemeinden endeten alle sehr abrupt, dann war er mehrere Jahre im Ausland verschwunden. Noch heute lebte er allein als eingefleischter Junggeselle in dem großen dreistöckigen Haus.

Michael war Max‘ spontanen Einladung dennoch gefolgt, stand nun vor seiner Haustüre und schellte. Während er wartete, musste er daran denken, dass seine Mutter bei ihren wöchentlichen Telefongesprächen öfter mal von dem fleißigen und erfolgreichen Nachbarssohn berichtetet hatte. Er hätte sein Haus wundervoll hergerichtet, wäre beruflich erfolgreich, und trotzdem würde er einfach keine Frau finden.

Max öffnete die Haustüre, schien nicht überrascht, sondern war sichtlich erfreut über Michaels Besuch. Ein Golden Retriever stand hinter ihm, der langsam vorkam und ihn beschnupperte.

„Schön, dass Sie mich besuchen“, begrüßte ihn der Hausherr.

„Nun lassen wir das Sie mal weg, ich bin der Michael, ein Nachbar, ein Ehemaliger zumindest“, antwortete Michael.

„Max“, antwortete er, und sie reichten sich die Hand.

Beide traten ins Haus, der Hund folgte dem Hausherrn, und nun konnte Michael das restaurierte Fachwerkhaus von innen bestaunen. Es war so rückgebaut worden, wie es vor Jahrhunderten nach den damaligen landwirtschaftlichen Bedürfnissen gebaut worden war. Michael stand mitten auf der Tenne eines Sauerländer Bauernhauses und schaute hinauf bis an die Decke des zweiten Stocks, sechs bis sieben Meter über ihm. Der Boden war mit rauen Steinen gepflastert und wahrlich nicht für die Absatzschuhe einer Frau geeignet. Vielleicht findet er deshalb keine Frau, schoss es Michael durch sein Hirn. Ringsum sah es zwar nicht mehr so aus wie vor hundert Jahren, doch konnte er sich trotzdem genau vorstellen, wie hier unten auf der Tenne das Getreide gedroschen worden war und ringsum die Knechte und Mägde ihrer Arbeit in dem großen Haus nachgegangen waren.

Max' Eltern hatten ihm das ehemalige große Bauernhaus vererbt. Bei den Umbauten vor sechs Jahren hatte er darauf geachtet, dass das Innere wieder so hergerichtet wurde, wie es noch seine Vorfahren vor hundert Jahren kannten, erfuhr Michael von dem Hausherrn. Max habe in der Mitte des Hauses die Decke zum ersten Stock wieder einreißen und die alte Tenne mit einem Boden aus Natursteinen herrichten lassen. Im ersten Stock führte nun eine Rundumterrasse in die kleinen Zimmerchen, und von oben konnte man auf die riesengroße Tenne herunterblicken.

Max und der Hund gingen voraus, und Michael folgte ihnen über eine offene Treppe in den zweiten Stock. Max humpelte etwas, wahrscheinlich eine Fußverstauchung, vermutete Michael, fragte aber nicht nach. Oben angekommen, schaute er sich erstaunt in der großzügigen Wohnung mit dem darüberliegenden offenen Dachgeschoss um, wahrlich eine sehr luxuriöse Wohnung für einen Junggesellen! Er fühlte sich um Jahrhunderte zurückversetzt. Man konnte diesen jungen Mann mit diesem alten, umgebauten Schmuckstück nur bewundern. Schließlich kamen sie in den Wohnbereich.

„Unglaublich, wie vor zweihundert Jahren“, stammelte Michael und setzte sich sichtlich beeindruckt auf die Couch, Max nahm gegenüber Platz.

„Meine Mutter hat mir bereits vor ein paar Jahren am Telefon von deinem tollen Haus berichtet. Aber, dass es so schön hergerichtet ist, hätte ich nicht erahnen können.“

„Ja, die Oma Schneider. Ich habe sie sehr gemocht und ab und zu auch besucht. Dann haben wir vor dem Haus auf der Bank gesessen, und sie hat mir von ihren Kindern erzählt, die alle in der Weltgeschichte verschwunden seien.“

„Ja, das hat sie nie überwunden, dass wir alle fortgegangen sind.“

„Und dann habe ich ihr mal mein umgebautes Haus von innen gezeigt. Sie war ganz begeistert und hat mir gesagt, dass sie es so schon mal so gesehen habe, damals, bevor mein Vater die Decke in die Diele eingebaut habe. Sie sagte, sie hätte damals noch die Hochzeit meiner Eltern in der alten Diele mitgefeiert. Dein Vater habe bei der Hochzeit hier oben auf der Balustrade ein Solo gesungen, und alle hätten von unten geklatscht. Und dann habe ich ihr alte Fotos von der Hochzeit meiner Eltern gezeigt, und sie konnte sich noch gut daran erinnern. Die meisten Personen kannte sie noch und hat mir gesagt, wer auf den Bildern zu sehen war."

„Ja, meine Mama ..."

Max stand wieder auf, humpelte zu einer kleinen offenen Bar, wo er etwas unbeholfen herumhantierte und schließlich mit zwei Gin Tonic zurückkam.

Dabei erkannte Schneider, dass Max sein linkes Bein nachzog und am linken Handgelenk bis zum Daumen eine weiße Mullbinde trug.

Michael zeigte auf seine verbundene Hand. „Was ist denn da passiert?"

„Ach, nicht so tragisch. Nur ein kleiner Unfall, ist halb so schlimm", antworte er, und Michael merkte, dass er nicht darüber reden wollte. Stattdessen machte er ihm weitere Komplimente über sein Haus.

„Ich gratuliere dir zu einem so schönen, zurückgebauten Elternhaus.“

„Ja, dafür habe ich aber auch hart gearbeitet“, meinte Max. „Nicht, dass du denkst, ich hätte das Geld von meinen Eltern geerbt. Alles hart erarbeitet!“

Dabei klopfte er seinem Hund sanft auf den Rücken, der es sich neben Max auf der Couch gemütlich gemacht hatte.

„Und wie wird man so erfolgreich, dass man sich das alles hier leisten kann?“, fragte Michael und rügte sofort innerlich, weil er die Frage nun doch sehr anmaßend fand. Aber die Worte waren ausgesprochen, und er schaute etwas verlegen zu dem jungen Mann herüber.

Max ließ sich davon nicht beirren und erzählte ihm seine Lebensgeschichte.

Mit Ach und Krach hatte er sein Abitur geschafft. Im Anschluss daran hatte er ein Architekturstudium begonnen und war zwei Jahre lang fast täglich nach Siegen gependelt, bis er nach Köln gezogen war und dort sein Diplom gemacht hatte. Anschließend verbrachte er zwei Assistentenjahre an der Uni, danach lebte er vier Jahre in Straßburg und arbeitete dort in einer Immobilienfirma. Als er wieder zurück nach Hause kam, wollte er sich nicht als schlecht bezahlter Architekt andienen und machte sich stattdessen als Immobilienhändler selbstständig mit dem, was er in Frankreich gelernt hatte. Das sei seine beste Entscheidung gewesen, denn er habe in einer angespannten und hektischen Zeit ein paar spektakuläre und lohnende Deals mit Mehrfamilienhäusern abgeschlossen. Schließlich habe er es etwas ruhiger angehen wollen. In Olpe auf dem Bauamt hatte er es nach drei Jahren bis zum Abteilungsleiter geschafft. Dann war ihm die tägliche Fahrtstrecke zu viel geworden, sodass er jetzt seit gut sieben Jahren auf dem städtischen Bauamt in Schmallenberg arbeitete.

„Ich könnte im Erdgeschoss und ersten Stock auch noch zusätzlich Fremdenzimmer einrichten und mir noch etwas dazuverdienen, das will ich aber nicht. Bautechnisch lasse ich es lieber so, wie es meine Vorfahren seit hunderten von Jahren vorgesehen haben."

„Na ja, vor hundert Jahren sah das noch nicht so gediegen aus", meinte Michael. „Deine Vorfahren haben damals noch Vieh im Erdgeschoss gehalten, dort, wo die vielen Türen zu den Zimmern abgehen. Es lebten mindestens zehn Personen in diesem Haus, wenn nicht noch mehr. Und da, wo heute der kleine Springbrunnen in der Mitte deiner Tenne sprudelt, wurden die Heuwagen und Ochsenkarren hineingefahren, damit sie die Ernte im Keller und das Heu im ersten Stock abladen konnten. So lief das damals in den Bauernhäusern. Ganz so original ist es also nun doch nicht mehr." Michael wollte die Bedeutung seiner Worte abschwächen und lachte. Und Max lachte laut mit.

„Nein, so wie früher ist es heute wirklich nicht mehr. Aber ich hatte meine Freude an der architektonischen Rückführung der Gemäuer und des Layouts. Statt für Viehhaltung und Dreschtage nutze ich den Raum heute für mein Hobby, das Musik machen. Manchmal lade ich meine Freunde ein, und wir essen, trinken und musizieren zusammen auf der Tenne. Auch meinen Freunden gefällt es hier."

„Ja, das glaube ich gerne. Das sind ideale Räumlichkeiten! Und du machst Musik? In einer Band, oder wie?"

„Nur ab und zu im privaten Kreis. Ich war früher mal in der Knüppelmusik, dem Tambourkorps unserer Gemeinde, und in einer Band habe ich auch gespielt. Heute nicht mehr, aber ich kenne viele Musiker und Bands, und die lade ich ab und zu ein."

„Das ist ja toll", sagte Michael anerkennend. „Das würde mir auch gefallen, wenn ich noch jünger wäre", und er bewunderte Max für seinen offenen, großzügigen Lebensstil, den er hier im etwas abgelegenen Sauerlanddorf führte.

Der Hund sprang von der Couch und kam nun auf Michael zu. Er beschnupperte ihn zum zweiten Mal und legte sich dann vor seine Füße.

„Shiva mag dich", meinte Max. Michael bückte sich und streichelte den Hund, der liegenblieb und seine Schnauze auf seinen linken Schuh legte.

„Wie heißt er?“

„Shiva. Es ist eine Sie“, korrigierte Max. Sofort schaute Shiva auf, weil sie ihren Namen gehört hatte.

„Aha Shiva, aber der ist doch ein männlicher Hindugott und keine Göttin“, wandte Michael ein.

„Ja, ich weiß. Aber Shiva ist im Hinduismus der Gott der Gegensätze, der weibliche Kräfte und feminine Eigenschaften in sich vereint. Außerdem sieht der Gott in den indischen Abbildungen weiblich aus und hat vier Hände. Und Shiva, meine Hündin, hat vier Beine.“ Max lachte, und als Michael verstand, lachte er ebenfalls etwas verzögert mit.

Nun sprang die Hündin auf und legte sich wieder auf die Couch neben Max. „Nach meinem Studium war ich mal ein paar Monate in Indien, da habe ich viel vom indischen Gott Shiva und seinem asketischen Yoga kennengelernt.“ Wieder lachte Max und griff zum Glas.

Sie prosteten sich zu, und nippten an ihrem Drink. Michael fühlte sich wohl bei Max, lehnte sich entspannt zurück in die Kissen und genoss die angenehme Gesprächsatmosphäre. Der Max hat was drauf, der ist weltgewandt und weiß, was er will. Und Max fuhr fort über sein Leben zu erzählen.

Michael hörte aufmerksam zu, als Max fortfuhr, über sein Leben zu erzählen, und fragte nur ab und zu nach. Max erzählte ihm lang und breit von seiner Kindheit und Jugendzeit in Hundesossen. Er hatte schon in der frühen Kindheit das Gefühl gehabt, dass seine zwei Geschwister von den Eltern bevorzugt worden waren. Besonders seine Mutter hatte seinen jüngeren Bruder bis zu ihrem Tod so sehr verwöhnt, dass Max eifersüchtig gewesen war und ihn bei jeder Gelegenheit geärgert und unterdrückt hatte. Sein Bruder hatte ihn daraufhin immer weiter provoziert, bis es zu wilden Schlägereien mit ihm gekommen war. Einmal, er war fünfzehn, hatte er ihm eine blutige Nase geschlagen und ihn rücklings von einem Wagen gestoßen. Der Bruder fiel ins Koma, und wegen einer schweren Gehirnerschütterung hatte er über eine Woche im Krankenhaus gelegen. Danach war das Familienleben für Max unerträglich geworden, denn seine Mutter hatte nur noch das Nötigste mit ihm gesprochen. Dieses Ereignis und weitere Eskapaden hatten dazu geführt, dass er mit seinen Eltern fortan ein sehr gespanntes Verhältnis gehabt hatte. Max hielt in der Schilderung inne und schien zu überlegen, ob er ihm etwas Bedeutsames sagen sollte.

Michael gewann den Eindruck, dass ihm irgendetwas auf der Seele brannte und ihn ihm nun jemand gefunden hatte, dem er Vertrauen schenken und noch viel mehr aus seinem Leben anvertrauen wollte. Max trank er einen Schluck und fuhr fort, und Michael fand sich immer mehr in der Rolle des verstehenden Zuhörers.

Max meinte, neben seinem ausgefüllten Berufsleben hätte er auch Missgunst und Hass im Dorf und in seinem Bekanntenkreis erfahren müssen, hauptsächlich wegen seines umgebauten Hauses. Während er dies aussprach, merkte Michael, dass es seinem Gegenüber nicht leichtfiel, darüber zu reden. Max erklärte den Neid für den Hauptgrund, warum er sich gesellschaftlich in der Gemeinde zurückgezogen habe und deshalb bei vielen als arrogant angesehen würde. Aber er merkte an, dass es nur Selbstschutz sei, um sich nicht mit negativen Gedanken auseinandersetzen zu müssen.

Um Max von diesen heiklen Themen abzulenken, fragte Michael nach seinen Hobbys und der Reise nach Indien. Sie sprachen über Religionen und exotischen Bräuche, die Max während seines Aufenthalts in Indien kennengelernt hatte.

Als sie auf die kulinarischen Vorzüge der asiatischen Küche zu sprechen kamen, verriet Max sein zweites Hobby, das Kochen. Er stand auf und forderte Michael auf, mitzukommen. Mit Stolz zeigte er ihm eine professionell eingerichtete Küche, die das Herz eines jeden Küchenchefs höherschlagen lassen würden. Max öffnete einen Weinkühlschrank und nahm eine Flasche Rotwein heraus.

„Aus Frankreich“, sagte er, „ein Medoc.“

Während Max zurück im Wohnzimmer die Flasche öffnete, erzählte Michael von Heids geplanten Besuch, dem verlorenen Mädchen aus dem Dorf, dass vor ungefähr fünfzig Jahren untergetaucht war. Max nickte vielwissend und degustierte den Wein.

Dann sagte er: „Ich habe dein Buch gelesen und kenne daher die Geschichte von Hedi." Er sei sehr interessiert, Hedi kennenzulernen, gerade wenn sie schon mal wieder nach Hundesossen zurückkäme. Er bat Michael, ein Treffen mit ihr zu arrangieren. „Ich würde dann auch gerne eine Kleinigkeit für euch kochen."

„Aber sag mal, Michael", fragte Max nach einer Weile und zog Shiva mit auf seine Couch, „was zieht dich noch hierhin? Warum machst du Ferien in einem Dorf, in dem gar nichts los ist?"

Michael erzählte ihm, dass er noch einmal den Ort seiner Kindheit besuchen wolle, und zwar länger als bei seinen ein bis zweitägigen Aufenthalten, die er damals bei seiner Mutter verbrachte. Er wolle noch einmal in Ruhe die Orte seiner Kindheit und Jugend genießen, bevor es zu spät sei. Insbesondere die Berge wolle er noch einmal rundum ablaufen.

„Und was ich nach den paar Tagen, in denen ich jetzt hier bin, schon sagen kann, ist, das Leben geht weiter. Ich will nicht zu philosophisch klingen, aber ich muss dir sagen, neue Generationen wachsen heran. Es wachsen Kinder im Dorf auf, die ich nicht mal mehr kenne, Erwachsene, die man von früher kennt, haben sich stark verändert und wiederum andere sind immer noch fast die alten. Manche Kinder kenne ich nicht, aber die Gesichter verraten mir, aus welcher Familie sie stammen. Manche Menschen können wegen ihres Äußeren ihre Herkunft halt nicht verbergen, sieh dir nur mal Beckers Vater und seinen Sohn Martin an, die gleichen sich bis in die Haarspitzen! Also, junger Mann, das Leben schreitet voran, und eh du dich versiehst, ist es an dir vorbeigezogen. Das Einzige, was hier gleich geblieben ist, ist die Landschaft und das Dorf, die Häuser stehen noch da, wo sie vor sechzig Jahren standen. Sie wurden zwar etwas erneuert und schöner hergerichtet, die Misten vor dem Haus sind verschwunden, aber die Häuser stehen noch da, an derselben Stelle. Es kommt mir vor wie ein Bummelzug, ein Zug der Zeit, der langsam am Dorf vorbeizieht und immer mehr Wagen mit Menschen heranrollt, die aus dem Fenster schauen und nur eine kurze Weile die Schönheit unseres Dorfs betrachten können."

Nun schwieg Michael. Max tat es ihm gleich und schien vom dem plötzlichen Redeschwall beeindruckt zu sein.

„Nun aber genug der schönen Worte. Ich gehe jetzt, es ist schon spät", beendete Michael den harmonischen Abend.

Als Michael seinen Gastgeber gegen zehn verließ, hatte er das Gefühl, dass er einen guten Draht zu diesem Außenseiter des Dorfs geknüpft hatte. Vielleicht wäre es wirklich nicht schlecht, ihn noch einmal mit Hedi zu besuchen, denn charakterlich würden die beiden Typen zusammenpassen, überlegte er. Auch Hedi war mit ihrem Verhalten damals ein Sonderling gewesen, weil sie mit ihrer provokanten Lebensweise überall im Dorf angeeckt war.

Auf dem Heimweg rief er sie mit seinem Smartphone noch einmal an, denn es war jetzt vier Uhr am Nachmittag in den USA. Aber wieder schaltete sich die Sprachbox ein. Ratlos legte er auf. Warum meldete sie sich nicht? Schon seit einer Woche hatte er keinen Kontakt mehr mit ihr. Was war nur in sie gefahren? Michael machte sich große Sorgen. War etwas mit ihr passiert?

Am nächsten Morgen erschütterte ein Zwischenfall die ländliche Ruhe in Hundesossen.

Nicht in den USA, sondern hier bei ihnen im Dorf. Michael saß noch mit dem Konstanzer Teil seiner Familie auf der Terrasse bei einem ausgedehnten Frühstück. Trotz der Sonne, die hinter dem Bergrücken des Rothaargebirges aufgestiegen war, hatte sie das kühle Sauerländer Klima gezwungen, wärmende Jacken anzuziehen.

Hanna erzählte gerade, dass die drei Freundinnen am Vortag ein krankes Mädchen im Nachbarhaus besucht hatten. Es könne nicht mehr laufen und würde in einem Rollstuhl fahren. Sarah fragte nach, wo das gewesen war. Es musste das Haus von Birkensees gewesen sein. Nun fiel Michael dieses Mädchen wieder ein, das vor ein paar Tagen vor Birkensees Haus im Rollstuhl gesessen hatte.

Auf einmal hörten sie ein immer lauter werdendes Sirenengeheul. Es kam immer näher.

Hanna sprang auf und zeigte auf die Straße herunter. „Da“, rief sie, „Polizei und Feuerwehr!“

Ein Geräusch, dass sie bisher hier im Sauerland noch nicht gehört hatten: Von Norden kam zuerst ein Notarztwagen mit Blaulicht und Sirenengeheul die Bundesstraße heruntergerast, dann folgten weitere Polizeifahrzeuge. Mit ihren Martinshörnern brachten sie das gesamte Tal in Aufruhr.

„Wo die wohl hinwollen?“, fragte Markus und biss in sein Marmeladenbrot. Nun waren die Fahrzeuge genau unter ihnen auf der Bundesstraße zu sehen, und zu ihrem Erstaunen fuhren sie nicht weiter das Tal hinunter, sondern bogen unten im Dorf in die Einfahrt vom Bauernhof Lindner ab. Alle folgten mit erstaunten Blicken den Autos, die vor Lindners Bauernhaus stehen blieben. Menschen in weißer Kleidung und Uniformen sprangen heraus. Wolfsgeheul ringsum setzte ein, auch der Haushund von Hanses heulte bitterlich mit.

Markus hatte sich den Rest seines Frühstücks sofort in den Mund geschoben, war schon aufgesprungen und nun auf dem Weg hinunter ins Dorf. Seine Mutter rief noch erfolglos hinter ihm her, aber Markus hörte nicht auf sie.

„Lass ihn laufen“, beruhigte Michael seine Tochter, „da werden jetzt alle seine Freunde zusammenkommen, und dann wissen auch wir bald, was da unten passiert ist.“

Lindners Hof war ein moderner Landwirtschaftsbetrieb mit mehr als siebenhundertfünfzig Hektar Land, der größte Teil war Wald, mit Tannen und Buchen bepflanzt. Mittlerweile wurde der Hof von dem Enkel des alten Norbert Lindner geführt, der sein Geschlecht damals während der Nazizeit wieder zum Freiherr ändern lassen wollte, daran aber gescheitert war, weil sein Stammbaum für die Nazis nicht völkisch genug war. Er hatte sich auf eine frühere unrechtmäßige Aberkennung des fürstlichen Ranges durch die Beamten Napoleons Anfang des neunzehnten Jahrhunderts berufen, denn die hatten missliebigen und störrischen Edelleuten die Adelswürde einfach aberkannt. Vorher hatten sich Lindners Ahnen Barone nennen dürfen. Dem Antrag wurde von den Nazis aber nicht zugestimmt, weil in seinem Stammbaum irgendwo eine eingeheiratete Jüdin entdeckt worden war. Dem jungen Lindner, der den Hof verwaltete, war der Kampf um das „Blaue Blut“, wie er mal gesagt hatte, vollkommen egal. Er managte den Hof erfolgreich, fühlte sich als Unternehmer und führte ein ganz normales Familienleben. Seine Eltern lebten mittlerweile wegen ihrer fortgeschrittenen Demenz in einem Altersheim, und er wohnte mit seiner kleinen Familie allein in dem riesengroßen Bauernhaus.

Volker hatte sich schon in jungen Jahren auf die Modernisierung seines Landwirtschaftsbetriebs konzentriert und bereits mit neunzehn Jahren die Zügel des Hofs übernommen. Nun führten er und seine Frau einen vorbildlichen Wirtschaftsbetrieb. Ihre Wälder wurden von dem beauftragten Förster mit ein paar Waldarbeitern bewirtschaftet. Zirka hundert Milchkühe standen in ihrem Stall, und weit über hundert Rinder und Kälber weideten auf ihren Wiesen. Etwas außerhalb des Dorfs hatten sie eine moderne Schweinemastanlage gebaut, die automatisch betrieben und von nur einer Person überwacht wurde. Wegen der exponierten Lage störten die Emissionen dieses Stalls keinen der Anwohner. Darüber hinaus hatten sie mit der Raiffeisengenossenschaft und einem Schlachthof einen langfristigen Vertrag ausgehandelt, der ihnen die Abnahme ihrer Produkte sicherstellte.

Alle unternehmerischen und landwirtschaftlichen Aufgaben wurden ausschließlich durch ihn, seine Frau, einer studierten Agrarexpertin und zwei Arbeitskräfte aus Polen ausgeführt. Ein hochtechnisierter Fahrzeug- und Maschinenpark mit moderner Technik, den sie sich mit Maximalzuschüssen aus dem EU-Töpfen finanziert hatten, war der Garant für ihren wirtschaftlichen Erfolg.

Die Dorfbewohner bewunderten das junge Paar, das neben der Hofarbeit auch noch Zeit für Hobbys und Familie aufbrachte. Zwei kleine Stammhalter im Vorschulalter wurden meist von der Schwiegermutter betreut, und drei Hunde lebten einträchtig mit der Familie zusammen. Ab und zu sah man beide Eltern sogar gemeinsam zur Jagd gehen.

Der Hof lag am Rande des Dorfs, angeschmiegt an einem sanft ansteigenden Hügel, der hoch bis zum Auergang immer steiler wurde und mit Tannen-, Buchen- und Eichenwäldern bepflanzt war. Das große alte Wohnhaus in schwarz-weißem Fachwerkstil war seit Generationen die Basis des u-förmig angelegten Gebäudekomplexes. In den Nebengebäuden waren alle Maschinen, Geräte und das Vieh untergebracht. In der Mitte befand sich ein großer freier Platz mit ein paar Eichen, den die Ehefrau mit wunderschönen Busch- und Blumenrabatten verschönert und rundum aufgelockert hatte. Etwas außerhalb stand auf der angrenzenden Hofwiese ein altes Backhaus, das seit Jahrzehnten nur als Rumpelkammer diente.

Am späten Nachmittag des Vortags war der Landarbeiter Pawel mit dem kleinen roten Traktor und einem Anhänger, gefüllt mit Zaunpfählen, Latten und Stacheldrahtrollen, zurück von der Bergweide gekommen. Den ganzen Tag hatte er Zäune geflickt und erneuert, denn bald sollten die Rinder auf die obere Bergweide umgeleitet werden. Pawel stammte ursprünglich aus Polen, arbeitete hier aber schon seit zehn Jahren. Er war der jüngere Bruder von Schwester Theresa, die als Altenpflegerin auf dem Hof gearbeitet und den alten, kranken Lindner, den Möchtegern-Freiherr, gepflegt hatte. Damals hatte sie ihren jüngeren Bruder als Knecht bei den Lindners empfohlen, und mittlerweile gehörte Pawel schon fast zur Familie. Mit seiner Arbeit als Verantwortlicher für die Viehwirtschaft war man mehr als zufrieden. Als er nun mit seinem Traktor zurück auf den Hof kam, winkte ihm sein Chef, der junge Volker Lindner, zu.

Er stellte den Traktor hinter der Scheune ab und ging mit schnellen Schritten hinüber zum Chefbüro. Er musste sich beeilen, denn die Kühe mussten hereingetrieben und dann gemolken werden.

„Pawel, wie ging es dir da oben? Hast du die Zäune dichtgemacht?“, fragte ihn sein Chef.

Pawel, ein wortkarger, fleißiger Mann mit vierzig Jahren, nickte nur etwas grimmig, so wie immer.

„Ich habe morgen für dich eine andere Aufgabe. Morgen musst du das kleine Backhaus auf unserer Wiese ausräumen und danach den angebauten alten Steinanbau dahinter abreißen, der dahinter steht und schon fast zusammenfällt. Wir wollen das Backhaus als Scheune umbauen. Schon nächste Woche kommt der Maurer. Vorher müssen wir aber den Schrott, der da drin liegt, entsorgen. In die Scheune stellen wir später unsere Wintergeräte rein.“

Pawel nickte nur und sagte: „Gut, Chef, machen wir. Das Backhaus komplett ausräumen?“

„Ja, alles muss raus, auch oben vom Boden. Du musst dir eine Leiter besorgen. Ich muss morgen früh zum Amt, werde aber am Nachmittag dazukommen und dir helfen. Nimm den grünen Deutz, da kannst du den Hebekran benutzen. Und hier, das ist der Schlüssel für die Türe."

Pawel nahm nickend den Schlüssel entgegen. Kommentarlos verließ er das Büro durch die Außentüre und ging zum Stall herüber, denn in der Milchküche musste er die Melkautomaten aktivieren und die Milchkessel vorbereiten. Volkers Ehefrau kam nun auch ins Büro, und beide schauten ihm durch das Fenster nach. Volker musste sich im Stillen eingestehen, dass er mit Pawel sehr zufrieden war.

„Auf ihn kann man sich verlassen, er arbeitet sehr selbständig", sagte er seiner Frau. „Und trinken tut er auch nicht mehr an den Wochenenden, es gibt schon lange keine Beschwerden mehr über ihn."

„Hoffentlich bleibt es so", kommentierte sie das Lob ihres Mannes.

Den anderen Arbeiter, Adam Jablonski aus Danzig, der den Schweinestall führte, musste Volker noch etwas enger führen und beaufsichtigen. Aber Adam war auch noch jünger, und vielleicht würde er irgendwann auch mal so zuverlässig sein wie Pawel.

„Dann machen wir das mit dem Backhaus so wie besprochen", bestimmte Frau Lindner, „ihr räumt dort

Geräte ein und ich melde die neue Verwendung beim Finanzamt." Ihr Mann nickte und folgte Pawel in den Kuhstall. Vielleicht reißen wir das Backhaus demnächst auch einfach ab, überlegte er, auch wenn dann wieder ein Teil der Sauerländer Tradition sterben würde.

Seine Frau war am Fenster stehen geblieben und schaute ihm nach. Dann wäre das Thema mit dem Backhaus auch erledigt, dachte sie, denn die Umfunktionierung des Backhauses geschah aus Gründen der Steuerersparnis. Das Backhaus würde nunmehr als Scheune dienen und vom Finanzamt somit nicht mehr als Wohnfläche angerechnet und versteuert werden. Als das Finanzamt vor drei Jahren das Backhaus als Wohnhaus mitgerechnet hatte, verstand Frau Lindner diese Zuordnung als Willkür und Unverschämtheit des zuständigen Steuerbeamten. Als Gegenzug hatte sie durch eine Eingabe beim Bauamt bewirken wollen, dass das alte Backhaus als historisches Baudenkmal einzustufen sei, und forderte dafür eine merkliche Steuererleichterung. Dies wurde aber kategorisch abgelehnt, weil das Backhaus vor fünfzig Jahren umgebaut und damit zweckentfremdet worden sei. Es fehlten der Ofen und die Backofensteine im Innern, und damit konnte es keinen alten, schützenswerten Originalzustand mehr vorweisen. Das war die Beurteilung des Bauamts gewesen, dem ihr Nachbar Max Rückert als Bauamtsleiter vorstand.

Frau Lindner hatte darauf mit weiteren historischen Argumenten Einspruch eingelegt. Denn das Backhaus war als Küchenhaus in alten Dokumenten der Gemeinde schon im Jahr 1821 erwähnt worden. Soldaten einer Ulan-Reitereinheit aus Russland und Sachsen, die die Truppen von Napoleon Richtung Frankreich verfolgten, hatten damals auf Lindners Hof eine Mahlzeit aus einem Kessel erhalten, in dem eine würzige Suppe mit schmackhaften Fleischstückchen gekocht worden war. Der Oberst hatte die Wirtin vor der satt gewordenen Truppe lobend erwähnt. Wegen einer Plage waren beim Kochen hunderte kleiner Kakerlaken über die Suppe hergefallen und dabei von der Wirtin einfach mit eingekocht worden. Die Unglückliche hatte dabei Ängste ausgestanden, den Vorfall jedoch nie gemeldet und die Suppe mit den gekochten Tierchen serviert. Den Soldaten hatte es letztlich sehr gut geschmeckt, besonders wegen der kleinen knackigen Fleischstückchen darin, hatten viele gesagt. Der Oberst hatte die Bäuerin sogar gelobt. Dieser Kochkessel hatte in besagtem Backhaus gestanden. Die Begebenheit war urkundlich in den Gemeindeunterlagen erwähnt und festgehalten worden.

Auch dieser Antrag seitens Frau Lindner wurde einige Monate zuvor vom Finanzamt und dem Bauamt mit der Aussage abgelehnt, man könne nicht mehr überprüfen, ob es sich bei diesem Eintrag in der Agenda der Gemeinde aus dem vorletzten Jahrhundert um eine wahre Begebenheit oder nur um eine Volkssage handeln würde. Da war Frau Linder wütend geworden, die sonst so sanfte Jungbäuerin, und hatte einen großen Teil ihres Gerechtigkeitsglaubens verloren.

Daraufhin wollten sie und ihr Ehemann nichts mehr mit dem Bauamtsleiter Max Rückert zu tun haben – auch wenn es ihr direkter Nachbar war.

Vor drei Wochen hatte Volker zusätzlich von einem Freund gesteckt bekommen, welche Vermutung Max bei der Einweihung des neuen Feuerwehrhauses geäußert haben sollte: „Auch bei uns im Dorf wollen einige Schlaumeier Vorteile als Landwirte mit der Anerkennung von historischen Kulturgütern erhaschen, dabei leben sie sowieso schon in Saus und Braus von den überhöhten Subventionen der EU!“

Das hatte das Landwirtsehepaar eindeutig auf sich gemünzt verstanden, und wollten seitdem nicht bloß den Kontakt zu ihrem Nachbarn meiden, sondern, wie sie es Jagdkollegen erzählt hatten, hassten den Bauamtsleiter aus vollem Herzen.

Am anderen Morgen gegen acht Uhr tuckerte der grüne Deutz mit einem leeren Anhänger hinter dem Kuhstall vorbei und steuerte auf das Backhaus zu. Pawel hatte die Kühe schon gemolken, und er würde sie erst am Mittag auf die Bergweide treiben. Bis zum Mittag sollten sie im ungebundenen Laufbereich des

Stalls bleiben und an den Salztrögen lecken, um die nötigen Mineralien aufzunehmen.

Neben dem Backhaus hielt er an und sprang vom Deutz herunter. Er nahm den Schlüssel und wollte damit die Türe öffnen, doch er passte nicht. Er drückte vor das Holz. Die knarrende Türe war gar nicht verschlossen gewesen, ließ sich aber nur einen Spalt weit öffnen. Sie verklemmte sich auf dem Lehmfußboden. Mit Gewalt drückte er mit der Schulter dagegen und mit einem krächzenden Laut sprang die Türe ganz auf. Fast wäre er hineingefallen, fing sich jedoch im allerletzten Moment und stand nun mittendrin in einem staubigen Chaos von aufgestapeltem und wild durcheinanderliegendem Gerümpel. Auf allem lag eine dicke Staubschicht, und ein ätzender Modergeruch stieg Pawel in die Nase. Er hielt sich eine Hand vor Mund und Nase, hielt die Luft an und wühlte sich vor bis zu den zwei Fenstern. Spinnweben blieben an Kopf und Körper hängen. Vor den Fenstern wischte er weitere Spinnweben mit dem Arm beiseite und riss die Flügel weit auf. Sofort sog er die einströmende, frische Luft ein, denn ein fürchterlicher Geruch hatte ihm den Atem geraubt. Das kann ja heiter werden, dachte er, ich hätte mir besser einen Mundschutz mitgenommen. Aber egal, der Gestank wird hoffentlich bei offenen Fenstern und Türe bald verzogen sein, war sich Pawel sicher. Schnell sprang er wieder aus der Türe nach draußen und blieb eine Weile an der frischen Luft stehen. Er schaute durch die Türe hinein und suchte nach eventuell brauchbaren Dingen. Sein Chef hatte ihm auferlegt, er solle alles auf den Müllhaufen hinter der Scheune werfen. Doch vielleicht konnte er persönlich noch etwas gebrauchen.

Mehrere Stühle, ein windschiefer Schrank ohne Türen, ein paar Regale mit diversen Kisten und verfaulten Kartons, ein altes Sofa mit darüber liegenden Gardinen oder Stoffbahnen, verdreckte Kleidungsstücke und alte Gummistiefel – alles Schrott, beurteilte Pawel sofort. Das ist ja eine Scheißaufgabe, alles hier herauszuholen, da hole ich mir ja eine Staublunge, ärgerte er sich.

Nach einer Weile ging er wieder hinein, als er zwei Paar alte Skier an der Wand stehen sah. Er nahm sie, schüttelte den Staub ab und prüfte, ob sie noch zu gebrauchen waren. Als er registrierte, dass die Bindungen fehlten, trug er sie hinaus und warf sie auf den Anhänger. Dann holte er zwei defekte Stühle heraus, und auch zwei alte Koffer landeten auf dem Anhänger vor der Türe. Über einem zerfetzten Stoffsofa lag eine Holzleiter, davor standen undefinierbare Holz- und Möbelstücke, noch mehr alte Koffer, zwei davon offen und ohne Inhalt – das reinste Chaos. Pawel ließ seinen Blick weiter durch das einstige Backhaus schweifen und erblickte über sich eine offene Luke zum darüber liegenden Dachboden. Kurzerhand nahm er die Leiter von dem Sofa, prüfte ihre Festigkeit und stellte sie an die offene Luke. Eine Staubwolke rieselte auf ihn herunter, und er sprang schnell einen Schritt zu Seite. Hier hatte schon seit Jahren keiner mehr einen Fuß hineingestellt. Beim ersten Tritt auf die Leiter testete er noch einmal die Festigkeit, ehe er weitere Schritte auf den Sprossen nach oben machte. Vielleicht finde ich oben auf dem schrägen Dachboden noch einen Schatz, hoffte er, obwohl er wusste, dass es doch nicht passieren würde. Oben war es düster, er konnte nur erahnen, was sich dort unter einer grauen Staubschicht verbarg. Wieder musste er sich Spinnweben aus dem Gesicht streichen. Auf der linken Seite erblickte er aufgestapelte Holzlatten, davor einen Stoß Zeitschriften und blau-gelbe Fliesen. Mein Gott, dachte Pawel, wer hat diesen Kram nur hierhergebracht? Er stieg noch eine Sprosse höher, seine Augen hatten sich mittlerweile an die Dunkelheit gewöhnt. Vor sich sah er verdreckte, aufeinandergestapelte Matratzen, daneben eine einzelne, die mit altem Stoff bedeckt war. Zwei Schuhe lagen am unteren Ende, alles zerfressen von Motten, Mäusen oder sonstigem Getier. Pawel stieg nun auf den Holzboden, trat einen Schritt auf die Matratzen zu und schaute sich auf der Suche nach etwas Brauchbarem um. Aber hier war nichts, was sein Interesse auf sich zog.

Er wollte die Leiter gerade wieder hinabsteigen, als ihm etwas Helles auffiel, etwas rundes Weißes, zwei

Meter von ihm entfernt. In gebückter Haltung ging er unter der Dachschräge näher heran. Was war das nur? Er wischte sich noch einmal durch das Gesicht und riss die Augen auf. Aber nein, schrak er auf, ein Totenkopf? Er riss seinen Körper hoch und stieß mit dem Kopf hart unter eine Dachlatte. Er schrie auf, ob wegen des Schmerzes oder wegen dem grausigen Kopf, der ihn aus dunklen Augenlöchern anstarrte, wusste er nicht genau. Erst einmal tief durchatmen, besann er sich und merkte dann, dass er seine Arme abwehrend nach vorne hielt und die Fäuste geballt hatte, als erwarte er einen Angriff. Da lag ein Totenkopf. Sein Puls war nach oben geschnellt, er atmete noch zwei, drei Mal die modrige Luft ein und hatte sich bald wieder im Griff. Schließlich ließ er die Arme sinken. Der Schädel konnte ihm nichts mehr anhaben, meldete sein Gehirn, und der Adrenalinspiegel sank wieder. Langsam bückte er sich und schaute noch einmal genauer hin, um das dunkle Grausen aufzuklären. Nein, es war nicht nur ein Schädel allein, es war ein Toter, ein ganzes Skelett, das vor ihm lag. Eingehüllt in zerfetzter, vermoderter Kleidung. Er konnte den Halswirbel unter dem Schädel erkennen, dann sah er Arm- und Handknochen auf der linken und rechten Seite. Auch die Kleidung war noch zu erkennen und verdeckte teilweise den toten Körper. Weiter unten steckten Beinknochen in vermoderten Schuhen. Oh Gott, hier lag ein verwester Mensch auf der Matratze!

Mit wackligen Beinen trat er wieder auf die Leiter, warf noch einen letzten Blick auf den Toten, stieg hinunter und rannte aus dem Backhaus nach draußen. Dort ließ er sich zuerst einmal auf die Knie fallen, atmete tief durch und tastete seinen Kopf mit den Fingern ab. Es tat noch weh, aber er sah kein Blut an der Hand. Er schaute auf die Uhr, es war acht Uhr zweiunddreißig.

Dann stand er wieder auf, brüllte ganz laut „Verdammt! Das gibt's doch nicht!" und lief zum Wohnhaus der Lindners herüber. Kurz darauf war der ganze Hof voll geparkt mit Notarztfahrzeugen und Polizeiautos. Die Martinshörner heulten weiter, und ihr penetrantes Echo im Innenhof des u-förmigen Gutshofs ließ die drei Hunde der Lindners fürchterlich heulen.

Michael Schneider saß mit seiner Tochter immer noch am Frühstückstisch und trank seinen zweiten Kaffee. Sie schauten ins Dorf herunter, aber den Hof konnten sie nicht einsehen. Hanna war mittlerweile zu ihren Freundinnen auf Hanses Ferienhof verschwunden. Markus war mittlerweile schon über eine halbe Stunde fort. Vater und Tochter konnten die Ruhe und ihre seltene Zweisamkeit wegen dem Sirenengeheul und der Unruhe im Dorf nicht richtig genießen.

„Papa, nun schau doch mal, was da unten los ist", bat ihn seine Tochter Sarah. Kurz darauf nahm Michael

Sonnenhut und Sonnenbrille an sich und machte sich auf den Weg hinunter ins Dorf.

Er sah es von weitem, die Hofeinfahrt und der Fußweg dorthin waren mittlerweile mit rotweißem Plastikband abgesperrt worden. Zwei Polizisten standen dahinter und hielten ein paar vorwitzige Frauen zurück. Michael ging direkt in Richtung Hauptstraße, wo er zweihundert Meter weiter geparkte Autos und Menschen auf dem Seitenstreifen ausmachte. Dort hinten musste ein Unfall passiert sein, schätzte er und trat langsam zu der Menschenansammlung herüber. Wie schnell sich doch so viele Menschen hier in dem kleinen Dorf versammeln, wenn etwas Ungewöhnliches passiert ist. Er kam an dem Schaukasten mit der drapierten Feuerstelle und dem Kupferkessel vorbei, der vom Verkehrsverein aufgebaut worden war und an den historischen Suppenschmaus der russischen Ulan-Reiter aus dem Jahr 1821 erinnerte. Ein neueres Monument, das die Touristen hier am Wanderweg auf diese wahre Begebenheit aus den Napoleon Kriegen hinweisen sollte.

Einige Männer, die ihm begegneten, fragte er nach dem Grund des Polizeiaufgebots. Es habe einen Toten gegeben, bekam er als Antwort, mehr wisse man auch nicht.

Michael ging weiter und sah nun das alte Backhaus der Lindners. Etwas abseits hatte sich eine Menschentraube versammelt, auch Markus war dabei. Rundherum flatterten Absperrbänder, und Polizisten und

Menschen in weißen Plastiküberzügen liefen umher. Das Backhaus wurde schon seit Jahrzehnten nicht mehr als Backstube genutzt, und doch war es stets von außen gestrichen und instand gehalten worden – ein kleines Häuschen mit schwarz-weißem Fachwerk und Schieferdach.

Gemeinschaftlich genutzte Backhäuser waren im Sauerland schon seit Jahrhunderten im Einsatz gewesen, denn Backöfen in den Wohnhäusern wurden wegen der erhöhten Brandgefahr hoheitlich untersagt. Das Backhaus der Lindners war bis zum zweiten Weltkrieg für die Gutsfamilie und die große Schar von Angestellten und Arbeiter vorgesehen, bis es irgendwann nur noch als Ablageort zweckentfremdet wurde.

Im Gegensatz dazu wurde das Gemeindebackhaus in der Dorfmitte von Hundesossen noch weitere zehn Jahre nach dem zweiten Weltkrieg genutzt. Der Ofen wurde damals mit gemeinschaftlich geschlagenem Holz aus den umliegenden Bergen geheizt. Zuständig war ein verlässlicher Mann aus dem Dorf, der deshalb auch Backes genannt wurde. Vor dem Einbringen der Backware heizte man vor, und die entstandene Glut wurde noch vor dem Beschicken der Teigbrote entfernt. Bis in die fünfziger Jahre fanden regelmäßig Backtage am Donnerstag statt – ein wichtiges Datum für die Interaktion der Dorfgemeinschaft, weil beim Warten auf das Brot viele Neuigkeiten ausgetauscht wurden. Doch dann boten motorisierte Bäcker aus den

Nachbarorten ebenfalls Brote an, brachten sie mit ihren modernen Fahrzeugen sogar bis vor die Haustüre, und die Jahrhunderte alte Tradition des Gemeinschaftsbrotbackens nahm 1955 ein Ende. Das Gemeindebackhaus wurde schon bald danach abgerissen. Nur Lindners Backhaus stand immer noch.

Michael trat neben Markus, der das geschäftige Treiben vor dem Backhaus beobachtete. Nun sahen sie, wie zwei Männer in dunklem Anzug aus einem schwarzen Kleinbus stiegen und im Backhaus verschwanden. Michael wartete noch eine Weile, ging dann aber wieder zurück zum Chalet.

Auch beim gemeinschaftlichen Abendbrot vor dem Chalet waren noch keine weiteren Informationen über die Hintergründe zu dem Vorfall im Backhaus bekannt. Dass es einen Toten gab, war sicher, denn man habe eine graue Blechkiste herausgetragen und in einen schwarzen Transporter geschoben, das konnten Markus und seine Freunde bestätigen, sonst gab es keine verlässlichen Informationen von offizieller Seite. Das schloss jedoch nicht aus, dass die wildesten Vermutungen und Gerüchte im Dorf herumgetratscht wurden. Die Familie Lindner war auf jeden Fall nicht zu Schaden gekommen, das war Fakt, denn Hörsters Eva hatte alle wohlauf im Garten gesehen. Nur die zwei Knechte wurden noch nicht wiedergesehen, und das gab Anlass für Spekulationen. Eva Gessler meinte sogar, dass entweder Pawel oder Adam etwas zugestoßen sein müsse, und der andere müsse wohl verhaftet worden sein.

Diese Vermutung waberte in den nächsten Tagen in verschiedenen Variationen durch das Dorf – solange, bis die beiden Knechte am übernächsten Abend wieder einträchtig bei ihrer Hofarbeit gesehen wurden. Diese Beobachtung hatte Eva Gesslers Theorie also zunichtegemacht, und es stellt sich erneut die Frage: Wer war der Tote? Und wer war der Übeltäter, wenn beide Arbeiter und die Lindners noch frei herumliefen? Diese Fragen blieben zunächst unbeantwortet, aber im Dorf wurden sie dennoch heiß diskutiert.

In den Videoanrufen nach New York berichtete die Familie Oma Carmen über die unglaublichen Geschichten aus dem fernen Sauerland. Zuerst war sie erschrocken, doch Michael beruhigte seine Frau. Sie alle hätten nichts damit zu tun und würden einen friedlichen Urlaub verleben.

Die erste Ferienwoche war für Sarah und ihre beiden Kinder, die drei Urlauber aus Konstanz, schon fast vorbei. Alle genossen das Dorfleben, trotz des unerwarteten Funds in Lindners Backhaus. Die Kinder hatten ihre täglichen Beschäftigungen bei Freundinnen und Freunden gefunden. Sarah liebte die ungezwungene Zeit bei herrlicher Ruhe vor dem Chalet und las in einem Buch, und Michael war bereits einige Wanderrouten der näheren Umgebung abgelaufen.

Natürlich war der Leichenfund im Backhaus in aller Munde. Michael waren im Dorf die seltsamsten Theorien zu Ohren gekommen, er hatte sie jedoch allesamt nicht ernst genommen. Sarah und ihr Vater diskutierten lange mit den Hanses im Garten über die Vermutungen, die im Dorf kursierten. Doch noch gab es keine gesicherten Erkenntnisse, keine offiziellen Aussagen darüber, wer der Tote war und wie ihm das Leben genommen wurde.

Es war Anfang Juni, und der Sommer schickte bereits seine heißen Vorboten aus. Michael hatte sich vorgenommen, die Berge und Täler seiner Heimat noch ein weiteres Mal zu begehen, bevor es mit seiner schmerzhaften Hüftarthrose nicht mehr möglich war.

Jedes Mal, wenn er zu einer Wanderung aufbrach und zurückkam, wählte er die Route durch das Dorf. Jüngere Bewohner kannte er nicht mehr und ging grüßend als Tourist weiter. Ab und zu traf er jedoch auch auf ältere Dorfbewohner, die er kannte und mit ihnen einen Plausch begann. Nur Hörsters Änne kam zögerlich auf ihn zu und konnte sich erst nicht erinnern. Michael, ja Michael Schneider, der Sohn von Volker, hellte sich ihr Gedächtnis dann auf. Ach ja, jetzt erkenne ich dich, ganz der Alte, der Schneider. Was machst du denn hier? Bist du allein?

Man hatte Michael viele Jahre nicht mehr in Hundesossen gesehen. Er erfuhr, dass Rückerts Maria im Krankenhaus lag, dass der Sohn von Beckers Gudrun sein Bein beim Fahrradfahren gebrochen hatte und dass den Lindners letzten Monat ein Pferd gestorben war, weil es eine Kolik bekommen katte. Durch Gespräche über den Gartenzaun wusste er mittlerweile, wie es den Leuten erging, wen welche Krankheit plagte und welcher Schicksalsschlag sie gerade bewegte. Doch Michael wurde auch dazu angehalten, von sich selbst zu berichten: Bist du verheiratet? Hast du Kinder? Wo lebst du denn? Willst du nicht wieder nach Hause, nach Hundesossen kommen? So ähnlich liefen alle Wiedersehen mit den alten Dorfbewohnern ab. Und dann häuften sich die Fragen zu Hedi: Wie hast du sie wiedergefunden? Wo lebt sie? Hat sie Kinder?

Am Morgen hatte Michael seine Tochter überredet, ihn auf seiner Wandertour zu begleiten. Michael wollte ihr zeigen, wo das Trinkwasser für das Dorf herkam. Beim Frühstück hatte er erzählt, dass er damals mit siebzehn Jahren am Bau der Wasserleitung mitgearbeitet hatte. Als sie an der Helle den Berg hochgingen, sahen sie von oben, wie Hanna mit den zwei Hanses Mädchen hinter dem Garten im Gras saß, eine Katze im Arm. Sie war gut aufgehoben, dort unten auf dem Bauernhof, und würde die Mama wohl den ganzen Tag nicht vermissen.

„Markus wird wieder bei seinem Freund Sven in der Garage sein. Das Motorrad hat es ihm angetan“, meinte Sarah, denn beide konnten ihn nirgendwo im Dorf erblicken.

Sie spurten in das Seitental Burbecke und bogen dann zwei Kilometer weiter nach Westen ab, um den Berg Eben hinaufzugehen. Auf dem Gipfel stand eine Bank, auf der sie sich niederließen und aus den mitgenommenen Wasserflaschen tranken. Von hier aus erstreckte sich ein weitläufiger Ausblick auf das Lennetal und die weiß-schwarz glänzenden Fachwerkhäuser der Nachbarorte. Auf der westlichen Bergseite stiegen sie talwärts wieder ab. Michael stieß auf die drei Quellen, deren Wasser ein paar Hundert Meter weiter gesammelt und über die kupferne Wasserleitung ins Dorf geleitet wurde. Als sie weitergingen, sahen sie schon das Sammelbecken, ein Betontank, der mit einem Maschendrahtzaun geschützt war.

„Vom Dorf bis hierhin haben wir damals einen neuen Graben gebuddelt, einen Meter tief, und Rohre verlegt. Jede Familie musste einen achtzig Meter langen Graben ausschachten. Wir haben den Sand und Zement bis hierhin geschleppt, um dieses Betonbecken zu bauen. Ich erinnere mich noch ganz genau daran“, erklärte Michael.

Als sie dort ankamen, sah Sarah ein Schild am Zaun. Laut las sie vor: „Außer Betrieb. Zutritt verboten.“

„Was?“, fragte ihr Vater erstaunt. „Warum das? Außer Betrieb?“ Und dann sah er, dass das Wasser der drei kleinen Rinnsale am Betonbecken vorbeigeleitet wurde und irgendwo in dem vorbeilaufenden Bach mündete. Zweimal lief er um den Betonblock und fand doch keine Erklärung für diesen Zustand.

„Woher bekommen die denn nun ihr Wasser im Dorf? Es muss eine neue Quelle geben.“

Verwundert verließ er mit Sarah den Platz, und sie liefen in einer Schleife um das Tal wieder zurück zum Dorf.

Als sie den letzten Hang Richtung Dorf herunterstiegen, erinnerte sich Michael: „Damals, als ich noch Schüler war, gab es hier einen fürchterlichen Unfall. Dort hinten.“ Er zeigte auf einen steilen Weg einige hundert Meter zurück.

Sarah blieb stehen, und Michael erzählte ihr von einer schrecklichen Katastrophe. Ein voll beladener Pferdewagen sollte damals lange Tannenstämme aus dem Wald ins Tal transportieren. Auf einer abschüssigen Stelle versagten die Bremsen des Wagens, die von zwei Pferdeführern angezogen worden waren, und die zwei angebundenen Pferde davor konnten die Last nicht mehr halten. Sie wurden von dem immer schneller werdenden Wagen überrollt und von den Holzmassen brutal getötet.

„Schaurig war das", sagte Michael. „Ich habe das Desaster danach mit eigenen Augen gesehen." Danach schwieg er eine Weile, und sie marschierten wortlos zum Dorf zurück.

Dort trafen sie wieder auf den Chinesen, der gerade die Dorfstraße hochgelaufen kam. Er trug einen dunklen Anzug, eine Sonnenbrille und einen schwarzen Hut auf dem Kopf, die schwarze Tasche fest unter den Arm geklemmt. Am Glockenplatz setzte er sich auf die Bank. Er nahm ein Heft aus der Tasche und schaute sich um, als suche er nach hochfliegenden Flugzeugen. Als sie ihn im Vorbeigehen grüßten, reagierte der Exot nicht.

Es war Mittag, als die zwei etwas erschöpft wieder auf Hanses Hof ankamen. Sie sahen die drei Mädchen hinter den kleinen Küken herlaufen, Hanna kreischte vor Freude. Dann trafen sie Barbara, die den Kindern eine Karaffe mit Obstsaft herausbrachte. Sarah setzte sich auf die Bank und meldete vier Personen zum Abendessen an. Sie wolle sich heute mal bedienen lassen, statt oben im Chalet etwas vorzubereiten, lautete ihre Begründung.

„Barbara, wir lassen unsere Küche heute Abend kalt. Was gibt's denn bei euch?", fragte sie.

„Eine Brotzeit mit geräuchertem Schinken und Käse aus dem Hause Hanses, dazu Bratkartoffeln mit Spiegelei. Ist das genehm?"

Beide nickten und stiegen wieder zu ihren Chalets hoch.

Am Abend kamen die vier wieder herunter und setzten sich zum Abendessen in den Garten unter den Sonnenschirm. An den drei anderen Tischen ließen auch die übrigen Pensionsgäste den milden Abend bei Bratkartoffeln, Bier und Wein ausklingen.

Während Michael und Sarah vor dem Essen ein kleines Bier tranken, aßen die Kinder bereits ein Käsebrot und verschwanden kurz darauf. Hanna mit den Mädchen im Haus, und Markus im Dorf. Er sollte aber spätestens um halb zehn zu Hause sein, rief die Mutter noch hinterher.

Zu den Bratkartoffeln servierte Barbara Vater und Tochter überraschenderweise auch eine Räucherforelle und ein Glas eiskalten Eblinger von der Mosel. „Ein Gruß von Mama", sagte sie, „ihr Bruder, mein

Onkel, war heute hier. Der hat uns ein paar Forellen aus seinen Teichen mitgebracht. Guten Appetit."

Als sich die anderen Tische geleert hatten, kam Bauer Reinhard mit einer Flasche Bier in den Garten und setzte sich an den Tisch neben Michael. Kurze Zeit später gesellte sich auch Elke noch dazu.

„Reinhard, jetzt musst du mich bitte mal aufklären", begann Michael etwas geheimnisvoll. „Wir zwei waren heute oben am Berg bei den Wasserquellen, und da haben wir erstaunt feststellen müssen, dass kein Quellwasser mehr über die Leitung ins Dorf fließt. Habt ihr eine neue Quelle?"

„Michael, das habe ich dir doch schon vor ein paar Tagen gesagt. Die Behörden triezen uns, wo sie nur können. Du musst dir das mal vorstellen! Die Bewohner unseres Dorfs haben über zig Generationen und über Jahrhunderte hinweg von unserem eigenen Quellwasser oben aus den Bergen getrunken. Niemals ist einer krank geworden von unserem Wasser, mehrmals sind Wasserleitungen erneuert worden. Das letzte Mal war es Ende der sechziger Jahre. Und nun kam vor zwei Jahren das Wasserversorgungsamt der Stadt und behauptete, das Wasser sei unrein und gesundheitsgefährdend. Weißt du, wie viele Menschen in fünfhundert Jahren an unserem Wasser gestorben sind? Null, kein einziger! Und was behaupten diese Heinis im Rathaus? Dass unser Wasser gesundheitlich bedenklich sei. So ein Wahnsinn!"

„Wie kommen die denn darauf?“, fragte Michael und fühlte Reinhards Aufregung nach.

„Irgendwelche schlauen Wissenschaftler haben im Auftrag des Regierungsamts unser Wasser nach den neuen verschärften Bestimmungen der EU untersucht und sind zu diesem Urteil gekommen. So ein Schwachsinn!“

„Und jetzt?“, fragte Sarah.

„Nun wurde unsere Quelle als nicht tauglich für den Verzehr von Menschen beurteilt. Daraufhin wurde sie abgestellt, und seitdem wird fremdes Wasser aus dem Wasserversorgungsnetz der Stadt in unsere Leitungen gepumpt. Und das Schlimme ist, wir müssen jetzt auch noch dafür bezahlen! Verstehe da die Politik und ihre Helfershelfer in den Amtsstuben wer will, ich jedenfalls nicht! Ich wollte ja mit ein paar Leuten aus dem Dorf dagegen vorgehen, zur Not mit Gewalt. Aber die Mehrheit hat sich breitschlagen lassen und dem Amtsbescheid zugestimmt. Ich bin heute noch dagegen.“

Reinhard trank einen Schluck aus seiner Flasche und redete sich weiter in Rage. „Ich weiß noch, was sie damals an alle Familien im Dorf geschrieben haben, als wir auf die Barrikaden gegangen sind. Sie haben irgendwelche wissenschaftlichen Analysen vorgestellt und uns Auflagen unterbreitet, falls wir die Quelle behalten wollen würden. Die technische Anlagensicherheit müsse sichergestellt sein und der Wasserqualität müsse mit der Installation einer Ultrafiltrationsanlage Rechnung getragen werden. Frag mich bloß nicht, was das bedeutet! Und wegen der Desinfektion mittels Chlorlauge müsse mit einer Entsäuerungsanlage eine Anhebung des pH-Wertes erreicht werden. Das ist doch Behördenwillkür!“

„Beruhig dich“, ermahnte Elke ihren Mann und wandte sich den zwei erstaunten Gästen zu. „So ist es nun mal. Seit einem Jahr bekommen wir das Superwasser aus dem Nachbarort, und dort oben haben unsere Männer das Wasserbassin abgeschaltet. Und übrigens, unsere Gäste sollte das ganze Theater nicht stören. Soll ich euch noch ein Glas Wein holen?“ Sarah und Michael nickten zustimmend, und Elke verschwand im Haus.

Das Thema war damit erstmal abgeschlossen, aber für Michael blieb ein fader Nachgeschmack, denn er konnte Reinhards Verbitterung verstehen. Sie beide hatten damals bei der Neuverlegung der Wasserleitung mit geschuftet.

„Dann wart ihr euch im Dorf nicht einig?“, fragte Michael und legte dem kämpferischen Reinhard eine Hand auf sein Knie.

„Ja, ja, da gibt’s einigen Zoff im Moment.“

„Zoff?“, hakte Sarah nach.

„Wisst ihr, das ist eine lange Geschichte. Eine Geschichte über Max Rückert. Aber bevor ich euch die erzähle, hol ich mir erst noch ein Bier."

„Es geht um Max und seinen Job im Bauamt", meinte Reinhard, nachdem er sich wieder gesetzt und ihnen zugeprostet hatte. „Er ist ja Baumamtsleiter, der Chef der städtischen Behörde." Michael staunte und nickte anerkennend zu ihm herüber, denn dass Max der Leiter der Behörde war, hatte er nicht gewusst, und Max hatte ihm gegenüber nur erwähnt, dass er dort angestellt sei.

„Wir hier auf dem Hof hatten damals Glück, denn wir haben nur drei Chalets hinter unserem Haus bauen lassen. Aber Carsten will über zehn Chalets und ein Haupthaus für seine Ressortanlage bauen, und das hat das Bauamt bis heute noch nicht genehmigt, obwohl der Bebauungsplan und die Bestimmungen in Ordnung sein sollen. Man gibt Max und den Grünen, seiner Partei, die Schuld für die Ablehnung, und deswegen gibt es gewaltigen Zoff. Unsere Gisela ist schon ganz verzweifelt."

„Ich verstehe", meinte Michael und erinnerte sich an seine eigenen Probleme mit dem Bauamt, als er vor ein paar Jahren einen Wintergarten an sein Haus anbauen wollte.

„Aber, dass Max der Chef des Bauamts ist, hat er mir gestern gar nicht gesagt."

„Ja, er ist der Chef, und dann gab´s ja diesen Unfall am Osterfeuer. Max behauptet, es sei ein Anschlag gewesen. Es wird ja immer noch ermittelt."

Sarah schaute ihren Vater erstaunt an, aber auch der war ahnungslos. Denn von einem Unfall oder Anschlag hatte er nichts gehört, und auch Max hatte ihm nichts erzählt.

Bauer Reinhard trank noch einen Schluck aus der Flasche und erklärte ihnen zuerst in blumigen Worten die Querele wegen der Genehmigung des vergangenen Osterfeuers im Dorf. Danach erzählte er die leidliche Geschichte, die aufzeigte, dass hinter den Kulissen in Hundesossen ein Kampf tobte, den Michael nicht erahnt und nie für möglich gehalten hatte. Ich habe doch in den letzten Tagen mit so vielen Bewohnern gesprochen, ging er in Gedanken durch, und doch hatte er von diesen Vorfällen und Verwerfungen kein einziges Wort erfahren.

Den Osterfeuer-Brauch gab es seit Jahrhunderten. Die Tradition ging seither auf einen heidnischen Brauch zurück, mit dem der Winter verabschiedet und der Frühling begrüßt wurde. Für die Christen wurde das Feuer später zu einem Zeichen für Jesus Christus, da er an Ostern von den Toten auferstanden sein sollte. Seit Jahrhunderten wurde also traditionell an Ostern das Feuer entzündet, so auch im Sauerland. Seit Generationen trugen Jugendliche und Kinder in Hundesossen in den Wochen vor Ostern mit Unterstützung von einigen Männern Zweige und Abfallholz zusammen, schichteten sie zu imposanten Holzhaufen auf und entfachten meist mit leicht entzündbaren Strohballen am Abend des Ostersonntags ein Feuer. Meist geschah dies an gut zugänglichen Stellen, wo in den Monaten zuvor Holz geschlagen worden war. Auch Michael hatte in seinen Jugendjahren stets dabei mitgewirkt. Manchmal wurden für das Holzsammeln auch Pferde eingesetzt.

In diesem Jahr war oben auf der Westseite des Tals hinter Hegners Hof ein idealer Platz für das Osterfeuer gefunden worden. Für den geplanten Ferienhauskomplex hatten die Hegners eine steile, bewaldete Waldfläche freigeschlagen. Es lagen in der Nähe also allerhand Äste und Zweige von gefällten Buchen, Eichen und Fichten herum, und die Dorfjugend hatte einen mächtigen Holzstapel aufgeschichtet. An einem Ort, wo bereits ein Bagger den Bauplatz für das Haupthaus in den Hügel gegraben hatte.

Es hatte bereits ein positiver Bescheid vom Bauamt auf Carsten Hegners Tisch gelegen, und er hoffte auf eine baldige Zustimmung. Das Osterfeuer auf dem zukünftigen Baugelände sollte in diesem Jahr auch als weit sichtbares Zeichen für den Beginn des Zukunftsprojekts dienen. Deshalb hatten er und ein Arbeiter des Bauunternehmers Siepe in der Osterwoche mit Traktoren beim Bau des Holzhaufens kräftig mitgeholfen. Am Samstag noch hatten sie ein großes, mit

Stroh umbundenes Holzkreuz ganz oben auf das Holz gesetzt, welches am Sonntag mit Benzin getränkt werden sollte.

Doch dem Naturschutzbund und einigen Umweltaktivisten aus der Stadt waren das Osterfeuer ein Dorn im Auge. Für die Menschen sei es zwar ein Brauch, für Tiere könnten die Feuer aber tödlich enden, lautete ihre Meinung. Zudem sei der Feinstaub gefährlich, und die Co_2-Belastung würde dem Klima schaden, argumentierten sie in einem Brief an die Gemeinden. Angesichts der Umweltbelastungen könne man sich fragen, ob der Brauch noch nötig sei, hatte die NABU-Sprecherin in ihrem weiteren Brief geschrieben. Die Feuer würden die Luft mit Feinstaub verschmutzen, das sei schlecht für Vogel und Mensch, und in den teils Tage zuvor aufgeschütteten Holzhaufen hätten sich Igel oder Mäuse eingenistet. Würde das Holz vor dem Entzünden nicht umgeschichtet werden, könnten die Tiere verbrennen.

Reinhard deutete bei diesem Zitat einen symbolischen Scheibenwischer vor seinem Kopf an und lachte verächtlich.

Mitunter wegen der Trockenheit und angesichts der erhöhten Gefahr von Landschaftsbränden hatten das Ordnungsamt und die Feuerwehren dieses Jahr öffentlich darüber diskutiert, die Osterfeuer zu verbieten.

Als Carsten Hegner und der Bauunternehmer Siepe am Karfreitag vor der Kirche den Bauamtsleiter Max Rückert getroffen hatten, baten sie ihn, sich für die Beibehaltung des Osterbrauchs einzusetzen und in der Stadtbehörde die notwendigen Zusagen zu veranlassen. Doch der hatte nur unfreundlich reagiert und die zwei Geschäftspartner, die dort oben am Berg eine Ferienanlage bauen wollten, mit seiner Aussage fürchterlich geärgert. Grundsätzlich wisse er nicht, was falsch oder richtig sei, ob das Osterfeuer in diesem Jahr wegen Brandgefahr nun abzusagen sei oder nicht. Man müsse sich grundsätzlich der Realität stellen und gegebenenfalls von einem alten Brauch Abschied nehmen.

Damit hatte sich Max in den Augen von Bauunternehmer Siepe eindeutig als radikaler Grüner geoutet. Es hatte den grobschlächtigen Anton so aufgeregt, dass es beinahe zu einem handgreiflichen Streit vor der Kirche gekommen war. Carsten hatte sich zwischen die zwei Streithähne stellen und Anton wegziehen müssen. Der hatte jedoch für viele gut hörbar hinter Max hergerufen: „Wollt ihr demnächst auch das Osterklappstern verbieten, weil die Spatzen aufgeschreckt werden? Ihr scheiß Grünen, kümmert euch doch mal um Wichtigeres in der Welt und mäkelt hier nicht an alten Bräuchen rum. Sind die millionenfachen offenen Müllverbrennungen afrikaweit noch zeitgemäß? Sind die unzählbaren offenen Leichenverbrennungen in Indien noch zeitgemäß? Sind die üblichen Feuerstellen in Abermillionen Haushalten in Asien noch zeitgemäß? Kümmert euch erst mal darum, und dann können wir über die Abschaffung der Osterfeuer reden."

Michael schüttelte bei dieser Schilderung ungläubig mit dem Kopf und war erstaunt, dass sich die aktuellen Politikthemen vom Berliner Ökozirkus bereits bis in dieses kleine Dorf vorgearbeitet hatten. Jetzt mischte sich Elke ein. „Reinhard, reg dich nicht so auf! Denk an dein Herz."

Doch Reinhard redete weiter.

Am Ostersonntag war der größte Teil der Dorfbewohner an Hegners Haus vorbeigepilgert und stellte sich in der Nähe des aufgebauten Holzstapels auf. Großväter, Großmütter, Väter, Mütter und ihre Kinder, jede Familie war vertreten. Beckers Martin hatte einen Bauwagen mit Getränken hochgefahren, daneben einen Grill aufgestellt und diesen bereits mit Holzkohle befeuert. Einige eisgekühlte Getränke warteten im Bauwagen auf durstige Besucher, und Beckers Söhne bedienten die Gäste. Auch der Ortsvorsteher vom Nachbarort und einige Bekannte von Martin Becker waren gekommen. Selbst aus den Nachbarorten waren ein paar Leute vom Baulöwen Siepe persönlich eingeladen worden, an dem Dorfereignis teilzunehmen. Das amtliche Verbot der Osterfeuer im Sauerland war also nicht ausgesprochen worden. Die Behörden hatten zuletzt zugestimmt, weil die Landräte negative und wütende Reaktionen der Bevölkerung befürchtet hatten. Aufrufe im Regionalrundfunk zum Abbrennen der Osterfeuer und die positive Zustimmung zum christlichen Brauch in vielen Predigten der katholischen Pfarrer hatten ökoorientierte Lokalpolitiker zur Einsicht gebracht, dem Einwohnern ihre Freude an den hell lodernden Osterfeuern zu lassen.

Die Dämmerung hatte bereits gegen das Nachtdunkel verloren, als ein kantiger Mercedes SUV seine Scheinwerferstrahlen über den Talweg Richtung Osterfeuerplatz lenkte und dort auf dem schmalen Weg stehen blieb. Anton Siepe, seine Frau, ihr erwachsener Sohn und Carsten stiegen aus. Carstens Verlobte Gisela kam zu Fuß hinterher. Sie platzierten sich am steilen Hang über dem aufgebauten Osterfeuer. Von hier aus konnte man das Feuer sehr gut überblicken. Antons laute Stimme schallte herunter ins Dorf, und einige Leute gesellten sich zu dem immerwährend röhrenden und lachenden Bauunternehmer. Ringsum am Hang standen die Dorfbewohner und warteten auf die Entzündung des Feuers, und Martin legte erste Würste auf den heißen Grill. Ab und zu erhellten Lichtstrahlen von Taschenlampen einen Streifen Erde, doch sonst konnte man in der Dunkelheit niemanden erkennen.

Unten, hinter Hegners Hof, hatten sich ein paar ältere Bewohner aufgereiht, weil sie den steilen Anstieg meiden wollten. Von dort aus konnte man das Osterfeuer auch sehr gut sehen. Röders Oma hatte man in einem Rollstuhl hergefahren.

Als jemand mit einem Kanister zu dem tief im Innern eingepflanzten Strohballen kroch und kurz darauf erste Flammen durch die Holzbüsche züngelten, ging ein Raunen durch die Zuschauergruppen. Sofort stimmte Beckers Mathilde mit ihrer Sopranstimme, die auch jeden Sonntag in der Kirche eindeutig zu identifizieren war, das Osterlied „Christ ist erstanden" an. Alle sangen kräftig mit, bis das laute Knistern und Knacken des sich nach oben fressenden Feuers die Singstimmen übertönte.

Rund ums Feuer konnte man sich jetzt gegenseitig erkennen, denn vorher hatte man kaum die Hand vor Augen sehen können. Es kam Bewegung in die Gruppen, manche holten sich am Bauwagen Getränke, andere warteten vor dem Grill auf ein Würstchen. Man hörte noch einmal die Stimme von Beckers Mathilde, die jedoch schon bald erstarb, weil kaum jemand mehr mitsingen wollte.

Reinhard war allein ganz hoch zum Waldrand gestiegen und hatte von der rechten Seite auf das Feuer schauen können. Er beobachtete das brausende Feuer und die vielen Zuschauer ringsum, die nun vom Feuerschein beleuchtet wurden. Manche hatten sich Mützen aufgesetzt und Schals umgeschlagen, denn es war relativ kalt für die Jahreszeit.

Da erblickte er den Chinesen etwas weiter unten, unverkennbar, mit Hut und schwarzer Aktentasche. Was macht der hier, fragte er sich. Direkt neben ihm machte er Hörsters Armin aus. Was die zwei nur miteinander haben?, fragte sich Reinhard. Beide hatten sich direkt unter ihm, neben die Gruppe um Anton Siepe und seinen zukünftigen Schwiegersohn Carsten gestellt. Auch seine Tochter Gisela mit Elke erkannte er nun dort unten. Anton schenkte gerade Schnaps an ein paar Leute aus. Sein Lachen und seine Stimme übertönte sogar das laute Knacken des Feuers. Aha, da war auch der Bauer Lindner mit seiner Frau und den zwei kleinen Kindern. Sie gesellten sich gerade zur Gruppe von Anton, und Volker Lindner erhielt als Willkommensgruß sofort einen Schnaps. Weit unter dem Feuer tobten bereits einige Kinder auf der angrenzenden Weide, und der umfunktionierte Bauwagen wurde mittlerweile von vielen umlagert.

Als die Flammen des Osterfeuers nach zirka zehn Minuten die oberste Lage erreicht hatten, flammte plötzlich das benzingetränkte Kreuz auf. Wieder hörte man ein lautes Raunen, dazu Bravorufe und sogar Pfiffe der Zuschauer, die die lauten Brandgeräusche übertönten. Blitzlichter flammten auf, und hochgehaltene Smartphones filmten die Szene. Das lodernde Feuer erhellte nun bald rundum die Szene, es erleuchtete fast das ganze Tal. Der helle Schein des Kreuzes hielt nur wenige Minuten an, dann sah man nur noch das glühende Holzgerippe.

Reinhard stieg nun mit seiner Frau, die sich mittlerweile neben ihn gestellt hatte, die steile Weide herunter und holte sich ein Flasche Bier am Bauwagen. Dort trafen sie ein paar Nachbarn. Natürlich war das Hauptthema der Versuch der Behörden, die Osterfeuer in diesem Jahr zu verbieten.

„Wir hatten sicherlich eine halbe Stunde dort zusammengestanden, ehe ich wieder hochging, als plötzlich laute Schreie zu hören waren“, hakte sich nun Elke in die Schilderung ihres Mannes ein. „Ein paar Männer rannten hektisch zum Feuer herunter und beugten sich über etwas, es drängten sich immer mehr zu dem Pulk. Eine Person wurde vom Feuer zur Weide weggetragen.“

„Ja, ich stand unten und sah es genau“, ergänzte Reinhard. „Ich sah Max auf dem Boden liegen, seine Kleider standen in Flammen. Einige Männer mit ausgezogenen Mänteln und Jacken erstickten es schnell, und nach einiger Zeit hörte man die Sirenen eines Krankenwagen. Der brachte Max sofort ins Krankenhaus.“

„Und was war das passiert?“, fragte Michael, der wegen der langatmigen Einleitung von Reinhard schon ganz ungehalten war.

„Ja, wie war das passiert?“, wiederholte Elke. „Ich stand ja oben neben dem Osterfeuer mit unserer Gisela zusammen. Da standen bestimmt zwanzig Leute, auch den Chinesen habe ich gesehen. Bei Anton und seinen Genossen machten zwei Flaschen Schnaps die Runde, und einige Männer hatten bereits kräftig getrunken, als plötzlich Max dort oben aufkreuzte. Ich wusste ja von dem Streit am Karfreitag und dachte, der hat aber Mut, der sieht doch, dass Anton hier steht. Will er ihn etwa provozieren? Max grüßte uns Frauen ganz freundlich und ging an den anderen vorbei. Anton schaute nur böse hinter ihm her, aber es blieb ruhig. Max ging etwas abseits rechts auf die Weide zum oberen Rand des Feuers herüber. Dort traf er auf ein paar Leute und redete mit ihnen, doch nach einer Weile sah ich ihn dort nur noch alleinstehen. Um Anton herum waren mittlerweile ein paar andere Leute auch laut geworden, und manche waren angetrunken. Und dann hörte ich plötzlich den Schrei. Max stand nicht mehr an der Stelle, wo ich ihn zuletzt gesehen hatte, und unten rollte jemand am Feuer vorbei in die Tiefe. Mehr habe ich nicht gesehen. Zuerst habe ich gedacht, da ist einer ausgerutscht und ins Feuer gefallen. Einige rannten rechts die Weide herunter. Und dann hörten wir, dass es Max Rückert war. Ja, das war für alle ein Schock, doch die meisten machten so weiter, als wäre nichts geschehen. Kurz darauf sind wir nach Hause gegangen. Nach ein paar Tagen kam dann die Polizei zu uns. Sie sagten, es liege eine Anzeige gegen Unbekannt wegen versuchten Mordes vor. Man befragte uns beide, ob wir etwas gesehen hätten."

„Max hat behauptet, er wurde gestoßen. Aber von wem? Keiner will etwas gesehen haben!" Reinhard zog Schultern und Mundwinkel nach oben und schaute Michael lächelnd an. „Oder hat sich Max das vielleicht nur eingebildet? Aber er hatte wohl keinen Alkohol getrunken, heißt es."

„Auf jeden Fall hat er unheimliches Glück gehabt", meinte Barbara, „er hat nur den Rand der Glut gestreift. Wenn er mitten in das Feuer gefallen wäre, dann ... Seine Verbrennungen am Arm waren nicht so schlimm, nur seine linke Wade wies wohl starke Verbrennungen auf."

Nun wusste Michael auch, warum Max bei seinem Besuch gehumpelt und am Unterarm einen Verband getragen hatte.

„Und jetzt auch noch die Gerüchte um den Toten in Lindners Backhaus! Es ist wirklich was los im Dorf", schloss Reinhard, stand auf und verließ ohne einen weiteren Kommentar den Garten.

Michael war am nächsten Tag wieder in den Bergen unterwegs, dieses Mal jedoch ohne seine Tochter. Er hatte sich belegte Brote, zwei gekochte Eier und zwei Flaschen Wasser in den Rucksack gepackt. Sein Frühstück an Elkes Küchentisch hatte er ganz allein mit der Pensionswirtin bereits um kurz nach sieben eingenommen und dabei noch einiges mehr über den Bauunternehmer Siepe erfahren. Er war der einzige Gast am Tisch, sie saß neben ihm, und so konnte sich Elke ihre Meinung über Anton Siepe ungehalten von der Seele reden.

Als Michael danach durch das Burbecketal hinaufschritt, schlief der Rest seiner Familie noch. Ganz in Gedanken über Elkes Geständnis am Frühstück hatte er die Abzweigung zum Eimecker Siepen verpasst und musste ein paar hundert Meter zurückgehen. Nach einem steilen Anstieg erreichte er die Kahlerhöhe und hatte von dort aus einen herrlichen Ausblick über den Beerenberg mit dem hohen Funkmast bis nach Schmallenberg, und links vor ihm lag das hügelige Haberland. Es war noch morgenfrisch, und über einigen feuchten Auen stand dünner Morgennebel. Er lockerte den Kragen seiner Windjacke, denn er war ins

Schwitzen gekommen. Oben auf der Höhe fand er eine Bank und genoss die Ruhe und die Aussicht auf das grüne Umland. Der Mai hatte die Wälder und Felder wieder mit frischer Farbe belegt.

„Ich kann mich ja auf dich verlassen, du sagst das nicht weiter“, hatte sie einleitend gesagt, „aber mit meiner Familie und besonders mit Gisela kann ich darüber nicht reden. Ich habe einfach ein schlechtes Gefühl bei diesem Kerl, der demnächst der Geschäftspartner von Carsten und Gisela sein wird.“ Und dann begann sie zu erzählen.

Sie hatte Anton Siepe und seinen Charakter einmal richtig kennengelernt, als Gisela wegen einer Blasenkolik im Krankenhaus gelegen hatte. Seinen Ruf als grobschlächtiger Bauunternehmer hatte Anton sich schon seit vielen Jahren erworben. Elke hatte vorher schon viel über ihn gehört, ihn aber noch nicht persönlich kennengelernt. Abhängig vom Jahr und der Konjunktur war Anton entweder einer der erfolgreichsten Unternehmer in Westdeutschland oder einer der Immobilienspekulanten, die geradezu auf einen Konkurs zusteuerten. Er sollte schon zwei Mal bei einer seiner Firmen Konkurs angemeldet haben. Ohne den Drahtseilakt, den manche Unternehmer für ihren Erfolg brauchten, schien er nicht leben zu können. Sobald es gut lief und die Zinsen niedrig waren, nahm er jede Menge Kredite auf, baute wie ein Wahnsinniger und stellte jede Menge Leute ein. Doch manchmal verbrannte er Kapital, als hätte er die Lizenz zum Gelddrucken. Als sich der Markt damals gegen ihn stellte, versteckte er sich in Zypern vor den Banken und verkaufte seine Immobilien wieder. Einen Mittelweg und umsichtige Planung kannte Anton Siepe nicht. Ganz am Boden hatte er aber noch nie gelegen, denn er besaß privat immer noch eine riesengroße Bergvilla am Hang über dem Lennetal mit einem ansehnlichen privaten Fuhrpark in der in den Berg gebauten Garage. Es schien seine Berufung zu sein, Bürokomplexe, Wohnsiedlungen und Einkaufscenter im gesamten Sauerland zu bauen. Er war es gewohnt, jedes Hindernis zum Bauerfolg mit seinen brutalen Methoden aus dem Weg zu räumen. Dabei zog er immer eine Schar Rechtsanwälte hinter sich her, und die Bauämter fürchteten sich vor ihm. Nur mit Max Rückert schien er seit einiger Zeit einen harten Widersacher gefunden zu haben.

Als Gisela also damals im Krankenhaus schon auf dem Weg der Besserung war und Elke an ihrem Bett saß, tauchte plötzlich Giselas Verlobter auf. Er war mit Anton gekommen, der ihn beinahe gezwungen hatte, Carsten zukünftige Frau zu besuchen. Das ist doch einfach ein Muss, hatte er gesagt und Carsten gezwungen, in sein Auto zu steigen. Anton war aber noch nicht im Krankenzimmer aufgetaucht, weil er vorher partout mit dem behandelnden Arzt reden wollte, um ihm mitzuteilen, wie er Gisela behandeln müsse. Die Schwester hatte ihn nicht aufhalten können, und er war schnurstracks ins Arztzimmer gestürmt.

Etwas später stieß Anton im Krankenzimmer hinzu. Wenn man ihn nicht sah, hörte man ihn. Er stritt sich mit einer Schwester, die hinter ihm herlief und befahl, er solle das Krankhaus verlassen. Doch schon ging die Türe krachend auf und drei erstaunte Augenpaare schauten ihn an.

„Tut mir leid, dass ich nicht früher kommen konnte“, sagte er jetzt, beugte seinen Kopf nah vor Giselas Gesicht und kümmerte sich nicht um ihre Mutter und Carsten. Den dicken Blumenstrauß schwenkte er ihr ein paar Mal vor dem Gesicht her und legte ihn auf dann auf einem Schränkchen ab. „Ich war mit meiner Frau in Dresden, da bauen wir jetzt ein Geschäftshaus mit Tiefgarage. Und dann haben wir noch einen Abstecher nach Prag gemacht. Aber jetzt bin ich ja hier. Wie fühlst du dich?“

„Es geht mir schon wieder gut“, erwiderte sie heiser. Dass Anton in Prag gewesen war und seine Frau ihn begleitet hatte, war eher fraglich, denn sie begleitete ihn nie zu Geschäftsreisen. Stattdessen hatte er sich wahrscheinlich in den Nachtetablissements der Stadt vergnügt. Es gehörte zu seiner Rolle dazu, exklusive Reiseziele in seine Unterhaltungen einzustreuen.

„Sie kann schon übermorgen wieder nach Hause“, warf Elke von ihrem Stuhl aus ein. „Euer Besuch wäre doch gar nicht nötig gewesen.“

Anton schaute Elke nur kurz an, ohne sie zu begrüßen und wandte sich wieder Gisela zu. „Der Arzt hat gesagt, dass eine spätere Kolik nicht ausgeschlossen werden kann. Gisela, du musst deine Ernährung umstellen. Auf Gemüse, Obst und so weiter. Und auf Bio.“

Gisela lachte nur. Elke schaute Carsten erstaunt an, der nur mit der Schulter zuckte. Dann entschuldigte sich Anton, er sei im Zeitstress. Carsten verabschiedete sich mit einem Kuss, und beide verschwanden wieder aus dem Zimmer.

Elke war erstaunt und erschüttert gewesen. „Gisela, dieser Mann ist kein Partner für euch, das ist ein Rüpel, er wird euch zertrampeln. Lasst ihn sausen!“, hatte Elke ihrer Tochter sofort geraten, doch Gisela hatte nur lächelnd geantwortet: „Mama, so ist er halt.“

Und mit diesem ungehobelten Mann will meine Tochter jetzt Geschäfte machen, hatte Elke gedacht. Seitdem machte sie sich große Sorgen. Die zwei sind erwachsen, also lass sie machen, hatte Reinhard das Misstrauen seiner Frau beschwichtigt.

Der stetige, leichte Wind oben auf der Kahlerhöhe hatte Michael abgekühlt, und er zog den Verschluss der Jacke wieder bis unter das Kinn zu. Dann stand er auf und wanderte weiter über den Bergkamm, ließ das kleine Dorf Harbecke rechts unter sich liegen und erreichte Wormbach gegen halb elf. Um zehn Uhr hatte er schon auf dem Weg dorthin oben auf dem Flugplatz Rennefeld eine Kirchenglocke zehn Mal schlagen gehört.

Michael stand nun im Schiff der Wormbacher Kirche. Vor ihm stand ein imposanter Altar und eine kunstvoll ausgestattete Kanzel mit hölzernem Baldachin, auf der hinteren Seite eine alte Orgel mit hohen Orgelpfeifen. Er hatte den Kopf nach oben gerichtet und suchte nach den heidnischen Zeichen der Tierkreise, mit denen die Kirche ausgemalt sein sollte. Dort oben im Gewölbe fand er sie, auf weiß getünchtem Untergrund, umrahmt mit freskenhaften Ornamenten. Löwe, Stier, Zwilling, Krebs und so weiter, in Kreuzform ausgerichtet. Doch die Bedeutung erschloss sich ihm nicht. Ich bin schließlich kein Astronom und glaube nicht an diesen Hokuspokus, sagte er sich und verließ die Kirche wieder. Auch von spirituellen Kräften hatte er nichts verspürt, stattdessen machte sich ein leichtes Gefühl von Hunger in seinem Magen breit.

Am Rand des Friedhofs fand er eine Bank, die von der Sonne beschienen wurde. Michael ließ sich an diesem stillen Ort nieder, und seine Gedanken kreisten sofort wieder um die Ereignisse in seinem Geburtsort.

Bereits den ganzen Morgen hatte er beim Wandern gegrübelt und die Natur nicht so intensiv wie sonst wahrgenommen. Wer hatte Max ins Feuer gestoßen? Welche Motive steckten hinter einem möglichen Anschlag? Elke und Reinhard Hanses hatten auf seine Fragen nach Verdächtigen am Vorabend nur ihre Schultern gezuckt und geschwiegen.

Aber den Vorfall hätte doch auch jemand beobachten müssen, dachte er. Vielleicht schwieg der Zeuge, oder war es etwa ein Komplott? War es doch ein furchtbarer Unfall gewesen, und Max bildete sich den Stoß von hinten nur ein? Wer kam überhaupt für einen solchen brutalen Schubser in Frage? Vielleicht einer der Hegners, die sauer waren, weil Max die Baugenehmigung verschleppte oder verhinderte? Oder der geheimnisvolle Chinese? Oder war es Volker Lindner, dem Max wegen seiner Äußerungen über die Landwirte ein Dorn im Auge war? Alle, die er verdächtigte, hatten dort oben in der Nähe von Max gestanden. Oder war sogar der Bauunternehmer Siepe schuldig, der Anteilseigner des großen Bauprojekts war? Doch der war nicht so sportlich, dass er sich schnell aus dem Pulk der Menschen hätte lösen und dann wieder zur Gruppe stellen können. War das Ganze eine Affekthandlung gewesen oder eine geplante Tat? Planen konnte man das eigentlich nicht, sinnierte Michael, denn wer wusste schon, ob Max zum Osterfeuer kommen würde und wo er stehen würde?

Michael hatte gerade in sein Brot gebissen, als ein kleines Mütterchen in langem Mantel langsam über den Gehweg auf ihn zukam.

„Können Sie mir vielleicht behilflich sein?“, fragte sie von weitem mit brüchiger Stimme. Michael stand auf, packte seine Brote wieder in den Rucksack und ging auf sie zu.

„Meine Arthrose macht mir zu schaffen, ich kann die schwere Wasserkanne nicht mehr tragen. Und ich muss doch meinen Mann gießen“, sagte sie. „Der liebt nämlich Blumen. Er wartet schon seit einer Woche.“

Michael war zuerst etwas verdutzt, aber nach einer kurzen Konversation merkte er, dass die alte Frau etwas dement war. Michael nahm die Wasserkanne, füllte sie am Brunnen und begleitete die Witwe zum Grab ihres Mannes. Dort goss er die Blumen, die wirklich nach Wasser dürsteten und erfuhr dabei, dass ihr Mann vor drei Jahren mit fünfundachtzig gestorben war. Er hatte sieben Tage tot im Bett gelegen, während sie bei einer Schwester in Dresden gewesen war. Da sie kein Telefon in ihrer Wohnung hatten, entdeckte sie ihn erst, als sie mit dem Bus zurückgekommen war. „Wissen Sie, die Tage vergehen, aber manchmal meine ich, es wäre erst gestern gewesen.“

Michael zupfte noch etwas Unkraut vom Grab und verabschiedete sich mit einem beidhändigen Händedruck von der alten, leidenden Dame. Dann machte er sich auf den Rückweg, diesmal wollte er die westliche Route über den Berg hinauf und dann hinunter ins Lennetal nehmen.

Am Ortsausgang kam er an einem Gasthof vorbei, wo eine junge Frau in einem blauen Kittel die Außentische abputzte und für Tagesgäste vorbereitete. Am hinteren Tisch saß als einziger Gast ein alter Mann im Schatten des alten Fachwerkhauses und rauchte an einem Zigarillo.

Eine warme Suppe würde mir jetzt guttun, dachte Michael und lenkte seine Schritte auf den Biergarten zu. Die Frau stand mit ihrem kleinen Putzeimer bereits auf der Treppe und wollte wieder ins Haus gehen, blieb dann aber stehen und fragte: „Kann ich Ihnen etwas bringen?“

„Haben Sie eine Tagessuppe?“, fragte er.

„Ja, heute gibt es eine frische Kartoffelsuppe.“

„Sehr gut, die nehme ich. Und ein Bier bitte.“

Die Frau nickte und ging hinein. Er setze sich auf einen sonnigen Platz und legte seinen kleinen Rucksack auf den Tisch. Es dauerte ein paar Minuten, da kam die Frau mit dem Bier und stellte einen Tonkrug mit Besteck und Servietten auf den Tisch. Sie trug nun eine weite, weiße Bluse und war wohl die Wirtin dieses Dorfgasthofs. „Schönen guten Tag noch, und lassen Sie es sich schmecken“, sagte sie, und ihr langer, blonder Zopf schaukelte ihr dabei vor die Brust. „Die Suppe kommt in Kürze."

Er trank einen Schluck, da sprach ihn der alte Mann am hinteren Tisch an: „Sie sind spät dran. Die Pilgerwoche war letzten Monat."

Und dann erzählte der Mann ihm von der Heiligen Walburga, einer Verwandten und Helferin des Heiligen Bonifatius, der vor tausend Jahren die Sachsen bekehrt habe. Die Walburga sei zwar in Eichstätt begraben, aber Wormbach habe eine Reliquie, einen Fingerknochen, mitbekommen. Die würde heute noch in der goldenen Monstranz aufbewahrt. Deshalb kämen immer noch viele Gläubige vorbei. Früher seien Anfang Mai immer ganze Sippschaften aus der ganzen Umgebung zu Fuß bis nach Wormbach gewandert, gepilgert eben. Heute kämen aber fast nur noch die Alten und wenn, mit dem Auto. Die Gläubigen sterben langsam aus, meinte er augenzwinkernd. Michael gefiel die offene Art des Alten, ein Charakterzug, den man den Sauerländern allgemein nicht nachsagte, der aber wahrscheinlich einer gewissen Einsamkeit des Alten geschuldet war. Michael erinnerte sich an seine Kindheit, wie er mit seiner Mutter, Oma und einigen Verwandten auch einmal nach Wormbach gewandert war, aber an die Reliquie konnte er sich nicht mehr entsinnen.

Als die Wirtin ihm die heiße Suppe in einer weißblauen Tonschüssel auf den Tisch stellte, fragte auch sie, als drehe sich in Wormbach alles ums Pilgern: „Sind Sie auf Pilgertour?“

„Nein, nein, ich wandere durchs Sauerland“, meinte er.

„Die Hauptpilgerzeit ist ja auch schon vorbei. Anfang Mai kommen immer hunderte Menschen nach Wormbach, wegen der Reliquie in der Kirche.“ Im Hintergrund lachte der Alte.

Er hörte ihr weiter aufmerksam zu und probierte zwischendurch die Suppe, legte den Löffel aber wieder ab, denn sie war immer noch zu heiß zum Essen.

„Wo kommen Sie denn her?“, fragte sie ohne Scheu.

„Ich komme aus München.“

„Nein! Sie sind aber kein Bayer, so wie Sie sprechen.“

„Nein, ich bin Sauerländer, geboren in Hundesossen.“

Da staunte die junge Frau und sagte: „Ja mai, aus Hundesossen, und ich fahre jedes Jahr von hier nach Bayern, an den Chiemsee, und sie kommen herauf zu uns ins Sauerland?“

Ihr einsetzendes Lachen war warm und herzlich. Michael stieg mit ein. Da rief jemand im Haus nach ihr, und sie verschwand winkend im Gasthaus.

Zweieinhalb Stunden später setzte er sich auf der höchsten Stelle seiner auserkorenen Wanderroute, am Grenzweg in der Nähe vom Greitemann Stein, für eine Weile auf einen dicken Baumstamm. Dieser sollte wohl als Sitzgelegenheit dienen, denn er war oben etwas abgeflacht. Er aß sein auf dem Friedhof angebissenes Brot zu Ende. Während er sich ein Eischälte, dachte wieder an die alte Frau aus Wormbach und an ihre stille, immer noch andauernde Trauer um ihren Mann. Sie hatte es schrecklich gefunden, dass er in der letzten Lebensstunde allein gewesen war und tagelang ohne ihren Beistand im Bett gelegen hatte. Sie fühlte sich verantwortlich, hatte sie gesagt.

Auch der Tote im Backhaus habe schon länger dort gelegen, hatte es im Dorf geheißen. Das hatte ihm Elke am Morgen beim Frühstück auch gesagt. Michael fragte sich, ob auch um den Toten im Backhaus jemand so trauerte wie die alte Dame um ihren Mann.

Was war nur aus dem friedlichen Ort geworden, in dem er geboren war? Die Vorkommnisse der letzten Wochen hatte er eigentlich nicht erwartet, und nach nur einer Woche Aufenthalt in Hundesossen hatte er Misstrauen und Neid, Streitereien und Tod miterlebt. Während des Abstiegs ins Tal ließen ihn die Gedanken um die Ereignisse im Dorf nicht los.

Michael überlegte, ob es vielleicht einen Zusammenhang zwischen dem Toten in Lindners Backhaus und dem Anschlag am Osterfeuer gab. Doch wer war der Tote überhaupt? Ein Bekannter aus dem Dorf anscheinend nicht, denn bisher wurde keiner im Dorf vermisst, hatte ihm Elke zugesichert.

Konnte man Max Rückert trauen? War er ein Lügner oder ein Opfer? Michael erinnerte sich an die Gespräche mit ihm und die mit Hanses Reinhard. Vielleicht war Max ja ein Grüner, der dem Bauunternehmer und den Nicht-Bio-Landwirten im Dorf schaden wollte? Aber wer riskiert dafür sein Leben und springt ins Feuer?

Aber da war noch eine Ungereimtheit. Wie konnte er sich eigentlich den teuren Umbau seines Hauses leisten, wenn er keine Reichtümer geerbt hatte? Allein der Unterhalt des Riesenhauses musste sehr teuer sein. Als Bauamtsleiter verdiente er heute vielleicht fünf- oder sechstausend Euro, vorher weniger. Trotz niedriger Zinsen würde dies nicht für ein solches Mammutprojekt ausreichen, das er vor einigen Jahren in seinem Elternhaus realisiert hatte. Aber vielleicht hatte er großen Erfolg bei einem Immobilienprojekt gehabt. Michael würde vielleicht später noch mehr darüber erfahren. Es stand ja noch die Einladung von Max aus, wenn Hedi eingetroffen war. Diese Gelegenheit würde Michael unbedingt wahrnehmen wollen. Aber wo blieb Hedi? Sie war schon seit über einer Woche verschollen.

Als er nach Hause kam und den Rucksack auspackte, merkte er, dass er sein Smartphone den ganzen Tag über im Chalet gelassen hatte. Er hatte es während seiner Wanderung gar nicht vermisst. Er sah, dass zwei Anrufe eingegangen waren. Der erste war anonym. Er fluchte leise, weil er sein Smartphone nicht mitgenommen hatte, sah aber, dass Hedi eine Textnachricht gesandt hatte. Na endlich, sie lebt doch noch, jubelte er innerlich. Hedi schrieb: *Sorry, habe mein Mobile verloren, musste ein Neues kaufen, komme mit Peter am Mittwoch an.*

Na, das ist ja eine Überraschung, freute sich Michael, sie bringt ihren Bruder mit. Peter Richmond, der vor dreißig Jahren schon einmal drei Monate lang im Sauerland gelebt hatte.

Der zweite Anrufer stammte vom Ferienhof Hanses gekommen. Er rief sofort zurück und erfuhr von Barbara, dass ein Kriminalkommissar bei ihnen gewesen war, der auch die Gäste des Dorfs sprechen wollte.

Der Mann kam langsam den Berg heraufgeschritten. Hose und Jacke waren ihm mindesten eine Nummer zu groß. Man sah ihm an, dass er nicht sehr fit war, obwohl er erst um die vierzig war. Das lag an seinem Übergewicht. Nun stand er unten vor der Stufe von Michaels Ferienhausterrasse. Den Krawattenknoten hatte er gelockert, und er schnaufte vor sich hin. Sein freundliches, rundes Gesicht strahlte. Michael begrüßte ihn mit: „Hallo!"

Sarah und Markus schauten interessiert von der anderen Terrasse zu ihnen herüber.

„Hammer", sagte er und zog eine Karte aus der Jackentasche.

„Wie bitte?", fragte Michael. „Was meinten Sie?"

„Mein Name ist Hammer, wie Zange, mit zwei M, Kriminalkommissar." Er hielt ihm noch einmal die Karte hin und stieg die letzte Stufe herauf. Beide gaben sich die Hand. „Ich habe ein paar Fragen an Sie und auch an die Gäste dort drüben." Dabei zeigte er auf das Chalet nebenan.

„Kommt mal rüber", rief Michael seiner Tochter zu. „Die Polizei will euch auch sprechen."

Kommissar Hammer setzte sich auf einen Stuhl und wischte sich mit seinem Taschentuch den Schweiß von der Stirn. „Jetzt habe ich bereits über zehn Kilo abgenommen, bin aber immer noch zu schwer, ich Fettsack“, stöhnte er, und Michael meinte zu erkennen, dass der Kerl ein lustiger Geselle war, der eine Portion Selbstironie nicht ausschloss. Der Kommissar war ihm sofort sehr sympathisch.

Also fragte er ihn: „Ich habe eine Frage wegen Ihres Namens Hammer wie Zange. Wissen Sie eigentlich, was Mutter auf Chinesisch heißt?“

Der Kommissar lächelte, bereits in Erwartung einer lustigen Antwort und schüttelte leicht den Kopf. „Zang“, sagte Michael. „Und Großmutter heißt Zang Zang. Und was, glauben Sie, heißt Schwiegermutter?“, fragte Michael hinterher. Das Lächeln des Kommissars wurde noch breiter, und er schüttelte wieder den Kopf. „Kneifzang“, kam nun die Auflösung von Michael. Sarah stieg gerade mit ihrem Sohn die Stufen herauf und fragte sich, warum die zwei Männer so herzlich lachten.

Der Kommissar stellte ein paar Fragen und machte nicht den Eindruck eines smarten Kriminalbeamten, wie er immer im Fernsehen gezeigt wurde. Er glich eher einem großen übergewichtigen Colombo, der es faustdick hinter den Ohren hatte. Als Kommissar Hammer kurz darauf wieder zum Ferienhof hinunterstapfte, hatte er zwar keine neuen Erkenntnisse bei den

Feriengästen aus Süddeutschland gewonnen, aber die Urlauber hatten nebenbei erfahren, dass der Tote im Backhaus bereits seit mindestens sieben bis acht Jahren dort gelegen hatte. Aber wer das ist, haben wir noch nicht herausgefunden, hatte der Kommissar zum Schluss bemerkt.

„Warum hat man den Toten denn nicht früher gefunden?“, fragte Markus und schien Gefallen an der Kriminalrecherche zu finden. „Oder gerochen?“, ergänzte seine Mutter, die Krankenschwester war und genau wusste, was passierte, wenn die Verwesung eines Toten eintrat.

Vielleicht war es ja auch ein Selbstmord, dachte Michael. Aber wer ist es? Wenn er nicht aus dem Dorf stammen sollte, warum kam er dann im Backhaus um? Er steckte die Visitenkarte des Kommissars ein und sagte: „Lassen wir den lustigen Kommissar seine Arbeit machen. Aber es interessiert mich mittlerweile auch, was da bei Lindners im Backhaus passiert ist. Markus, wollen wir beide mal einen Dorfspaziergang machen? Vielleicht erfahren wir ja von den Leuten dort unten noch mehr.“

Die Neuigkeit, dass der Tote bereits acht Jahre unbemerkt im Backhaus gelegen hatte, war bereits vielen in Hundesossen bekannt. Während Michael mit seinem Enkel durch das Dorf schlenderte, bekam er aber noch andere Gerüchte zu hören. Es wurden Verdächtigungen ausgesprochen, die Michael nicht nachvollziehen konnte Er traf Gesslers Maria, die im Vorgarten das Unkraut jätete, Rückerts Gerda, die auf dem Weg zur Bushaltestelle war, und Hörsters Eva, die vorwitzig vor der Haustüre stand. Bald brach er seinen Rundgang ab. Er fand es beunruhigend, dass das halbe Dorf nun auf Verbrecherjagd gegangen war, und er hoffte, dass der ganze Fall bald aufgeklärt würde.

Max Rückert war am Abend erst spät nach Hause gekommen und hatte von den neuen Mutmaßungen im Dorf noch nichts mitbekommen. Am nächsten Morgen stand er bereits früh auf und machte auf der Matte ein paar Yogaübungen. Dann trank er einen ersten Kaffee und duschte ausgiebig. In Anzug und mit Krawatte holte er die Zeitung aus seinem Briefkasten und blätterte sie am Küchentisch durch, während er ein Honigbrot und einen zweiten Kaffee zu sich nahm.

Im Regionalteil berichtete der Lokalreporter bereits das zweite Mal über den Leichenfund in Hundesossen. Als Max die Neuigkeit las, stockte ihm der Atem, er schlang seinen Bissen schnell herunter und spülte ihn mit einem Schluck Kaffee herunter. Die Polizei behauptete, dass der Tote bereits acht Jahre dort gelegen hatte, forensische Untersuchungen in Dortmund hätten das bestätigt. Er las den kurzen Bericht noch einmal, starrte dann auf einen imaginären Punkt an der Wand, und in Gedanken ging er acht Jahre zurück.

Das gibt´s doch nicht, wunderte sich Max, stand auf, ließ sein angefangenes Frühstück zurück und ging langsam und gedankenverloren die Treppen herunter zum Haustür. Er verließ das Haus und setzte sich in sein Auto. Als er aus seinem Carport zurücksetzte, hörte er plötzlich einen schrillen Schrei. Er trat auf die Bremse, blickte in den Rückspiegel und sah zwei Mädchen von der Straße springen, die auf dem Weg zum Schulbus waren. Es waren die Zwillingsschwestern von Hörsters, und er hatte sie nicht gesehen, fast hätte er sie angefahren, weil er blind und immer noch in Gedanken vertieft nicht auf die Straße geachtet hatte. Die Mädchen schauten erschreckt zu ihm durch die Rückscheibe, er winkte entschuldigend herüber und versuchte zu lächeln. Die Mädchen setzten ihren Weg fort. Reiß dich zusammen, das ist so lange her, beruhigte er sich. Er blickte ein paar Sekunden erstarrt nach vorn, hielt den Lenker mit beiden Händen fest, bis er sich einen Ruck gab und dann vorsichtig zurücksetzte. Langsam fuhr er los und konzentrierte sich auf die Fahrt zu seiner Arbeitsstelle.

Am selben Morgen saßen die vier Feriengäste lange am Frühstückstisch vor Sarahs Chalet. Opa Michael las die Zeitung, die er ganz früh in Hanses Küche ausgeliehen hatte.

„Hier wird noch mal bestätigt, was uns der Kommissar gestern gesagt hat. Ich gehe heute mal runter zu Lindners. Vielleicht erfahre ich dort mehr“, meinte er.

Gehst du mit?“, fragte Michael an Markus gewandt. Sein Enkel willigte sofort ein, anscheinend war sein Freund Sven mit dem Moped an diesem Tag nicht da.

Opa und Enkel gingen gegen zehn Uhr hinunter ins Dorf und kamen an der Dorfglocke vorbei.

„Was ist das eigentlich für eine Glocke? Normalerweise hängen Glocken doch immer im Kirchturm. Wieso hat man die hier auf Augenhöhe aufgehängt?“, wollte Markus wissen.

„Markus, die Glocke ist uralt, sie ist ein wertvoller Schatz aus dem 18. Jahrhundert. Vor fünfundzwanzig Jahren wurde sie von der Dorfgemeinschaft hier an dem kunstvoll hergerichteten Holzgestell aufgehängt. Man kann sie immer noch läuten, aber heute tut sie nur noch zu besonderen Anlässen und Dorffesten ihren

Dienst. Früher, als ich noch hier wohnte, war sie an der Hauswand dort hinten angebracht. Drei Mal am Tag wurde der Engel des Herrn geläutet, um sechs am Morgen, um zwölf am Mittag und um sechs am Abend.“

„Engel des Herrn?“, fragte Markus.

„Ja, Engel des Herrn, auf Lateinisch auch Angelus genannt. Das ist ein Gebet, das drei Mal täglich verrichtet wird. Ein alter christlicher Brauch, Pflicht für gläubige Katholiken! Der Angelus ist viel älter als die fünf Gebete Salat der Moslems gen Mekka. Dafür ertönte die Glocke drei Mal am Tag. Hier im Ort war der Ortsvorsteher auch der Glöckner, und als der starb, übernahm seine Tochter das Amt. Das ist wirklich ein historischer Schatz, der jetzt hier aufgehängt wurde. Deswegen hat die Glocke auch diesen exklusiven Platz in der Dorfmitte bekommen. Und damit man sie auch wirklich aus der Nähe bewundern kann, hängt sie hier so tief.“

Beide traten näher heran und befühlten die gegossene Metallglocke, die mit Ornamenten und lateinischen Texten verziert war. Dann setzten sie sich auf die davorstehende Bank und lasen die Inschriften, die ein fleißiger Zimmermann in die wuchtige Holzhalterung geschnitzt hatte.

Von Lindners Hof gegenüber schallten plötzlich laute Wortfetzen herüber. Weiß-rote Absperrbänder der Polizei flatterten dort noch immer im Wind. Großvater und Enkel sahen, wie sich ein verärgerter Kommissar Hammer aufgeregt redend unter einem Absperrband herunterbeugte und mit einem Kollegen einen lauten Dialog führte. Er ist also noch hier, aber hat er den Humor verloren?, fragte sich Michael. Beide Beamte stiegen in einen Mercedes und fuhren langsam vom Hof Richtung Hauptstraße.

„Lass uns mal rüber zum Tatort gehen, vielleicht erfahren wir da mehr über den Toten“, meinte Michael. „Da arbeiten ein paar Ermittler. Und vielleicht wissen die Lindners mehr.“ Zwei blauweiße Polizeiautos und ein weißer Transporter der Ermittlergruppe standen auf dem Hof. Der Bereich des Backhauses und der Zugang vom Hof waren aber immer noch abgesperrt.

Sie querten den schmalen Holzsteg über den Dorfbach und kamen an Hörsters Garten vorbei. Dort stand Armin Hörster am Zaun und rauchte seine Pfeife. Sie grüßten ihn freundlich und kamen mit dem wortkargen Armin ins Gespräch. Eine Schar Tauben rauschte, mit ihren Flügeln hörbar flatternd und bremsend, über ihre Köpfe hinweg und landete direkt nebenan auf dem Dach eines Holzschuppens mit Flachdach. Das war unverkennbar der Taubenschlag von Armins Seglern.

Taubenzüchten hatte eine lange Tradition im Dorf. Nach dem Krieg gab es einige Männer, meist unterstützt durch ihre jugendlichen Söhne, die in ihrer Freizeit dem Hobby mit den eleganten, schnellen Fliegern frönten.

„In den sechziger Jahren hat man oft noch mehrere Taubenschwärme in den Lüften und um die Häuser des kleinen Orts fliegen sehen“, meinte Michael, und Armin nickte zustimmend.

Markus folgte dem Gespräch interessiert, und Armin, der Schweigsame, war plötzlich sehr gesprächig. Er wandte sich an Markus: „Brieftauben werden gezüchtet und können über Hunderte von Kilometern fliegen und Nachrichten überbringen, und doch finden sie ihren weit entfernten Heimatschlag immer wieder. Dieses Vermögen der Heimfindung ist bis heute wissenschaftlich nicht erklärt. Deswegen bin ich Taubenliebhaber und von dieser tierischen Leistung so fasziniert.“

Michael selbst hatte früher einen Taubenschlag mit zirka fünfzehn Tauben sein Eigen genannt. Er wunderte sich über die ungewöhnliche Beredsamkeit von Armin und schaute etwas wehmütig über den Gartenzaun zu seinem Elternhaus. Dort oben in der Dachgaube hatte ihm sein Vater zwei Ausflugsöffnungen eingebaut, und in dem Dachfirst dahinter lag damals sein kleiner Taubenschlag. Er erzählte seinem Enkel von dem Bereich, der nach einer Hausrenovierung schon längst zum ausgebauten Wohnbereich des Obergeschosses gehörte.

Auch Armin war damals schon ein Anhänger der Taubenzucht im Dorf gewesen und war heute noch der Einzige, der das Hobby im Hundesossen weiterbetrieb. Jetzt erzählte er mit Stolz, dass er Mitglied im Verband Deutscher Brieftaubenzüchter sei. Er besuche regelmäßig die jährliche Brieftaubenausstellung in Dortmund mit ausgewählten Exemplaren aus seiner eigenen Zucht. Seine engsten Freunde seien alle aktive Mitglieder im Ortsverein Hochsauerlandkreis.

Michael wusste, zu Männern im Dorf pflegte Armin selbst kaum Kontakte, er hatte den Ruf eines Eigenbrötlers.

Michael war von dem sonst sehr zurückhaltenden Taubenfreund Armin überrascht, denn der hatte ihn sogar nach seinem Wohlbefinden und seiner Familie gefragt. Dann lud er beide in seinen Garten ein, um ihnen sein großzügig angelegtes Taubengehege zu zeigen. Markus war daran sehr interessiert, denn er hatte noch nie einen Taubenschlag gesehen.

„Wie viele Tauben haben Sie?“, fragte er. Sie betraten den hinteren Gartenbereich, wo ein komfortables, breitangelegtes Holzhaus als Unterkunft für die Vögel zum Vorschein kam. Davor waren Freigehege mit engmaschigem Drahtgitter gebaut, in denen zig Tauben saßen, herumflogen oder gurrten. Das Gurren lag wie ein auf- und abwallendes Grundgeräusch während ihres gesamten Besuchs in der Luft.

„Zurzeit habe ich einhundertdreißig Tauben. Die Hälfte davon fliegt Rennen bei Wettbewerben und einige nehmen auch an Ausstellungen teil. Der Rest ist für die Aufzucht“, antwortete Hörster.

„Und wie züchtet man die?“, fragte Markus und Michael wunderte sich, wie der Junge den knurrigen Jungrentner mit ein paar Fragen zum Reden brachte.

Man merkte Armin an, dass er sich über das Interesse des Jungen freute und sagte: „Junge, komm mal mit, ich zeige dir das.“ Er nahm Markus am Arm und schob ihn vor sich her in einen der Taubenschläge, den man von außen einsehen konnte. Michael hörte den Erklärungen von draußen zu. Drinnen waren an der gesamten Wand entlang kleine Brutboxen gebaut, manche geschlossen, die anderen offen. Darin saßen Einzeltauben oder Taubenpaare. Hörster griff in eine Box und holte ein mit Holzflechten ausgelegtes Gelege mit zwei Eiern heraus. Die vertriebene Täubin hackte wütend mit dem Schnabel nach der Hand des Räubers, um ihre Brut zu schützen. Markus schaute sich die kleinen grauen Eier einen Moment lang an, dann schob Armin das Gelege wieder an seinen Platz, und die Täubin legte sich breit und besitzergreifend wieder darauf, um ihre zukünftigen Nachkommen im Ei zu schützen und auszubrüten.

„Ich lasse meine Tauben vier bis sechs Mal im Jahr brüten“, kommentierte Armin.

„Und wie finden die Paare zusammen?“, hörte Michael seinen Enkel fragen.

„Wenn ich nicht eingreifen würde, würden die selbst ihre Partner finden, aber ich suche mir die richtigen Paare aus. Wer am besten zusammenpasst, das ist halt Erfahrungssache. Dafür stehe ich jeden Tag hier und beobachte sie stundenlang. Ich sperre eine Täubin und einen Täuberich zusammen in eine geschlossene Box, und sie paaren sich. Dann legt die Täubin Eier, und das Paar brütet die gelegten Eier gemeinsam aus. Bis sie flügge werden und selbst zum Futternapf fliegen können, füttert das Paar sie.“

Das wirre Taubengeflatter im Schlag und das laute Gurren der Täuberiche brachte Markus nicht davon ab, Armin mit weiteren Fragen zu löchern. Auf dem Boden stand eine offene längliche Holzvitrine, die mit Mais und Körnern gefüllt war – ausreichend Futter für die zirka fünfzig Tauben in dem Raum. Durch mehrere Öffnungen an der rechten Wand konnten die Tauben in den vorn angebauten Drahtverschlag gelangen, um dort an der frischen Luft zu fliegen oder sich auf diversen Holzrampen niederzulassen. Armin fasste in seine Hosentasche nach ein paar Erdnusskernen. Sofort kamen zwei Tauben angeflogen und pickten ein bis zwei Erdnüsse auf, das Lieblingsgericht der Brieftauben, wie Armin erklärte.

„Das war übrigens Carla. Die hat bei der letzten Olympiade in Dortmund die Silbermedaille des Schönheitswettbewerbs gewonnen“, meinte Armin voller Stolz und zeigte hinter der Taube her. Sie hatte sich auf eine Holzstange gesetzt. Markus ging näher heran und schaute sich den silbergrauen Vogel mit den weißen, gleichmäßigen Warzen auf dem Schnabel an. „Ein schönes Tier“, sagte er.

„Wenn die Jungtauben ungefähr zwei Monate alt sind, wähle ich die geeigneten aus und schicke sie zu ersten Trainingsflügen an die freie Luft, zusammen mit alten, bewährten Tauben, die sie wieder sicher nach Hause bringen. Dabei beobachte ich sie und sortiere die Schlechtesten wieder aus. Jungtauben fliegen bei ihren ersten Wettbewerben über hundert bis zweihundertfünfzig Kilometer, Alttauben im Alter zwischen drei und sechs Jahren bis zu sechshundertfünfzig Kilometer. Meine besten Brieftauben schicke ich auch mit zu Marathonrennen. Letztes Jahr waren diese zwei Tauben dabei.“ Er zeigte auf ein Paar, das draußen auf einem Holzbalken saß. ‘Georg und Missy haben beim Wettbewerb aus Barcelona den zweiten und dritten Preis gemacht, das sind meine Besten. Sie kamen zusammen wieder an und flogen 1135 Kilometer. Bei diesem Wettbewerb haben sie pro Minute tausendvierhundert Meter zurückgelegt. Nur eine einzige Taube aus Arnsberg ist schneller geflogen.“

„Und wie kommen die nach Barcelona?“

„Ein Taubentransporter, der hier durchs Sauerland fährt, nimmt sie nach einem feststehenden Fahrplan auf und bringt sie an den Startpunkt. Dort werden sie freigelassen. Wenn die Taube wieder meinen Schlag erreicht, wird die Ankunftszeit elektronisch gemessen und die Flugleistung pro Minute ausgerechnet. Die Taube, die im Schnitt die beste Leistung pro Minute erreicht, hat gewonnen."

Markus wusste gar nicht, welche Fragen er zuerst stellen sollte: Haben Ihre Tauben alle Namen? Wie schnell fliegen sie? Michael wunderte sich immer mehr über Armin Hörster, der die Fragen souverän beantwortete und Markus immer mehr mit seiner Taubenweisheit begeisterte.

Während Armin seinen Enkel in weitere Abteilungen des großen Taubenschlags mitnahm, stieg Michael über eine Treppe den Hang des angrenzenden Steingartens hoch und genoss von hier aus einen freien Blick auf sein altes Elternhaus. Dort stand ein weißer Mercedes vor dem Haus, aber es war kein Mensch zu sehen. Brandstetters waren beide berufstätig, hatte er gehört, und noch kinderlos. Sie hätten sich vorbildlich in die Dorfgemeinschaft eingebunden, hatte Elke gesagt und trotz ihrer Berliner Schnauze bei den zurückhaltenden Dörflern ein Stein im Brett. Das war die Bemerkung von Reinhard gewesen, mit der Ergänzung, sie hätten das ganze Dorf im letzten Sommer zu einer

Kennenlernparty in ihren Garten eingeladen, mit Grillwürstchen und einem Fass Bier.

Michael schaute wieder hoch zur Wand unter dem Dachfirst, die heute mit grauem Schiefer beschlagen war, dort, wo früher seine Tauben auf einer Holzrampe gestartet und gelandet waren. Es war schon über fünfzig Jahre her, und irgendwie hatte er das Gefühl, dass es eine schöne Zeit war, damals. Heute verstand er nicht mehr, warum er damals so schnell wie möglich aus Hundesossen wegwollte, weg von diesem schönen Flecken Erde – er war damals gerade zwanzig Jahre alt geworden – hinaus in eine verrückte Welt, die ihm zeit seiner beruflichen Laufbahn viel Stress und Hektik gebracht hatte. Eine Welt, die sich außerhalb seines Dorfs viel schneller zu drehen schien. Heute fühlte er sich hier wohl, in dem Dorf, in dem den siebzig Einwohnern wahrscheinlich nicht bewusst war, welchen Wert diese Ruhe und das beschauliche Leben auf dem Land hatte. Noch immer stierte er auf den imaginären Punkt, an dem einst seine Tauben gelandet waren. Melancholie breitete sich in ihm aus, in Form von Gedanken über seine eigene Vergangenheit, seine Kindheit hier in diesem Haus, seine Jugendzeit hier in diesem Dorf. Er versetzte sich in die Zeit von damals zurück und sah sich unten vor dem Haus stehen, als Dreizehnjähriger. Wie er mit lockendem Flöten und mit einer ausgestreckten Hand voll Maiskörner und Süßerbsen versuchte, seine Tauben vom Dach herunter auf die Hand zu locken. Nicht sentimental werden, du hast es so gewollt, du kannst die Zeit nicht zurückdrehen, flüsterte er sich leise zu. Deine Zukunft sind deine Enkel. Einer von ihnen erfreut sich gerade bei Armin an deinem alten Jugendhobby. Er drehte sich langsam um und blickte über das friedliche Dorf.

Unten knarrte eine Türe, und Michael wachte aus seinen Vergangenheitsträumen auf. Die zwei Taubenfreunde kamen wieder aus der Holzbaracke heraus, immer noch plaudernd. Michael stieg die Stufen hinunter, bedankte sich bei Armin für die Besichtigung, und beide Gäste schritten zurück über den Holzsteg Richtung Dorfmitte.

Sie setzten sich wieder auf die Bank an der Dorfglocke, und Markus berichtete seinem Großvater, was er alles im Taubenschlag von Armin erfahren hatte. „Ich habe einer Taube einen Ring angelegt. Da ist ein Chip drin, mit dem wird bei den Wettflügen die Flugzeit gemessen. An der Wand im Taubenschlag hängt ein Empfangsgerät, und wenn die Taube von ihrem Flug zurückkommt, wird automatisch die Zeit gespeichert. Die Information wird elektronisch von einem Micro-Computer erfasst und dann über das Internet zur Club-Zentrale weitergeleitet, wo der schnellste Flieger in kürzester Zeit ermittelt wird. Die Besten fliegen bis zu einhundertzwanzig Kilometer in der Stunde. Nur leider gibt es auch Feinde, die noch schneller fliegen, Habichte und Falken. Wusstest du, dass Herr Hörster mindestens zehn bis fünfzehn Tauben jedes Jahr verliert, weil die Feinde sie im Flug angreifen und töten?"

Michael freute sich über seinen Enkel, der seine neuesten Erkenntnisse über Brieftauben zum Besten gab. „Wusstest du auch, dass Brieftauben bereits vor vielen tausend Jahren für die Nachrichtenübermittlung gezüchtet wurden?", antwortet er seinem Enkel mit einer Gegenfrage.

Markus schüttelte nur den Kopf.

„Bereits die Sumerer züchteten Brieftauben, und auch einige Athleten bei den antiken Olympischen Spielen in Griechenland ließen ihre Siegmeldung in ihre Heimat über Brieftauben melden. Oder bei früheren Kriegen und Schlachten, da wurden die Brieftauben beispielsweise von Soldaten nach Angriffen oder Schlachten freigelassen und kündeten dem Herrscher frühzeitig von Sieg oder Niederlage. Die Nachricht wurde auf einem zusammengerollten Zettel in einem Behältnis am Fuß oder Rücken der Taube befestigt. Das bekannteste Beispiel ist wohl das des britischen Bankiers Rothschild im Jahr 1815. Seine Brieftauben meldeten ihm den Sieg Wellingtons über Napoleon nach der Schlacht von Waterloo, noch bevor die britische Regierung davon erfuhr. Das versetzte den Bankier in die Lage, billig Aktien zu erwerben, deren Wert erheblich stieg, als die Nachricht allgemein bekannt wurde. Nur wegen seiner Tauben konnte er einen großen Gewinn machen."

„Opa, der Hörster hat mich für Samstag eingeladen, wenn seine Tauben an einem Rennen teilnehmen. Gegen drei Uhr soll ich da sein, dann kommen die ersten Tauben aus Stuttgart zurück, wo sie morgens freigelassen werden. Ich möchte mir das unbedingt mal anschauen."

Beide standen auf und gingen wieder zurück zum Ferienhof. Michael fiel ein, dass er vergessen hatte, Armin nach dem Chinesen zu fragen. Mist, dachte er, das muss ich später nachholen. Vielleicht werde ich Markus am Samstag begleiten.

Der Besuch bei den Tauben hatten Großvater und Enkelsohn ganz davon abgelenkt, den Fragen nach dem Toten im Backhaus im Dorf nachzugehen und den Fundort bei Lindners zu besuchen.

Max saß reglos auf seinem Bürostuhl und schaute schon seit fünf Minuten aus dem Fenster. Er war müde, grübelte vor sich hin und hörte begleitend zu seinen dunklen Gedanken die Autos auf der Weststraße vorbeifahren. Draußen herrschte Feierabendverkehr. Die Tagesordnung und alle dazugehörigen Dokumente lagen verstreut auf dem Schreibtisch. Um achtzehn Uhr sollte die nicht öffentliche Sitzung des Gemeinderats beginnen, und er hatte sich nun entschlossen, wie er sich verhalten würde.

Punkt drei der Agenda war heikel: *Genehmigungsverfahren für Hotelbetrieb „Hegners Höhe" in Gemarkung westlicher Hagen, Hundesossen; Entscheid über Gutachten Naturschutzbund (NABU) und Einwände der Fraktion Bündnis 90 / Die Grünen und Freie Wähler.*

Max suchte die Akten für die heutige Sitzung auf seinem Schreibtisch zusammen. Tendenziell stimmte er den Einwänden des Gutachtens zwar zu und sprach sich für eine Ablehnung des Bauantrags aus, doch heute wollte er sich neutral verhalten. Er würde den Inhalt des Gutachtens kommentarlos wiedergeben, und auch nicht die Einwände seiner Kollegen aus der

Grünen-Fraktion vortragen. Diesmal nicht. Zuerst wollte er wissen, wie sich die Gemeinderäte verhielten. Denn wenn schon die SPD-Fraktion wegen der versprochenen Arbeitsplätze dem Bauantrag zustimmen würde, dann hätte sein begründeter Einwand gegen den Bauantrag auch dieses Mal keine Chance. Schlussendlich würde der Rat erst in der öffentlichen Gemeinderatssitzung in fünf Wochen entscheiden, und bis dahin konnte noch viel passieren. Max würde in ein paar Tagen die Gelegenheit bekommen, das eingereichte Gutachten bei der *Regionalkonferenz Umwelt* in Brilon den Landräten vorzutragen, mit seinen Kommentaren. Vielleicht würde sich dort mithilfe ökologischer Begründungen eine Ablehnung ergeben und das Projekt damit erst einmal auf Eis gelegt werden können.

Aber *Hegners Höhe* war nicht der Hauptgrund seiner inneren Unruhe, die ihn seit zwei Tagen kaum noch schlafen ließ. Immer wieder glitten seine Gedanken ab. Konnte ihm das, was er längst hinter sich glaubte, doch noch gefährlich werden?

Draußen vor seinem Fenster hörte er nun die kleine Demonstrantenschar, die von den Grünen aufgeboten worden war und nun mit einigen Sprechhülsen und selbst gemalten Plakaten gegen das Projekt *Hegners Höhe* protestierten. Er schaute aus dem Fenster. Anscheinend kamen in diesem Moment die Gemeinderäte ins Gemeindehaus und mussten am Spalier der

Demonstranten vorbei, denn die Proteste der acht bis zehn Naturschützer wurden immer lauter. Komischerweise kam keiner von ihnen aus Hundesossen.

Max wandte sich ab, packte seine Akten unter den Arm und verließ das Büro. Es wurde Zeit, zum Sitzungssaal aufzubrechen.

Gegen halb zehn am Abend war die Sitzung beendet, draußen gingen gerade die Straßenlaternen an. Max' große innere Unruhe war trotz der Ablenkung über die streitbaren Themen im Rat nicht gewichen. Ihm und den zwei Grünen Vertretern war wegen ihrer Niederlage die Lust vergangen, mit den Gemeinderäten noch zu einem Absacker in Stoffels Gaststube zu gehen. Er wollte sich die ätzenden Kommentare der CDUler beim Bier nicht anhören, die wegen der klaren Vorentscheidungen zum Projekt *Hegners Höhe* heute Abend gewonnen hatten. Während der Sitzung hatte ihm der Bürgermeister einen Brief rübergeschoben und gesagt: „Klär das mal mit dem Ordnungsamt ab, das betrifft ja dein Zuhause, oder?"

Er hatte den Brief nur schnell überflogen und hatte verwundert gelesen, dass es ein Brief an den Bürgermeister war, der von einer Hedi Richmond aus den USA stammte. Sie wollte in ihrem Heimatdorf Hundesossen eine Gedenktafel aufstellen lassen. Das musste doch die Hedi Trautmann sein, die früher hier gewohnt hatte, war sich Max sicher.

Im Büro las er den Brief noch einmal aufmerksam durch. Hedi wollte siebzig Jahre nach dem Krieg zwei tapferen Männern aus dem Dorf, Günter Birkensee und seinem Sohn Gerhard, eine späte Ehre erweisen. Michael Schneider hatte vor zwei Jahren deren Taten und dessen Folgen in einem Buch publik gemacht.

Letzte Woche hatte er mit Michael auch über Hedi gesprochen, die ihren Heimatort Hundesossen bald besuchen wolle. Max würde Michael gleich morgen kontaktieren, um mehr über diese Hedi zu erfahren. Dann nahm er seine Tasche und verließ das Büro. Auf seiner Heimfahrt bis nach Hause wechselten seine Gedanken erneut zu einem wunden Punkt, denn seit der Entdeckung des Toten und der Zeitungsmeldung hatte sich seine Gemütslage verschlechtert. Die Vergangenheit schien ihn eingeholt zu haben.

Die Büros des Bauamts waren in einem Anbau des Rathauses direkt neben dem Bürgermeisteramt untergebracht. Anton Siepe war der große Bau-Tycoon der Region und besuchte wegen seiner laufenden Bauprojekte oft die Büros im Rathaus. Man kannte ihn hier, und wenn man ihn nicht sah, hörte man ihn. Seine vorlauten und rücksichtslosen Manieren waren im Bürgermeisteramt und in den Büros des Bauamts bei allen Mitarbeitern bekannt. Auch an diesem Morgen stand sein schwarzer Audi wieder mitten vor der Treppe des Rathauses. Einer seiner Architekten begleitete ihn und rannte mit zwei Aktenkoffern hinter ihm die Treppe hoch. Antons wuchtigen Schritte im Flur des Bauamts hallten durch den Gang und wurden von seinem hechelnden Atem begleitet. Vor Max' Türe machte er nicht Halt, sondern riss sofort die Türe auf. Eine junge Angestellte, die am Aktenschrank stand, schrak zusammen.

„Wo ist er?“, brüllte Anton. „Holen Sie ihn!“

Ängstlich legte sie die Akten auf das Sideboard und verschwand wortlos aus der offenen Türe. Draußen wäre sie fast mit dem jungen Architekten zusammengestoßen, der erst lächelnd hinter ihr herschaute und Anton schließlich ins Chefbüro folgte.

Es dauerte fünf Minuten, ehe Max über den Flur schritt und in sein offenstehendes Büro trat. Erstaunt sah er den übergewichtigen Anton breitbeinig im Bürostuhl hinter seinem Schreibtisch sitzen, weit nach hinten gelehnt, die Hände auf seinem Schmierbauch zusammengefaltet. Seinen hellen Sommermantel hatte er noch an. Seine Stirn war schweißnass.

„Setz dich“, begrüßte er den Bauamtsleiter und wies mit der Hand zu einem der Besucherstühle vor dem Schreibtisch. „Erzähl! Wie ist es gestern gelaufen?“

Max war sehr verärgert über Antons Auftreten, blieb stehen und schaute ihn nur schweigend an. Es fehlte ihm aber der Mut, diesen Rüpel aus seinem Büro zu weisen.

„Ich posaune keine vertraulichen Beschlüsse des Gemeinderats nach außen“, zischte er. „Und dir sage ich schon mal gar nichts, da musst du dich schon noch gedulden. Der Termin für die Entscheidung folgt in fünf Wochen.“

„Junge, ärgere mich nicht. Du weißt, dass ich dir das Leben schwermachen kann“.

Anton wuchtete sich aus dem Stuhl, der dabei nach hinten gegen das Sideboard rollte und klirrend eine Vase umwarf.

„Wenn du deinen grünen Freunden nicht bald diesen Öko-Mist ausredest, und es nicht schaffst, dass der Gemeinderat zustimmt, dann Gnade dir Gott. Letzten Samstag standen doch glatt ein paar von den Öko-Aposteln vor meinem Büro und hielten Schilder hoch. Rettet den Wald! Platz für Bienen! Siepe ist Umweltzerstörer und so weiter. So ein Schwachsinn. Da habe ich meine zwei Hunde aus dem Zwinger geholt, und sofort waren die Unruhestifter von meinem Bauhof verschwunden. Vielleicht muss ich meine zwei Rüden auch mal zu dir mitbringen, damit du spurst.“

Er war hinter dem Schreibtisch hergekommen und stand nun ganz nah vor Max, der seinen Kopf wegen Antons Körpergröße nach oben wenden musste und dabei seinen schlechten, sauren Mundgeruch wahrnahm. Max hielt die Luft an und schaute ihm wortlos in die Augen.

„Du kannst dich daran erinnern, wie du deinen Hausbau damals finanziert hast, oder? Ich weiß es auch noch. Ich könnte mein Versprechen von damals auch vergessen und nebenan eine Aussage machen, ich muss sowieso noch zum Finanzamt.“ Anton fasste Max an den Schultern und schüttelte ihn. Dann drehte er sich um und ging zur Türe. „Komm Frank, wir müssen noch zum Bürgermeister.“

Max schaute wütend hinter den beiden her, die grußlos im Flur verschwanden und die Türe offenließen. Er wusste: Anton Siepe war ein brutaler Mensch und Unternehmer, der für Profit über Leichen ging.

Max schloss seine Bürotüre und ging hinter seinen Schreibtisch. Seufzend ließ er sich in seinen Bürostuhl sinken und verschränkte seine Hände im Nacken. Antons Warnung war eindeutig gewesen, dachte er. Aber der Bauunternehmer sollte sich besser zweimal überlegen, beim Finanzamt eine Anzeige zu machen, denn damit würde er sich selbst ans Messer liefern.

So wie nach der gestrigen Gemeinderatssitzung aussah, würde dem Bauantrag wahrscheinlich mehrheitlich zugestimmt werden, und dann hätte Max von Anton ohnehin keine Rache zu befürchten. Doch bei diesem Wahnsinnigen musste man vorsichtig sein, denn er war unberechenbar. CDU und SPD könnten auch noch mal umschwenken, so etwas hatte er schon oft bei diesen Opportunisten erlebt. Trotz der schlechten Ausgangslage wollte die Grünen dennoch als Nein-

Fraktion weiterkämpfen, sie wollten den Kampf um eine nachhaltige und ökologische Entwicklung in Hundesossen noch nicht verloren geben. Max spürte, dass seine Parteigenossen mehr und mehr ideologisch entschieden und nicht mehr nur mit politischem Sachverstand handelten. Doch alles war noch im Fluss, und ihn drückten andere Sorgen.

Michael wurde wach. Er öffnete die Augen und wusste zuerst nicht, wo er war. Die Sonne erhellte das Zimmer durch das große Fenster, das nur mit lichten Gardinen behangen war. Nun war er wieder im Bilde. Am Vorabend war es spät geworden. Er hatte bis nach Mitternacht mit Reinhard und seinem Jugendfreund Willy Gessler unten im Garten des Ferienhofs zusammengesessen und über vergangene Tage und alte Erlebnisse gesprochen. Er schwang sich aus dem Bett und riss die Gardinen auf. Blauer Himmel und heller Sonnenschein erwarteten ihn. Heute wird ein schöner Tag, vermutete er. Plötzlich spürte er ein Ziehen in seiner linken Ferse. Er setzte sich und massierte die Schmerzstelle, versuchte es wieder mit leichtem Auftreten und stellte fest, dass seine Achillessehne gereizt war. Wahrscheinlich von meinen langen Wanderungen, dachte er. Am Vortag hatte er noch eine lange Tour bis nach Bracht gemacht und war erst gegen Abend wiedergekommen. Vielleicht muss ich mal ein paar Tage aussetzen, dachte er, heute kommt Hedi, und dann ist sowieso keine Zeit mehr für anstrengende Wanderungen.

Etwas später saßen sie zu viert auf der Terrasse beim Frühstück, und Markus hatte seiner Mutter nebenan geholfen, den Tisch zu decken.

„Opa, schone dein Bein, bleib sitzen", hatte Markus gesagt, und auch Hanna hatte bereitwillig Honig und Nutella herausgetragen.

Gegenüber auf der anderen Flussseite des Tals mähte ein Traktor den letzten Rest einer großflächigen Weide. Es musste der Lindner sein oder einer seiner Agrararbeiter. Früher hießen sie noch Knechte, erinnerte er sich. Aber heute war alles anders, denn Knecht zu sagen, war diskriminierend. Knechte gab es nicht mehr, und auch die Arbeiten der Landwirte oder Agronomen, die früher noch Bauern hießen, hatten sich gewandelt. Für jede landwirtschaftliche Aufgabe stand heute ein Gerät oder ein Traktor zur Verfügung, für die damals pure Muskelkraft nötig gewesen war.

Bei den Lindners war der Alltag wieder eingekehrt, denn unten auf dem Hof musste die Arbeit weitergehen, obwohl dort immer noch rotweiße Absperrbänder flatterten und Polizisten den Fundort bewachten.

Sarah hatte Toast gemacht, denn frische Brötchen gab es nur, wenn Michael in der Früh zum Bäcker in den Nachbarort fuhr. Aber an diesem Morgen war er der Letzte gewesen, da war es zu spät gewesen.

„Heute wird ein spannender Tag", verkündete Michael, 'ich treffe Hedi und Peter aus Amerika."

„Nein Opa, die heißt Heidi und kommt aus der Schweiz“, korrigierte ihn Hanna. Verblüfft über Hannas Logik musste er lachen.

„Richtig Hanna“, sagte Sarah, „Heidi kommt aus der Schweiz. Aber Opa trifft eine Frau aus den USA, und die heißt auch Hedi.“

„Nein, Oma ist in den USA und die heißt Carmen! Ich will keine Hedi.“

Die kleine Hanna kämpfte mit Inbrunst für ihr Recht, eine Oma zu haben, die in den USA war, und wollte von einer Hedi nichts wissen. Michael war sprachlos von Hannas Kombinationsgabe und nickte nur. Sarah legte vorsorglich eine Hand auf Markus’ Arm, denn der wollte eine Bemerkung loswerden, die Hanna wahrscheinlich noch mehr verwirrt hätte.

Michael hörte sein Telefon in seinem Chalet läuten, stand auf und ging herüber. Als er zurückkam, sagte er: „Komisch. Das war Max Rückert, der will mich sprechen. Ich treffe ihn um halb zehn in seinem Büro. Danach fahre ich direkt weiter, um Hedi abzuholen.“

„Was will der denn von dir?“, staunte Sarah.

„Verstehe ich auch nicht. Es geht um Hedi, mehr hat er nicht gesagt. Ich bin gespannt, was los ist.“

„Da kommt Frau Hanses“, brummte Markus mit vollem Mund und zeigte zum Weg herunter. Sie war schon ganz nah und winkte ihnen entgegen. Mit schnellen Schritten kam sie die Stufen herauf und legte eine Tüte mit Brötchen und eine Zeitung auf den Tisch.

„Zu spät“, sagte Markus vorlaut, „jetzt bin ich satt.“ Sarah schaute ihn strafend an.

„Ich komme wegen dem Bericht in der Zeitung. Ich dachte, die Neuigkeiten interessieren euch auch. Schon wieder ein Bericht über unseren Toten da unten.“ Dabei schaute Elke Michael an und deutete mit dem Daumen herunter ins Dorf.

„Auf Seite drei“, ergänzte sie. Michael nahm die Zeitung und öffnete sie. „Ich geh dann wieder“, sagte Elke und war auch schon wieder auf dem Rückweg.

„Ich komme mit“, rief Hanna und lief hinter der Bäuerin her.

Sarah und Markus schauten Michael erwartungsvoll an. Er drehte die Zeitung zu ihnen um und zeigte ihnen das Foto zum Bericht, mehrere Polizeibeamte auf einer Bühne vor einer Handvoll Mikrofonen. „Seht, das ist Kommissar Hammer, der uns hier oben besucht hat“, kommentierte er. Die Überschrift des Artikels lautete: Wer ist der Tote im Backhaus? Dann las er ihnen den Bericht laut vor. Kurz darauf sprang er auf, denn er musste sich beeilen, damit er Max Rückert pünktlich im Bauamt erreichte. Auf der Fahrt ließ er den Zeitungsbericht noch einmal Revue passieren.

Vier leitende Polizeibeamte, einer davon war Hauptkommissar Hammer, hatten am Vortag eine erste Pressekonferenz zum Fund des Toten abgehalten. Ein Arbeiter eines Landwirtschaftsbetriebs hatte vor drei Tagen in den Morgenstunden beim Aufräumen eines ungenutzten Gebäudes, das früher als Backhaus gedient hatte, die sterblichen Überreste eines Menschen gefunden. Die örtliche Polizei hatte die Ermittlungen aufgenommen und später Experten der Dortmunder Kriminalpolizei hinzugezogen, weil ein gewaltsamer Tod nicht ausgeschlossen werden konnte. Nach ersten Untersuchungen stand fest, dass es sich bei der Leiche um eine männliche Person handelte. Das Alter wurde laut der Gerichtsmedizin in Dortmund auf vierzig bis fünfzig Jahre geschätzt. Der Zustand der verwesten Leiche ließ darauf schließen, dass der Tote mindestens acht Jahre dort gelegen haben musste. Warum der Fund erst so spät entdeckt wurde, sei noch Inhalt der Untersuchungen. Ob es sich um einen natürlichen Tod oder um einen gewaltsamen Tod handelte, war ebenfalls noch nicht bestätigt worden, festgestellte Thorax- und Knochenverletzungen ließen jedoch auf eine äußere Gewaltanwendung durch Schussverletzung schließen. Man habe eine Kugel mit dem Kaliber 7,56 im Lungentrakt gefunden, ein Steckschuss, der seitlich eingedrungen war. Die Identität des Toten war noch unbekannt. Laut Zeitungsbericht vermutete man aber eine Beziehung zur örtlichen Umgebung, weil der

Tote an einem sehr privaten Platz des ländlichen Wohngebiets gefunden worden war. Recherchen anhand von DNA-Analysen blieben bisher erfolglos. Die Untersuchungen waren noch nicht abgeschlossen, man hatte eine Soko Backhaus mit erfahrenen Kriminalbeamten zusammengestellt, deren Hauptaugenmerk der Tatort selbst, deren Umgebung und mögliche Zeugen im Umland seien. Man hatte eine weitere Pressekonferenz in zwei Tagen angekündigt.

Michaels Autoradio spielte Rod Stuarts *Sailing*, und er summte unbewusst mit. Doch seine Gedanken waren noch bei dem Zeitungsartikel. Für ihn stand fest, dass die Polizei vollkommen ratlos war und bisher noch keinen Hinweis zur Identität des Toten gefunden hatte. Man würde jetzt bestimmt alle Bewohner im Dorf verhören und jeden Stein umdrehen. Erst kurz vor Schmallenberg kam ihm wieder in den Sinn, wohin sein Navi ihn führte.

Max begrüßte ihn eher geschäftsmäßig und nicht wie noch vor ein paar Tagen zu Hause mit freundlichen Aufmerksamkeit in seinem Büro. Noch ehe Michael sich gesetzt hatte, übergab Max ihm ein Schreiben. „Du kennst Hedi, du hast das ganze Thema in deinem Buch veröffentlicht. Kannst du mithelfen und dich um Hedi kümmern, sobald sie hier ankommt?“, war seine nüchterne Frage.

Michael begriff erst nicht und las den Brief, den Hedi aus den USA geschickt hatte. Erst dann verstand er

Max' Frage. „Ja, warum nicht, das hatte ich sowieso vor. Ich weiß auch, wo ein geeigneter Platz für eine Gedenktafel ist. Ich kenne mich in der Gegend aus, schließlich war ich damals vor vierzig Jahren bei der Entdeckung der Höhle mit dabei. Mache ich gerne."

„Vielleicht sollten wir auch die Presse einladen, das kann aber meine Assistentin machen", meinte Max, nun schon etwas freundlicher gestimmt. Kurz darauf waren die Aufgaben verteilt und auch die möglichen Termine für die offizielle Anbringung der Gedenktafel ausgemacht. Max wollte alles arrangieren und auch den Steinmetz beauftragen, und Michael solle sich um Hedi kümmern.

Schon komisch, dachte Michael auf seiner Weiterfahrt zu Hedis Hotel, Max Rückert war heute ein anderer Mensch gewesen, nicht zu vergleichen mit dem netten Gastgeber vor ein paar Tagen. Er war fahrig und nervös gewesen. Michael hatte zum Schluss noch den Anschlag beim Osterfeuer angesprochen und gefragt, wie es ihm gehe mit den Verbrennungen, und ob es schon Hinweise gäbe, wer ihm das angetan habe. Da hatte Max sehr unwirsch reagiert und war überhaupt nicht darauf eingegangen. Das Pflaster an seinem Handgelenk hatte er sofort unter seine Hemdmanschette geschoben und gesagt, es ginge ihm gut, das sei Schnee von gestern. Nun gut, dachte Michael, es ging ihn ja nichts an, aber wenn jemand nach meinem Leben trachtete, dann würde ich das nicht mit solchen

Ausflüchten verdrängen. Irgendetwas stimmte nicht mit dem Kerl ...

Seit mehr als 110 Jahren pflegen wir Sauerländer Gastlichkeit, so stand es auf der Homepage des Hotels Hubertus. Michael hatte sich im Internet über den gediegenen Gasthof genauestens informiert, als Hedi ihm geschrieben hatte, dass sie sich im Nachbarort einquartieren wollte. Er parkte an der Straße auf dem hoteleigenen Parkplatz.

Restaurant – Jagdstube – Caféterrasse war in großen goldenen Lettern auf den weißen Putz gemalt. Das mit Blumen und Büschen komponierte Eingangsambiente lud zur Einkehr in dieses Landhotel ein. Vor dem Eingang machte sich jemand an den Blumen in dem hohen Steinbottich zu schaffen. Michael ging langsam an dem Mann vorbei, doch dann erkannte er ihn. Es war Edmund, der Hotelchef. Michael kannte ihn schon seit seiner Jugendzeit, und vor dreißig Jahren hatten sie sich zufällig bei einem Skiurlaub in Österreich auf der Skipiste wiedergetroffen. Seitdem war er ab und zu mit seiner Familie zum Abendessen hier gewesen, wenn er seine Heimat besucht hatte. Michael ging auf ihn zu und tippte ihm auf die Schulter. Einen Moment blickte er ihn an, dann hatte er ihn erkannt.

„Ach nein, Michael, was machst du hier? Ich begrüße den Schriftsteller."

„Nein, nicht Schriftsteller, nur Autor", antwortete Michael, und sie begrüßten sich zuerst mit Handschlag und dann mit einer Umarmung. Nach ein paar Floskeln gingen sie zusammen in den Gasthof und setzten sich ins Jagdzimmer. Im Kamin brannte schon ein Feuer. Michael hielt das Brennen von Holzscheiden bei sonnigem Wetter und zu dieser Tageszeit für unpassend, aber die Gäste des Hauses liebten es anscheinend. Die braunen Ledersessel, die Eichendecken und Holzpanelen an den Wänden mit den Jagdtrophäen von Gämsen und Hirschen strahlten eine heimische Gemütlichkeit aus, die jedem Jagdzimmer Konkurrenz machen konnte.

Edmund und er tauschten sich eine Weile über Familie, Geschäft und Wohlbefinden aus, unter anderem auch über die Geschichte von Günter Birkensee und Hedi Trautmann. Dann meldete Edmund ihn über das Haustelefon bei den amerikanischen Gästen an. Michael wartete vor dem Kamin, bis Hedi auf der breiten Hoteltreppe erschien. Hinter ihr lief auch Peter herunter. Beide hatte er schon viele Jahre nicht mehr gesehen. Die Eleganz, die die siebzigjährige Hedi mit ihrem blauen Kostüm im Foyer verbreitete, ließ Edmund staunend stehenbleiben, bis sie Michael vor dem Kamin in den Arm nahm.

„Willkommen in deiner Heimat", hauchte Michael ihr über die Schulter. „Danke", gab sie zurück und sagte noch etwas, doch Peters Lachen übertönte Hedis Bemerkung. Er drehte sich um, und Peter begrüßte ihn mit einem festen Handschlag, der in eine stürmische Umarmung überging.

Michael merkte, dass Hedis Deutsch nun einen gut erkennbaren amerikanischen Einschlag bekommen hatte. Peters deutsche Sprachkenntnisse hatten wegen fehlender Anwendung in den letzten Jahren stark gelitten. Er suchte immerzu nach deutschen Wörtern und vollendete Sätze oft auf Englisch. Als die ersten Neuigkeiten zwischen ihnen vor dem knisternden Kamin ausgetauscht waren, beschlossen sie, zusammen ein Mittagessen in der Gaststube einzunehmen. Bei Räucherforelle und Salat vereinbarten sie, sich in zwei Tagen in Hundesossen zu treffen, einen Spaziergang durch das Dorf zu machen und am Abend Max Rückert zu besuchen. Dort sollte das Vorgehen zur Anbringung der Gedenktafel besprochen werden. Zum Schluss verabredeten sie sich für ein Abendessen im Hotel, Michael würde ihnen seine Tochter und seine Enkel vorstellen.

Die zwei Amerikaner verschwanden wieder über die breite Treppe nach oben in ihre Zimmer, und Michael wollte zurück zum Chalet aufbrechen. Er öffnete die Schwingtüre nach draußen, da trat ihm ein großer, schwergewichtiger Mann entgegen.

„Ja, das ist aber ein Zufall“, rief Michael. „Der Herr Kommissar.“

‘Kriminalhauptkommissar Hammer, wie Zange, mit zwei M“, lachte der ihm entgegen.

„Sie wissen wohl auch, wo es Gutes zu essen gibt“, sagte er ihm und wollte den lustigen Beamten damit reizen. Dieses Mal hatte er zumindest einen passenden Anzug an, nicht so wie vor zwei Tagen, als der Anzug viel zu groß gewesen war. Doch sein Bauchumfang konnte immer noch eine Diät vertragen.

„Weit gefehlt“, antwortete er, zog geschauspielert eine enttäuschte Mine und zog Michael am Ärmel wieder hinein in den Gasthof. „Ich hatte gerade nur eine Currywurst mit Pommes, und muss jetzt wieder arbeiten.“

Michael verstand nicht. „Wieso arbeiten? Hier im Hotel?“

„Wir haben unser Soko-Büro hier im Hotel eingerichtet. Gut, dass ich Sie treffe. Kommen Sie bitte mal mit, ich wollte sowieso mit Ihnen reden.“

Sie durchschritten das Foyer, Michael war ganz erstaunt und wollte etwas fragen, aber Hammer eilte schon voraus. Sie gingen am Jagdzimmer vorbei und bogen in einen langen Flur ein. Am Ende kamen sie zu einer Doppeltür, die in einen großen Saal führte.

„Sie sind doch ein Eingeborener aus Hundesossen. Ich habe von Ihnen und Ihrem Buch gehört und es auch schon überflogen. Das trifft sich doch sehr gut. Sie sind sozusagen ein Neutraler und kennen sich ganz gut aus im Dorf, oder?“

Michael war verblüfft. Er stand in der Türe zu einem Saal, der normalerweise für größere Anlässe und Familienfeste genutzt wurde. Aber heute saßen hier einige Männer und Frauen an Laptops und standen vor Flipcharts, diverse Leitungen liefen über den Boden, Geräte und Bildschirme standen auf Tischen, Landkarten und Pinnwände waren aufgestellt. Zirka zehn Personen drehten ihre Köpfe zu den beiden Männern. „Das ist unsere Soko Backhaus“, sagte Hammer. „Setzen wir uns doch da an den Tisch.“

Hammer winkte einem jungen Mann zu, der eine Kaffeekanne und Tassen brachte. Hammer hatte sich seine Jacke ausgezogen und über die Lehne gehängt. Er füllte zwei Tassen mit Kaffee und setzte sich Michael gegenüber.

„Sie haben doch kriminalistischen Spürsinn, oder? Das haben Sie doch bei der Recherche zu Ihrem Buch bewiesen.“

Michael krauste Mund und Stirn und zeigte seinem Gegenüber damit seine Skepsis.

„Möchten Sie ein Stück Kuchen zum Kaffee? Kevin!“, rief er dem jungen Mann hinterher. „Besorg mal zwei Stücke Käsekuchen!“ Michael blieb stumm und wunderte sich nur. Wollte er ihn mit einem Kuchen bestechen? Er war zwar satt, brachte aber keinen

Einwand vor. Er war nur gespannt, was der lustige Dicke von ihm wollte.

„Auf jeden Fall sind Sie neutral, ein Urlauber im Moment. Sie kennen die Leute im Dorf, oder?“

„Mehr oder weniger.“

„Gut. Das gepaart mit ihrer kriminalistischen Spürnase könnte uns bei der Situation in Hundesossen helfen“, behauptete der Kriminalkommissar.

Wieder zog Michael kopfschüttelnd die Stirn kraus.

„Die Aufklärung von Verbrechen fordert neben kriminalistischem Sachverstand meistens ebenso menschliches Verständnis und emotionalen Spürsinn. Sachverstand benötigen wir aus vielen Wissenschaftsbereichen, Chemie, Pathologie, Psychologie und so weiter. Für das haben wir hier unsere Spezialisten, die Untersuchungen und Recherchen mit anderen Fachleuten in unseren Fachabteilungen durchführen.“ Er zeigte mit seiner Hand in den Saal und in die Runde der Polizeibeamten. „Doch vor Ort braucht es vor allem menschliches Gespür und Bauchgefühl. Sie könnten uns dabei helfen, uns auf die richtige Spur zu bringen.“

Er machte eine Pause.

„Wie Sie wissen, wird die Polizeiarbeit stark von Rechtsnormen kontrolliert, schließlich setzen wir als Polizisten das Gewaltmonopol des Staates durch und dürfen selbst Gewalt anwenden. Dafür hat man uns aber enge Grenzen gesetzt. Intuitives Handeln ist nur erwünscht, wenn wir nach vorgegeben Gesetzen vorgehen. Es ist eine sensible Balance."

Mit einem Lächeln strich er sich mit der Hand über seinen runden Bauch. Michael verstand nicht, was der Kommissar von ihm wollte. Gedanklich war er immer noch bei seinem fachlichen Vortrag über die Kriminologenarbeit.

„Ich verstehe nicht", sagte Michael leise, „was wollen Sie eigentlich von mir?"

„Zuerst mal ein Stück Käsekuchen mit Ihnen essen."

Er lachte, und Michael musste automatisch in sein Gelächter einstimmen. Dieser Kerl ist wirklich lustig, also trinke ich erstmal Kaffee mit ihm, dachte Michael. Kevin kam an den Tisch und stellte ihnen zwei Teller mit Kuchen und Gabel auf den Tisch. „Das ging aber schnell", meinte Michael.

„Ja, wir haben direkten Zugriff auf die Hotelküche müssen Sie wissen, die ist direkt nebenan." Er streichelte sich erneut über seinen Bauch. „Wir werden bestens bedient. Guten Appetit."

Ein Wechselspiel zwischen Fragen und Antworten begann, das beide daran hinderte, den Kuchen schnell aufzuessen. Zwischendurch schenkte Kevin noch einmal Kaffee nach.

„Wie gut kennen Sie die Lindners?"

„Nur vom Hörensagen, die jungen Leute kenne ich nicht, nur die Leute in meinem Alter und deren Familiengeschichte.“

„Und welche Jäger und Waffenscheine gibt es im Dorf?“

„Äh ... die Landwirte Lindner und Hegner haben eine Jagd, von anderen weiß ich nichts.“

„Wussten Sie, dass der Knecht von Volker Lindner, ein gewisser Pawel Ciwinsky, auch einen Waffenschein besitzt und bereits bei Treibjagden als Jäger mitgemacht hat?“

„Nein, weiß ich nicht. Warum fragen Sie?“

Hammer zögerte etwas. „Ich sage Ihnen jetzt etwas, das nur für Sie bestimmt ist. Es gibt Indizien, dass der Tote Schussverletzungen hat und schon zirka acht Jahre dort gelegen hat. Übrigens ist ein Teil unserer Verhöre mit Mutmaßungen über die Beteiligung der Bankräuber an die Öffentlichkeit geraten. Und zwar deshalb, weil wir Lindner und diese zwei Polen, Pawel und Adam, verhört und gefragt haben, was sie vor acht Jahren gemacht haben. Daraufhin vermuteten Lindner und Pawel sofort, man wolle sie mit dem Bankraub in Verbindung bringen. Das verneinten beide jedoch vehement.“

Er steckte sich ein großes Stück Kuchen in den Mund und schaute Michael lange kauend an.

„Kennen Sie Max Rückert?“

„Ja.“

„Wie gut?“

„Wir haben einmal ein Bier zusammen getrunken.“

„Und den Bauunternehmer Anton Siepe? Kennen Sie den?“

„Nein, nur von ihm gehört.“

„Gutes?“

„Ich passe.“

„Was halten Sie vom Landwirt Hegner?“

„Ein erfolgreicher Landwirt. Aber jetzt reicht es doch so langsam, Herr Hammer! Was soll das? Ich bin doch kein Spitzel!“

Michael stand auf und drehte sich einmal im Kreis. Er fand das gar nicht mehr lustig, aber der Kommissar hatte längst erreicht, was er bezwecken wollte. Michael setzte sich wieder. Er hatte ihm die Protagonisten seiner Untersuchung genannt, die nun in Michaels Gedächtnis haften bleiben sollten.

„Beruhigen Sie sich, Herr Schneider. Bitte, bleiben Sie sitzen. Das sollte kein Verhör werden, nein, ich wollte Sie nur sensibilisieren, denn Sie sind, wie ich hörte, noch ein paar Wochen in der Gegend. Mit meinen Fragen habe ich Ihnen Spuren aufgezeigt, die uns vielleicht zu den Lösungen der kriminellen Ereignisse in Hundesossen führen.“

„Kriminelle Ereignisse? Ich weiß nur von einem Toten, der im Backhaus gefunden wurde.“

„Auch beim Osterfeuer wäre fast ein Mensch umgekommen, das wissen Sie doch auch, oder? Der Polizeiposten hier vor Ort ermittelt schon lange. Und nun der Fund im Backhaus im selben Dorf! Man muss als Ermittler alle Wege prüfen. Eins und eins zusammenzählen. Herr Schneider, entschuldigen Sie, ich wollte Sie nicht unter Druck setzen, sondern nur in eine Richtung lenken, die Sie, vielleicht ganz unbewusst, in den nächsten Tagen oder Wochen zu hilfreichen Erkenntnissen führen kann. Ihre Erkenntnisse würde ich in nächster Zeit gerne ab und zu mit Ihnen besprechen. Ganz vertraulich, es sollte kein anderer über unsere Partnerschaft wissen. Können Sie sich das vorstellen?“

„Ich soll als Spitzel durch meinen Heimatort schleichen? Herr Hammer, bitte!“

„Nein, überhaupt nicht. Sie sollen weiter ihren Urlaub genießen und nach unserem Gespräch heute Ihre Augen und Ohren in die richtigen Richtungen wenden, mehr nicht. Und ab und zu tauschen wir uns aus, vertraulich, mehr nicht“, beschwichtigte Kommissar Hammer Michaels Empörung.

„Wieso glauben Sie, dass ich Ihnen helfen werde? Stellen Sie sich vor, ein guter Freund oder ein Verwandter von mir hätte etwas mit dem Toten zu tun. Glauben Sie, dass ich den einfach verraten würde?“

„Sie unterstützen als guter Bürger doch sicherlich den Rechtstaat, oder?“

„Den Rechtstaat?“, fragte Michael etwas verächtlich. „Den Rechtstaat soll ich unterstützen? Als Spitzel? Kommen Sie mir nicht damit!“

Michael fühlte sich bedrängt und sehr gereizt. Demonstrativ schob er den Kuchen etwas weg. So einfach würde er sich nicht für Handlangerdienste der Polizei vereinnahmen lassen. Schließlich setzte er etwas aufgeregt zu einer Stellungnahme an. Selbstbewusst wollte er dem Kommissar etwas entgegensetzen, und war doch selbst inhaltlich nicht ganz von seinen Aussagen überzeugt.

„Der Rechtstaat ist doch heutzutage ein Moloch, der seinen Aufgaben nicht mehr gerecht wird, weil er in den letzten Jahren an entscheidenden Stellen zu Tode gespart wurde. Er wird von Politikern und Richtern eklatant ausgehebelt, ignoriert oder ad absurdum geführt, ohne Folgen. Bei vielen ist das Vertrauen in ihn verlorengegangen. Nicht eingehaltene Regeln und Gesetze werden von Politikern gebeugt und vom Justizapparat nicht verfolgt, Fristen werden nicht eingehalten, tausende vollstreckte Haftbefehle für Schwerverbrecher nicht weiterverfolgt. Die Polizei fängt den Dieb, und der Richter lässt ihn wieder laufen. Ist es nicht oft so? Sie wissen das doch ganz genau! Soll ich Beispiele nennen? Natürlich bin ich für einen Rechtsstaat, aber das heißt noch lange nicht, dass ich zum Spitzel werde!“

Der Kommissar aß nun genüsslich seinen Kuchen. Michael bereute schon fast seine heftige Replik, als Hammer zu einer Antwort ansetzte.

„Ja, ich ahne, was Sie meinen“, antwortete der Kommissar und wischte sich den Mund mit einer Serviette ab. „Aber das, was Sie meinen, sind politische Entscheidungen und Grenzsituationen. Bei meiner Aufgabe geht es aber um die schlichte Aufklärung durch den Polizeiapparat, die Justitia ist noch nicht am Zug. Ich bin mittlerweile zuständig für die Ermittlung von zwei Verbrechen im Dorf, der Tote und der Anschlag am Osterfeuer. Und dafür bitte ich Sie lediglich um Ihre Mithilfe.“

„Okay, ich werde machen, was ich mit meinem Gewissen vereinbaren kann.“

„Ich will gar keine Geheimnisse von Ihnen wissen, keine Denunzierung, sondern nur ab und zu Ihre Meinung erfahren. Weil Sie den richtigen Spürsinn haben, Herr Schneider.“

Darauf konnte und wollte Michael nichts mehr antworten. Woher wusste der Kerl, dass er in Gedanken schon mehrmals die von Hammer genannten Personen mit den beiden Fällen in Zusammenhang gebracht hatte? War das einfache Logik oder der Spürsinn, den Hammer meinte? Darüber weiter nachzudenken oder zu reden wäre nicht anrüchig, das wäre keine Spitzelarbeit, sondern nur ein Gedankenaustausch, den er dem Kriminalhauptkommissar nicht abschlagen konnte. Im Gegenteil, er fühlte sich sogar ein bisschen geadelt. Er nickte mehrmals, schaute Hammer lächelnd an und stand dann. Auch Hammer wuchtete sich hoch. Sie reichten sich die Hand.

„Okay, einverstanden, ich halte Augen und Ohren auf. Bis später."

Michael eilte aus dem Saal und verließ das Hotel. Am Ausgang stand Edmund. „Bis heute Abend, und bring deine Familie mit", rief er hinter Michael her.

Als er auf dem Ferienhof Hanses sein Auto neben der Scheune parkte, kam Reinhard über den Hof gelaufen und ging auf Michael zu. „Schon gehört?", fragte er. „Sie haben Pawel verhaftet."

„Warten wir erst mal ab, was die Polizei ermittelt", meinte er und ging Richtung Chalet weiter. Er wollte sich jetzt nicht mit Reinhard an weiteren Gerüchten beteiligen. In seinem Kopf schwirrten immer noch

Zweifel und Fragen über die Aufforderung von Kommissar Hammer, ihn bei der Aufklärung der Vorkommnisse im Dorf zu unterstützen. Jetzt musste er seine Tochter Sarah erst einmal über das geplante Abendessen mit Hedi und Peter informieren, damit auch die zwei Enkel in einem vorzeigbaren Zustand daran teilnehmen konnten.

Pawel Ciwinsky, der langjährige Mitarbeiter auf Lindners Hof, war bekannt für seine aufbrausende Art, wenn er Alkohol getrunken hatte. Zu Beginn seiner Tätigkeit bei Lindners vor acht Jahren wurde ihm auf Festen von ein paar trinklustigen Männern oft Schnaps und Bier ausgegeben. Sie wollten ihn betrunken sehen und Spaß daran haben. Als man jedoch gemerkt hatte, dass Pawel sich nach jedem Alkoholgenuss ungehemmt aufführte, streitlustig und angriffig wurde und einmal sogar zwei Jungs fürchterlich verprügelt hatte, ließ die Spendierfreudigkeit und Animation nach. Man wusste, mit Alkohol im Blut war Pawel ein gefährlicher Raufbold.

Einmal hatte es einen jungen, kräftigen Mann erwischt, der wegen seinem Bart nur unter dem Namen Barbarossa bekannt war. Er streunte seit ein paar Wochen durch die Dörfer der Umgebung, keiner kannte ihn, und niemand wusste, woher er kam und was ihn eigentlich umhertrieb. Er wohnte in einer kleinen Kammer neben dem Feuerwehrhaus des Nachbarorts. Barbarossa bekam einmal bei einem Fest in der Nacht Ärger mit Pawel. Ein paar Männer hatten gesehen, dass Pawel ihn draußen vor der Festhalle zusammenschlug. Danach hatte man den Fremden nie mehr gesehen, auch sein Zimmer blieb verwaist. Diese Geschichte ging herum, und alle in der Gemeinde wussten, dass Pawel mit Alkohol zum Tier werden konnte. Man achtete darauf, dass er auf öffentlichen Festen nicht mehr zu viel trank, und mied seine Nähe.

Doch dann passierte es trotzdem noch einmal. Es war vor drei Jahren auf dem Schützenfest an der Vogelstange, als der Vogel wegen fehlender Kandidaten nach zwei Stunden immer noch fest auf der Stange saß. Viele Schützen hatten wohl mit Absicht zu oft am Vogel vorbeigeschossen, um der Bürde des Schützenkönigs zu entgehen. Die Offiziere und der Schützenvorstand erwogen, den Vogel anzusägen, damit er bei den nächsten Schüssen schnell herunterfallen möge. Gesagt, getan. Die Stange wurde herabgelassen, der Vogel an den Haltepunkten angesägt und wieder hochgestellt. In der Zwischenzeit hatten einige Schützenbrüder den möglichen Kandidaten reichlich Alkohol eingeschenkt, damit sie mit mehr Mut zum Schießstand. Auch Pawel, seit Jahren schon Mitglied im Schützenverein, hatte irgendwann genügend Alkohol konsumiert, um zum Schießstand zu schreiten. Sein Risikopotential für mutige Streitereien hatte ein gefährliches Level erreicht, was die meisten Schützenbrüder aber unterschätzten. Als sich danach eine Clique von Mutigen zum Schießstand bewegte, war auch

Pawel dabei. Die angetrunkenen Schützen schossen den Vogel immer lockerer, und als Pawel an der Reihe war, wackelte der zerrupfte Vogel schon sehr bedenklich. Ein paar starke Männerhände fassten Pawel unter die Arme und wollten ihn vom Schießstand wegziehen, denn besorgte Schützenbrüder wollten den angetrunkenen Polen davor beschützen, die nicht ganz billige Regentschaft eines Schützenkönigs zu riskieren. Sie konnte schnell mal mehr als zehntausend Euro kosten, und die waren für Pawel weit aus zu viel Geld. Außerdem hätte sein Charme wohl nicht ausgereicht, um eine Frau an seiner Seite zu finden, die für eine Schützensaison die Königin hätte spielen wollen.

Doch die Schützenbrüder hatten Pawels unbändige Kraft unterschätzt, die er entfachen konnte, wenn er Alkohol im Blut hatte. Zuerst wehrte er sich sanft gegen den Zwang der drei Offiziere. Er wollte unbedingt schießen, was ihm die drei Männer jedoch verwehren wollten. Die Rauferei artete aus, und Pawel schlug so lange und hart zu, bis ein Notarztwagen hoch zum Schießplatz kommen musste und zwei Schützenbrüder mit Hämatomen, blutigen Nasen, einem gebrochenen Arm und einer Gehirnerschütterung ins Krankenhaus bringen musste.

Seit diesem Gewaltausbruch an der Vogelstange, der Pawel eine Strafe von vier Monaten auf Bewährung einbrachte, gab ihm im Umkreis von zehn Kilometern niemand mehr ein Bier aus, und seitdem wurde er auch auf keinem öffentlichen Fest mehr gesehen. Man sagte ihm nach, dass er keinen Alkohol mehr trinken würde.

Und nun stand er wieder plötzlich im Mittelpunkt des Dorfgesprächs. Alles begann mit der Mutmaßung von Beckers Gerda. Bereits zwei Tage nach der Entdeckung des Toten konnte sie ihre Meinung bei einem zufälligen Zusammentreffen mit zwei anderen Frauen beim Einkaufen nicht bei sich behalten. „Das ist doch klar, dass der Pawel da seine Finger im Spiel hat", behauptete sie an der Fleischtheke, und die zwei anderen hörten zu und verbreiteten diese Ansicht kurze Zeit später in ihrem Familien- und Bekanntenkreis. Das führte dazu, dass bald das ganze Dorf hinter vorgehaltener Hand über Pawel sprach, obwohl zu diesem Zeitpunkt noch nicht einmal bekannt gegeben worden war, ob der Tote auf natürliche oder gewaltsame Weise gestorben war.

Als beobachtet wurde, dass Pawel von einem Polizeiauto abgeholt worden war, hieß es sofort, er sei verhaftet worden, obwohl er nach dem Verhör später wieder zurückgebracht worden war. Das hatte im Dorf natürlich keiner gesehen, man wähnte ihn längst im Gefängnis. Ohne Beweise abzuwarten, wollten die Besserwisser in der Gemeinde einen Zusammenhang zu dem vermissten Barbarossa herstellen, der damals nach der nächtlichen Schlägerei verschwunden und nie mehr aufgetaucht war.

Am Tag von Hedis Ankunft begann die zweitägige *Regionalkonferenz Umwelt* in einem Briloner Hotel. Max stellte dort auch das Projekt *Hegners Höhe* vor, dieses Mal jedoch um seine ökologischen Bedenken ergänzt. Die vier von der Stadt delegierten CDU- und SPD-Gemeinderäte unter Federführung des jungen Fraktionsführers Peter Gerlach zeigten sich wegen des unerwarteten, negativen Votums ihres Bauamtsleiters erzürnt. Es folgte eine Abstimmung. Der Bezirksrat lehnte das Bauprojekt ab und forderte gravierende Nachbesserungen. Damit war das Projekt erst einmal gestoppt.

Am Abend hatte sich die Aufregung über die von Max provozierte Abstimmungsniederlage bei den Gemeinderäten noch nicht gelegt. Der zweite CDU-Vertreter im Rentenalter, ein ehemaliger Versicherungsmakler, saß beim gemeinsamen Abendessen am langen Tisch neben Max und würdigte ihn keines Blickes. In einem passenden Augenblick schob der frustrierte CDU-Veteran seinem Nachbarn aus Wut den Teller mit dunkler Soße auf den Schoß, entschuldigte sich und tat so, als sei es ein schlimmes Missgeschick gewesen. Der Anzug von Max war so verschmutzt, dass er kaum noch zu reinigen war.

Der junge, sportliche CDU-Fraktionssprecher Peter Gerlach, der an diesem Abend in der Nähe des Hotels in Brilon sein tägliches Joggingpensum ablief, war immer noch frustriert über das negative Abstimmungsergebnis. Er wünschte den Bauamtsleiter auf den Mond, weil seine engagierte Gegenargumentation und die klar ausgesprochene Ablehnung die Mehrzahl des Rats zu diesem negativen Votum geführt hatte. Gerlach hatte bereits drei Kilometer hinter sich gebracht, als er in der fortgeschrittenen Dämmerung unweit des Hotels plötzlich eine Gestalt entdeckte. Da saß Max weit draußen in einer Sandgrube auf einem Stein, die Ellbogen auf den Knien, den Kopf in den Händen und nach vorn gebeugt. Gerlach blieb eine Weile stehen, dann setzte er seine Laufrunde in der Dunkelheit fort. Was machte Max dort? Und warum hier? Er hatte nur eine Erklärung. Es musste ihm wohl dreckig gehen, nach der Attacke beim Abendessen. Das geschieht ihm recht, dieser Idiot, dachte Gerlach und legte noch einen Zahn zu.

Am gleichen Abend saßen die zwei Amerikaner am reservierten Tisch im Gasthof Hubertus und warteten auf Michael mit Gefolge. Frisch geduscht und mit sauberer Sonntagskleidung erschien Sarah mit ihren zwei Kindern hinter ihrem Vater. Hanna fremdelte zuerst, doch schon während der Vorspeise plauderte sie ohne Zurückhaltung mit den Fremden. Peter erklärte Markus etwas über Tauben und ihre natürlichen Feinde, die Falken und Habichte. Hanna hatte den Platz gewechselt und sich neben Tante Hedi platziert. Sie erzählte ihr von Erlebnissen mit den Tieren auf Hanses Bauernhof.

Auf der Rückfahrt saß Sarah am Steuer, und die jahrelang ruhende deutsch-amerikanische Freundschaft der Exilanten aus Hundesossen hatte bei Steak und Sauerländer Pils einen neuen Anschub bekommen. Natürlich waren die jüngsten Ereignisse und Vorfälle in Hundesossen auch diskutiert worden, und Peter und Hedi hatten von den letzten Monaten ihres verstorbenen Vaters berichtet.

„Ich bin ganz gespannt, wie es heute in Hundesossen aussieht“, meinte Hedi, „was sich geändert hat und was ich wiedererkennen werde. Nach fünfzig Jahren! Mir geistern schon seit meiner Ankunft immer wieder alte Bilder durch den Kopf.“

Am übernächsten Tag sollte Michael die Amerikaner abholen und mit ihnen einen Rundgang durch das Dorf machen, und vielleicht würden sie dabei alte Bekannte treffen.

„Auf jeden Fall will ich die Birkensees besuchen“, sagte Hedi.

„And I am glad to be here again, ich freue mich auf Wiedersehen with Hanses“, ergänzte Peter, „Elke and Reinhard, where I lived drei Monate.“

Am nächsten Morgen startete Michael erst gegen zehn seine Tageswanderung, die ihn durch das Uentroptal hoch auf den Härdler führen sollte, der zweihöchste Berg im Sauerland. Er plante von dort eine Traverse zum Kähling und wollte dann wieder zurück ins Dorf zurückwandern, um in Ruhe über seine Aufgabenstellung als Beobachter der Sonderkommission nachzudenken. Als er über Hanses Hof schritt und den Haushund streichelte, der sofort schwanzwedelnd auf ihn zugelaufen war, hörte er plötzlich Sirenengeheul. Der Hund zog den Schwanz ein und verschwand in der Scheune. Schon wieder Martinshörner! Ein neues Verbrechen im Dorf? Bei siebzig Einwohnern sind das außergewöhnlich viele Vorfälle in der letzten Zeit, dachte er und schritt forsch zur Dorfmitte, wo er den Ursprung des Geheuls wähnte.

Beckeskes Mia, so wie die sechsundneunzigjährige Uroma Maria Becker seit Jahrzehnten genannt wurde, litt schon seit zwei Wochen an fortschreitender Herzschwäche. Sie fühlte sich konstant müde und auch jetzt hatte sie erhöhte Temperatur. Trotzdem führte sie nach wie vor ihren kleinen Haushalt selbst. Enkeltochter Gabi, die im gleichen Haus wohnte, schaute mehrmals am Tag bei ihr vorbei und machte sich große Sorgen. Vor drei Tagen war ihr Hausarzt dagewesen. Er hatte erhöhte Herzinsuffizienz festgestellt, aber keine Einweisung ins Krankenhaus empfohlen. Deshalb weigerte sich die alte Dame vehement gegen den Ratschlag des Arztes und ihrer Enkeltochter, das Bett zu hüten. Nach wie vor lief sie in ihrer kleinen Einliegerwohnung umher, kochte sich ihr Mittagessen und setzte sich erst nachmittags in den Sessel, der auf der Terrasse vor ihrem Schlafzimmer im Garten stand. Von dort schaute sie immerzu herunter ins Dorf und beobachtete alles, was da unten passierte. Doch seit drei Tagen hatte Gabi sie draußen nur noch schlafend vorgefunden, was ungewöhnlich war.

Am Morgen war sie im Bett liegen geblieben und klagte über starke Rückenschmerzen. Ihre Enkelin, die ihr beim Anziehen helfen wollte, spürte, dass es ihrer Oma sehr schlecht ging, obwohl diese ihr Leid nicht zugeben wollte. Als sie nicht aufstand, nichts essen wollte und vor Schmerzen stöhnte, machte sie sich noch größere Sorgen. Kurz entschlossen rief sie den Notruf an und wartete auf den Notarztwagen. Zwanzig Minuten später kam er den langen, abschüssigen Weg heraufgefahren und parkte vor der Haustüre. Der Notarzt stellte einen viel zu niedrigen Puls und sehr hohen Blutdruck fest. Als er erkannte, dass Mia Wasser in der Lunge hatte, gab er der Uroma eine Spritze und bereitete mit der Sanitäterin den sofortigen Abtransport ins Krankenhaus vor. Zehn Minuten später schaute Enkelin Gabi besorgt hinter dem Krankentransporter her, der nun den Weg herunterfuhr. Doch unten an der Einmündung auf die Dorfstraße parkte ein blauer Transporter mitten auf dem Weg, und der versperrte dem Rettungswagen die Ausfahrt.

Der Fahrer stieg aus und ging um den parkenden Transporter herum. Es war kein Mensch zu sehen. Er versuchte, die Fahrertüre zu öffnen, doch sie war verschlossen. Auch die Sanitäterin sah nun nach, und beide versuchten den Fahrzeughalter in der näheren Umgebung zu finden – vergeblich. Von oben kam nun Gabi angelaufen und war ebenfalls ratlos, wer ihnen wohl den Weg versperrte.

Nach weiterer Wartezeit und Diskussionen, wo der Gesuchte sich wohl aufhalten könnte, schritt der Fahrer fest entschlossen zu seinem Rettungswagen und stellte die Sirene ein. Kurze Zeit später erschien Michael, den das Sirenengeheul angelockt hatte. Gabi erklärte ihm schnell und mit schriller Stimme das Dilemma um ihre Oma und beide beschlossen, in den Nachbarhäusern zu schellen. Als Michael bereits auf dem Weg zu Röders Hauseingang war, hörte er plötzlich Gabis hohe Stimme von der anderen Seite. Michael schaute zurück und sah, wie Hörsters Armin mit einem Mann durch den Vorgarten spazierte. Der Mann war der Chinese, wieder war er in einen schwarzen

Anzug gekleidet und trug einen Hut. Er hielt einen großen Holzkasten in seinen Armen und kam auf den blauen Transporter zu. Gabi schimpfte und schrie ihm etwas entgegen. Der Chinese ging ohne sie zu beachten an ihr vorbei und schloss das Auto auf. Gleichzeitig hörte das Sirenengeheul auf, und der Chinese verstaute die Holzkiste schnell durch die Seitentüre im Inneren. Als Michael zurückkam, war der Chinese bereits eingestiegen und fuhr mit seinem Transporter ruckartig an, mit quietschenden Reifen donnerte er die Dorfstraße herunter, ohne sich entschuldigt oder ein Wort verloren zu haben. Alle schauten ihm verdutzt hinterher, ehe die Sanitäter in ihr Auto sprangen und ebenfalls wegfuhren.

Als Gabi und Michael zu Hörsters herunterschauten, stand Armin immer noch im Vorgarten und schaute zu ihnen herauf.

Gabi war immer noch sehr aufgeregt und rief: „Was ist das für ein Idiot? Der hat uns hier über zehn Minuten warten lassen!"

Mit schnellen Schritten ging sie auf Hörster zu, um ihm wohl noch deutlicher ihre Meinung zu sagen. Michael blieb auf der Straße stehen und sah, wie sich Armin nur umdrehte und ohne ein Wort durch die Haustüre verschwand, die ihm seine Frau aufgehalten hatte. Erbost drehte sich Gabi um und kam nun fluchend auf Michael zu. Aus Sorge um ihre Oma kamen ihr nun die Tränen, und Michael umarmte sie tröstend. „Dieser arrogante Chinese“, schimpfte sie, „und dieser sture Hörster. Was treiben die eigentlich hier im Dorf? Sollte mich nicht wundern, wenn die nicht auch was mit dem Toten im Backhaus zu tun haben.“

Bald beruhigte sie sich wieder und ging zu ihrem Haus zurück. Michael kehrte nun um, zog die Rucksackleinen etwas fester und setzte seine Tagestour fort.

Er überquerte den Fluss über die Lennebrücke und ging dann hoch zum Berghang Richtung Osten, zuerst über eine stoppelige Weide. Dann fand er den mit wildem Gras überwucherten Weg, der früher einmal ein Wirtschaftsweg zu den steilen Feldern der Dorfbauern gewesen war. Heute hatte man die Hänge mit Fichtenkulturen bepflanzt.

Linkerhand blickte er über den Fluss hinunter, wo das Sägewerk stand. Hunderte Baumstämme lagen wie Mikadostäbchen auf dem ehemaligen Gelände des Dorfhammers, als habe sie ein Riese durcheinander gewürfelt. Michael fragte sich, wie man so ein Durcheinander konstruieren konnte und wie die Sägewerker das Chaos wieder entwirren könnten. Kopfschüttelnd ging er weiter.

Bald hatte er Sicht auf das Nachbardorf Lenne und wandte sich nun am Berghang entlang, an den Weidegrenzen Richtung Süden hinauf ins Uentroptal. Die Kirche mit dem geschieferten Kirchturm lag unter ihm. Von oben konnte er auf die Dächer und auf den Friedhof blicken. Dort lagen seine Eltern und alle seine Ahnen begraben, im Lauf der Zeit zu Erde und Moder gewandelt. Michael blieb stehen und ließ sich seufzend auf dem grasbewachsenen Ufer nieder. Er schaute hinunter, und seine Gedanken flogen mehr als sechzig Jahre zurück. So schnell ist es vorbeigegangen, bedauerte er. Gegenüber auf dem Hügel stand immer noch die Schule, zu der er vier Jahre gegangen war, damals in den Fünfzigerjahren. Das Gebäude war vor Jahren schon zu einem Wohnhaus umgebaut worden. Dort hatte er zusammen mit Schülern aus vier Klassen in einem einzigen Raum gesessen, und seine schon über sechzig Jahre alte Lehrerin hatte ihnen Schreiben und Rechnen beigebracht. Dort auf dem Pausenplatz, der jetzt zu Parkbuchten und Gärten umfunktioniert worden war, hatte er sich mit den Schulkameraden gejagt und herumgebalgt, noch in Nachkriegskleidung mit Nagelschuhen und braunen, langen Strümpfen, die selbst bei Jungen unter der Hose mit Strapsen befestigt waren.

Michael nahm den Rucksack ab und legte sich zurück ins Gras. Er schloss die Augen und ließ den alten Film der Fünfziger Jahre an sich vorbeiziehen. Der Film war lang, und als er die Augen wieder öffnete, wusste er nicht, wie lange er dort gelegen hatte. Das Wiehern eines Pferdes, das plötzlich neben ihm am Zaun auf der Weide stand, hatte ihn aufgeweckt.

Er stand auf und ging weiter. Dort unten am Ende des Tals entdeckte er auf einem kleinen Wiesengrund neben dem Bach ein gemauertes Gebilde. Er holte das Fernglas aus dem Rucksack und erkannte aus der

Ferne, dass es ein Wassertretbecken war. Das musste neu sein. Ein Mann und eine Frau mit ihren zwei Kindern tapsten im Storchenschritt mit nackten Füßen und hochgezogenen Hosen durch das kühle Nass. Sie hielten sich dabei an einem Metallgeländer fest und hatten ihre Freude bei dieser Abkühlung, denn das Kinderlachen und Geschrei drang gedämpft bis zu ihm hoch. Dann ging er ein paar Schritte weiter auf zwei Bänke zu. Auf der ersten Bank ordnete er seinen Rucksack neu ein, auf der anderen Bank nebenan saßen zwei Frauen, eine über Siebzigjährige und eine jüngere Frau, die neugierig zu ihm herüberblickten.

„Bist du nicht der Schneider aus Hundesossen, Volkers Sohn, der durch die Weltgeschichte saust?“, krächzte die ältere Frau mit einer brüchigen Stimme.

Michael schaute die Alte lächelnd an und ging auf sie zu. „Ja, das bin ich“, antwortete er und blieb vor der Bank stehen.

„Du hast deine Mutter hier sitzen gelassen und auch noch ein Buch darübergeschrieben. Schämst du dich nicht, unser Dorf so in den Dreck zu ziehen und die Menschen in deinem Buch so zu erniedrigen?“, plärrte die Alte ihn an. Überrascht zog er Augenbrauen und Stirn hoch. Wer war die Frau, wollte er fragen, aber dann schwieg er lieber.

„Mutter, sei still!“ Die junge Frau hob wedelnd die Hand, als wollte sie die Anwürfe wegwischen. „Entschuldigung, sie ist ein wenig durcheinander, sie leidet an Demenz.“

„Ach so“, sagte Michael etwas verwirrt, warf den Rucksack auf den Rücken und ging weiter, ohne auf den Vorwurf einzugehen. Er überlegte noch einen Moment, und doch konnte er die Frau mit Tochter keiner ihm bekannten Familie zuordnen.

Was hat Demenz mit der Wahrheit zu tun?, fragte er sich und blickte sich noch einmal um, die Alte mochte ja Recht haben. Gestikulierend schimpfte die junge Frau immer noch mit ihrer Mutter.

Doch Michael war ihr nicht böse, denn es war eine ehrliche Antwort auf sein Buch gewesen und eine Beurteilung, die er nicht erwartet hatte. Bisher hatte man ihm im Dorf nur nette Worte gesagt, ihn hatte kein einziges negatives Urteil zu seiner Veröffentlichung erreicht. Vielleicht waren einige Anmerkungen auch nur geheuchelt gewesen, er wusste es nicht. Und nun kam eine demente Frau und machte ihm diese Sicht der Dinge klar. Natürlich, er hatte Geheimnisse offengelegt, Persönliches und Vertrauliches von den Lebenden und Toten bekannt gemacht. Aber er hatte mit seinem Buch auch die Verdienste zweier mutiger Männern enthüllen wollen, von denen ansonsten niemand je hätte erfahren. Die Birkensees, die den US-Piloten gerettet hatten, waren aus seiner Sicht Helden, denen man nach ihrem Tod Achtung und Ehre erweisen sollte. Ja, er hatte seine Mutter und seine Heimat verlassen, aber das war fünfzig Jahre her.

Aber was soll´s, sagte er sich, diese Fragen und Überlegungen zur Veröffentlichung habe ich mir vor zwei Jahren lange selbst gestellt. Schließlich habe ich mich für die Veröffentlichung entschieden, und es war richtig, dass ich das tat, aber ich akzeptiere auch, dass jemand eine andere Meinung hat.

Damit war das Thema für ihn erledigt, und Michael begann den Anstieg zum zweithöchsten Berg des Rothaargebirges, dem Härdler. Die Sonne stand schon sehr hoch, er musste mindestens eine Stunde dort am Ufer gelegen und geschlafen haben.

Es war schon zwei, als er auf dem Gipfel ankam. Gott sei Dank waren hier oben nur wenige Wanderer unterwegs. Eine Zeitlang genoss er den Rundumblick, das Grün des Sauerlands faszinierte ihn wieder einmal. Von der Sonne beschienen leuchteten eine Vielzahl von grünen Schattierungen aus Fichten- und Laubbaumwäldern, aus Feldern und Wiesen vor ihm auf. Fast so wie das Grün von terrassierten Reisfeldern in Indonesien oder den Paddys in Sri Lanka, erinnerte sich Michael. Dann wandte er sich ab, stieg den Gipfel herab und suchte sich beim Berggasthof an der Fahrstraße einen schattigen Platz auf einer Holzveranda. Nach einer kleinen Brotzeit wanderte er zum Bergdorf Jagdhaus herunter. Dort genehmigte er sich beim

Gasthof Tröster noch einen Kaffee und ein Stück Apfelkuchen, rief seine Tochter Sarah an und erfuhr, dass die Gerüchteküche im Dorf schon bis zu seiner Tochter vorgerückt war.

„Markus kam heute Mittag zum Essen nach Hause und berichtete, dass Gesslers Mutter gesagt hätte, Pawel, der polnische Knecht, sei der Mörder. Aber der Chinese habe auch etwas damit zu tun, der gehöre einfach nicht hier ins Dorf. Gesslers Mutter habe mittlerweile Angst, aus dem Haus zu gehen, und sie hat den Jungs geraten, auch nicht mehr mit dem Motorrad in die Wälder zu fahren."

Michael wollte widersprechen und abwiegeln, doch seine Tochter fuhr etwas aufgeregt mit der Erzählung fort. „Da bin ich herunter zu Barbara gegangen und habe sie gefragt. Die meinte aber, das seien doch alles nur Gerüchte. Dumme Menschen hier im Dorf würden es sich einfach machen und die Fremden im Dorf beschuldigen. Wir müssten keine Angst haben."

Michael war der gleichen Meinung und beruhigte seine Tochter. Es gäbe bestimmt keinen sichereren Ort in ganz Deutschland als ihren Ferienort. Das mit dem Toten würde sich sicher bald aufklären.

Etwas nachdenklich trat er den angenehm leicht abfallenden Rückweg an. Zuerst führte ihn der Weg zwar noch einmal etwas aufwärts, doch dann ging es lange

Kilometer sacht am Berghang des Kähling hinunter Richtung Hundesossen.

Frühe Schatten verdunkelten bereits den westlichen Teil des Dorfs, als sich Michael auf eine Bank setzte, sein Heimatdorf war wieder in Sichtweite. Noch wärmte ihn die Sonne. Von diesem Aussichtspunkt am Berghang blickte er lange auf das Dorf herunter. Über ihm im Buchenwald störten sich zwei Eichelhäher an seinem Erscheinen und warnten die Waldbewohner mit ihrem Krächzen.

Michael löste die Schuhbänder seines rechten Wanderschuhs und lockerte den festen Sitz des Schafts, weil ihm der Fuß schmerzte. Das war bisher seine längste Tour gewesen. Bisher hatten die Füße nach der Schmerzattacke an der Ferse keine Probleme mehr gemacht, doch nun spürte er einen starken Druck. Schließlich zog er den rechten Schuh aus und legte sich rückwärts auf die Holzbank, seine Füße legte er auf die Rückenlehne. Das tat ihm gut, und er blieb eine Weile in dieser Stellung liegen. Die Eichelhäher schwiegen, sie hatten ihn wohl nicht mehr im Visier.

Nach ein paar Minuten richtete er sich wieder auf und kontrollierte auf seinem Smartphone, ob eine Nachricht auf ihn wartete, als er links unten von seinem Sichtfeld plötzlich Rauch aufsteigen sah. Zirka vierhundert Meter unter ihm entdeckte die Quelle des Rauchs, ein kleines Feuer, und daneben stand ein Mann auf dem Feld. Michael holte den Feldstecher aus dem Rucksack und schaute nach. Der Mann trug einen Sommerhut. Was verbrennt der da am Rand der Weide, fragte er sich. Und wer war das? Nun sah er, dass der Mann den Hut auf den Boden legte und mit einem Spaten ein Loch in den Boden grub. Es war Max, Max Rückert aus dem Dorf. Michael wunderte sich, was der dort machte.

Das Smartphone hielt er noch in seiner Hand, und mit dem Zoom seiner Kamera holte er ihn ganz nah heran. Dann schoss er ein paar Fotos.

Max stand weit unten am Rand eines Felds. Neben dem Loch brannte etwas Dunkles in der Glut und erzeugte den Rauch. Ein schwarzer Stoff. Michael wartete, schaute ab und zu durch das Fernglas, bis Max die restliche Glut und Aschenreste in das Loch schaufelte und wieder zuschüttete. Dann verschwand er Richtung Dorf.

Michael zog sich seinen Schuh wieder an und trat den Rest seiner Wanderung an. Was hatte Max dort verbrannt? Klar, dass er neben seinem Haus wegen der Luftverschmutzung wohl kaum ein Feuer hätte machen dürfen, als Grüner und Gegner von Osterfeuern, das wäre nicht ratsam gewesen, dachte Michael. Wasser predigen und heimlich Wein trinken ...

Auf Hanses Hof angekommen verspürte er großen Durst auf ein Bier. Reinhard stand vor der Scheunentüre und begrüßte seinen Gast. Verrückt, meinte er nur, als ihm Michael von seiner weiten Wandertour berichtete. „Ich fahre mit meiner Frau mal ab und zu mit dem Auto hinauf nach Jagdhaus. Aber dort herauflaufen, das würde mir nicht einfallen.“

„Reinhard, wem gehört dort drüben das Feld?“, lenkte ihn Michael nun ab. „Dort hinten auf der anderen Flussseite, unter dem Buchenwald?“

Michael zeigte in die Richtung hinter die Bäume, wo er Max gesehen hatte. Nun interessierte es ihn doch, warum Max sich dorthin verzogen hatte, um ein Feuer abzubrennen.

Reinhard musste noch mal nachfragen, welches Feld er meinte und brummte dann: „Das hat der Lindner alles gepachtet, alle Felder dort drüben. Nur ein kleines Karree gehört heute noch Max. Aber wie gesagt, früher, als es noch Fünfuhrbauern hier im Dorf gab, war das ganze Gebiet in kleine Felder aufgeteilt, und es wurden dort Kartoffeln, Gemüse und Getreide angebaut. Aber jetzt bewirtschaftet das Volker Lindner, der hat das alles für seine Viehwirtschaft übernommen.“

Also nichts Ungewöhnliches, urteilte Michael im Geheimen, Max hatte auf seinem Grundbesitz ein Feuer entfacht und die Asche im Feld vergraben, geschützt vor den Augen möglicher Kritiker. Das war sein gutes Recht, denn das Feld gehörte ihm selbst.

„Wo ist Barbara? Ich brauche unbedingt ein kaltes Bier.“ Michael gab Reinhard einen Klapps auf die

Schulter, schritt zum Garten, stellte sich in die geöffnete Hintertüre und rief: “Barbara, komm raus und bring bitte ein kaltes Bier mit. Hier verdurstet ein Gast.“

Beim Abendessen vor dem Chalet ging es noch einmal um die Gerüchte über die bösen Ausländer im Dorf, und Michael versicherte den Kindern, dass sie sich keine Sorgen machen sollten. Sie könnten hier nach wie vor frei umherlaufen. In Hundesossen gäbe es keine bösen Menschen. Doch im Innern spürte er, dass irgendetwas in seinem Heimatdorf nicht stimmte, dort, wo er sich eigentlich keine Verbrecher vorstellen konnte.

Am nächsten Tag stand Michael früh auf, denn Hedi wollte zum ersten Mal nach ihrer damaligen Flucht noch einmal das Dorf besuchen. Am Vormittag hatte er jedoch noch einen Termin mit Kommissar Hammer vereinbart, der ihn am Vorabend noch spät angerufen hatte.

„Ich besuche jetzt einen alten Schulfreund in der Stadt“, flunkerte er Sarah nach dem Frühstück an, denn Hammer hatte um Diskretion gebeten. Es müsse keiner wissen, dass sie sich treffen würden. „So früh? Dann bring noch ein frisches Brot mit“, rief Sarah hinter ihrem Vater her.

In der Nähe von Winkhausen Richtung Winterberg lag auf den gepflegten und gemähten Hügeln ein Golfplatz. Auf den drei Neun-Loch-Teilplätzen konnte man in drei verschiedenen Kombinationen 18 Löcher spielen, doch die zwei frühen Besucher interessierten sich nicht für den elitären Sport. Sie hatten sich in der Sportbar auf dem westwärts gelegenen Flachstück gegenüber dem Wilzenberg verabredet. In einer Ecke draußen vor der Bar entdeckte Michael den gewichtigen Kommissar, der einen Zigarillo rauchte. Sie begrüßten sich mit Handschlag. Die Bar öffnete erst um zehn, also setzten sich beide auf eine Bank auf der Terrasse und blickten hinunter auf die Golfbahnen. Die Sonne beschien bereits die ausladenden Grünflächen des Golfgeländes – frisch rasierte Greens, Sandkuhlen und Bäume, die sich über die sanften Hügel ausbreiteten und das besondere Flair dieses Sportclubs im Hochsauerland ausmachten.

„Spielen Sie Golf?“, fragte Hammer.

„Nein, ich bin dem Tennis treu geblieben“, antwortete Michael. Hammer schaute ihn an und verstand wohl sein Statement. Nach dem Tennisboom der 80er- und 90er-Jahre waren viele Tennissportler zum Golf gewechselt, und Michael erinnerte sich an zig Streitgespräche zwischen Fans der beiden Lager, darüber, was der schönere Sport sei.

„Ich glaube, wenn ich Rentner bin, fange ich auch noch mit Golf an“, meinte Hammer nicht ganz ernst.

Michael schaute den übergewichtigen Mann von zirka vierzig Jahren von oben bis unten an. „Das dauert aber noch ein paar Jahre. Gehen Sie lieber jeden Morgen drei Kilometer joggen“, antwortete Michael sarkastisch. „Sorry, war nicht so gemeint“, fügte er an.

Hammer nickte nur theatralisch mit dem Kopf. „Der war gut“, lachte er nur laut.

„Gibt es Neuigkeiten aus dem Dorf?“, fragte er nun, und sein Lachen war abrupt zu Ende.

Michael schüttelte nur langsam seinen Kopf ein paar Mal hin und her, schürzte die Lippen dabei und brachte nur ein „Eigentlich nichts“ heraus.

„Keine Informationen? Keine Auffälligkeiten und keine Aussagen von den Dorfältesten?“

„Nein, nichts Erwähnenswertes, nur Gerüchte.“

„Welche?“

„Man munkelt im Dorf, dass der polnische Arbeiter Pawel der Mörder sei. Und dass der Chinese etwas damit zu tun habe, obwohl ja alle wissen, dass der Mann dort acht Jahre gelegen hat. Manche reagieren einfach hysterisch. Gibt’s wirklich nicht bald eine Aufklärung von Ihrer Seite?“

Hammer schüttelte mit dem Kopf und ging nicht auf seine Frage ein. „Mehr nicht?“

Michael schüttelte wieder mit dem Kopf.

„Wenn ich Sie so sehe, wie Sie mir nichts sagen und nur ihre Mimik sprechen lassen, erinnern Sie mich an Charly Chaplin. Da gibt es übrigens eine Anekdote von ihm. Darf ich sie Ihnen erzählen?“, fragte Hammer. Sofort fing er wieder an zu lachen. Michael zog nur wortlos die Schultern hoch.

„Ja, eine Anekdote von ihm und einem zweiten berühmten Menschen“, sagte Hammer. „Als damals einmal Albert Einstein den Stummfilmstar Charlie Chaplin traf, sagte er: ‚Was ich an Ihrer Kunst so bewundere, ist die Universalität. Sie sagen kein Wort und die ganze Welt versteht Sie!‘ ‚Das stimmt‘, erwiderte Chaplin. ‚Aber Ihr Ruhm ist noch viel größer. Die ganze Welt bewundert Sie, obwohl niemand versteht, was Sie sagen!‘“

„Und Sie, Herr Schneider, sagen auch nichts.“

Hammers Lachen hallte über das Green der Driving Range, die unter ihnen lag. Zwei Frauen, die schon früh dort ihre Challenge verbessern wollten, schauten zu ihnen herauf und fühlten sich wohl gestört.

„Egal“, unterbrach Hammer sein Lachen. „Ich habe Neuigkeiten. Und mit diesen Informationen sollten Sie mal ihre Fühler im Dorf ausstrecken, ob da irgendetwas schlummert und jetzt wieder nach oben kommt.“

Michael hörte zu und erfuhr, dass man bei der Untersuchung der Leiche auf zwei DNA-Spuren gestoßen war.

„Der Tote hat mindestens acht Jahre dort gelegen. Es war ein Italiener. Sein Name war Guiseppe Carrera. Gestorben ist er an einer tödlichen Verwundung, an einer Schussverletzung, ein Steckschuss im Lungenbereich, an der er innerlich verblutet ist. Das haben unsere Forensiker herausgefunden."

„Acht Jahre?", fragte Michael erstaunt. „Und keiner hat ihn vorher entdeckt? Oder hat man ihn erst später dort versteckt?"

„Das wollten wir von Lindner und den zwei Knechten auch wissen. Die haben auch keine Erklärung, wie lange er dort liegt und wie er dorthin kam. Sie bestreiten ihr Zutun, was ich ihnen nach vorliegenden Indizien auch abnehme. Unsere Experten sagen nämlich, dass er dort gestorben ist und danach nicht mehr bewegt wurde. Die Lindners sagen, das Backhaus sei nur noch betreten worden, um auf der unteren Ebene etwas abzustellen. Man habe den Speicher die letzten Jahre nicht mehr betreten, und das haben wir auch mittlerweile mit Beweisen belegt. Unsere Spezialisten von der Spurensicherung haben anhand der Staubschicht auf dem Abstellboden des Backhauses festgestellt, dass dort in den letzten acht Jahren keine Person mehr herumgelaufen ist. Erst als Pawel heraufgeklettert ist, um aufzuräumen, ist der alte Staub aufgewirbelt worden.“

„Sie sagte, der Tote war ein Italiener? Mir fällt ein, dass bei Lindners damals auch Italiener als Knechte gearbeitet haben“, bemerkte Michael. „Das war in den 60er Jahren.“

„Da lebte der noch gar nicht. Ein Knecht von damals kommt also auch nicht in Frage.“

Es entstand eine Pause. „Also haben Pawel und die Lindners nichts mit dem Toten zu tun?“, fragte Michael.

„Das kann man so noch nicht sagen, ich glaube das aber, denn ich leite meine Vermutung von einer weiteren Spur ab. Es gibt nämlich noch eine, die wir verfolgen und die auf andere Verbrechen hinweist. “

„Welche anderen Verbrechen?“, fragte Michael.

„Wie gesagt, es wurden zwei DNA-Untersuchungen durchgeführt. Die erste konnte dem Toten zugeordnet werden, und die zweite, die man an dem Ledergürtel der verrotteten Hose fand, stammt auch von einem Italiener, der noch lebt und mittlerweile in Italien einem bürgerlichen Beruf nachgeht. Seinen Namen nenne ich mal noch nicht. Der wird nun observiert, und bald werden wir hoffentlich von ihm erfahren, was es mit dem Toten auf sich hat, ob er etwas mit ihm zu tun hatte. Der tote Italiener war aktenkundig bekannt, er war Mitglied der Roten Brigaden.

„Rote Brigaden?“, fragte Michael, „diese Terroristen damals? Aus Italien?“

„Ja, die sind zwar nicht mehr aktiv, aber die italienischen Kollegen haben gemeldet, dass Guiseppe Carrera ein Mitglied oder Sympathisant der Roten Brigaden war, der vor Jahren untergetaucht ist und jetzt als Toter wiederauftaucht.“

„Das ist ja ein richtiger Pilotkrimi, den Sie mir hier vorlegen“, meinte Michael und war sichtlich beeindruckt. „Und Hundesossen als Schauplatz?“

„Es kommt noch mehr“, fuhr Hammer nun fort. „Was hat dieser Carrera hier im Sauerland zu suchen? Hatte er sich hier versteckt? Lebte er hier? Das ist nicht bekannt und es gibt auch noch keine Indizien dafür. Was aber bekannt ist, ist, dass die Roten Brigaden damals mit der Deutschen RAF, der Roten Armee Fraktion, zusammenarbeiteten. Es wird vermutet, dass drei Mitglieder der RAF im Juni 2008 hier im Sauerland eine Bank und kurz darauf einen Geldtransporter überfallen haben.“

„Also doch“, redete Michael dazwischen. Er erinnerte sich an Peters Telefonat kurz nach Weihnachten und seine anschließende Internetsuche nach diesen RAF-Überfällen.

„Noch ist nichts bewiesen. Es sind drei Namen dieser RAF bekannt, die seit langem im Untergrund leben und sich offenbar mit Bankraub über Wasser halten. Und es ist aktenkundig, dass im Juni 2008 auf der Bundesstraße, nicht unweit von dem Fundort der Leiche, ein Auto ausgebrannt ist, das in Braunschweig gestohlen worden war und wahrscheinlich als Fluchtfahrzeug für die Verbrecher gedient hat. Es liegt nahe, dass hier ein Zusammenhang zwischen dem Raub, dem Autobrand und dem Toten im Backhaus bestehen könnte. Aber noch gibt es keine Beweise, nur theoretische Möglichkeiten, die wir jetzt weiter untersuchen."

Hammer schwieg nun, und Michael fragte sich, was das Gehörte für ihn und das Dorf bedeutete.

„Aber was hat das mit dem Dorf und den Einwohnern von Hundesossen zu tun? Das glaub ich doch nicht. Die haben doch nichts mit der RAF zu tun!" Michael war aufgestanden und stand nun vor Hammer, der sich gerade eine weitere Zigarillo ansteckte.

„Wie Sie wissen, ist noch ein mögliches zweites Verbrechen aufzuklären. Das Dorf ist noch nicht aus dem Schneider, Herr Schneider." Hammers Lachen schallte wieder über das Grün, und auch Michael musste über dieses Wortspiel schmunzeln. Hustend ergänzte Hammer: „Der Anschlag am Osterfeuer."

„Aber das hat doch wirklich nichts mit der RAF und den Roten Brigaden zu tun“, echauffierte sich Michael. Hammer stand auch auf, und eine Nikotinwolke erreichte Michael, der zwei Schritte zurücktrat.

„Als Kriminologe habe ich gelernt, nichts auszuschließen“, belehrte ihn der Kommissar. „Ich bitte Sie nur, weiter Augen und Ohren offen zu halten, und ein besonderes Augenmerk auf den Landwirt Hegner, auf diesen Bauunternehmer Siepe und auf Max Rückert zu haben. Ob der Chinese etwas damit zu tun hat, bezweifele ich. Und wenn sich herausstellen sollte, dass es am Osterfeuer ein Unglück oder ein Versehen war und kein Zusammenhang mit dem Toten besteht, umso besser. Aber Holzauge sei wachsam.“ Und wieder schallte sein Lachen herunter auf das Green, auf dem die zwei älteren Damen mittlerweile verschwunden waren.

Während der Kommissar nun noch mehr von den Straftaten der RAF und deren untergetauchten Mitgliedern berichtete, überlegte Michael bereits, welche Auffälligkeiten ihm bei den drei genannten Personen bekannt waren. Konnte es sein, dass einer von ihnen etwas mit der RAF zu tun hatte? Unmöglich, meldete die eine Gehirnhälfte. Schon seltsam, dieser zeitliche Zusammenhang zwischen dem Anschlag am Osterfeuer und dem Leichenfund, meldete die andere Gehirnhälfte. Michaels Gedanken rasten, und er nahm schon gar nicht mehr alle Informationen auf, die ihm

Hammer über die RAF berichtete. Er wollte sich später sowieso bei Google schlau machen.

Als jemand das Clubhaus von innen öffnete, gingen beide Männer herunter zu den Parkplätzen. Zum Abschied gaben sie sich die Hand und Hammer meinte: „Ich muss nicht erwähnen, dass die Informationen sehr vertraulich sind, Herr Schneider. Passen Sie auf sich auf, vielleicht können wir uns in zwei Tagen wieder hier treffen. Ich melde mich. Machen Sie´s gut."

Kurz darauf ließ sich der schwergewichtige Kommissar in den Sitz seines Dienstfahrzeugs fallen und verschwand mit durchdrehenden Reifen im Kiesbett des Parkplatzes Richtung Stadt. Michael stand gedankenverloren an seinem Auto und schaute ihm grübelnd hinterher.

Was passierte hier eigentlich, fragte er sich. Da war er einmal nach Hause gekommen, um ein paar ruhige Tage in der friedlichen Umgebung seiner Heimat zu erleben und sich von seinen geliebten Bergen zu verabschieden, und nun war er mitten in einer Kriminalgeschichte mit Terroristen gelandet. Das gefiel ihm gar nicht.

Bisher hatte Hedi kaum Emotionen verspürt. Als sie vor zwei Tagen nach über fünfzig Jahren zum ersten Mal wieder an ihrem Geburtsort vorbeigefahren war und ihr Heimatdorf Hundesossen für ein paar Sekunden in ihrem Blickfeld lag, war ihr Puls zwar etwas angestiegen, doch danach hatte sie kein Herzklopfen mehr verspürt. Vielmehr hatte sie sich auf das Wiedersehen mit Michael und das Kennenlernen seiner Familie gefreut. Es war ein netter Abend gewesen, den sie gemeinsam im Gasthof verbracht hatten. Edmund hatte sich mit seiner Familie und ein paar Freunden dazu gesellt, Menschen, die so ganz anders waren, als die, mit denen sie in den letzten zwanzig Jahren in den USA Kontakt hatte.

An diesem Tag würde sie das Dorf wieder besuchen. Sie hatte sich einen sportlichen Hosenanzug angelegt und saß in ihrem Zimmer vor dem Spiegel, um etwas Rouge aufzulegen und ihre grauen Haare zu richten. Für die Menschen, die sie in Hundesossen treffen würde, war das natürlich nicht unbedingt nötig, sie war hier schließlich nicht in Amerika, wo ihre Altersgenossinnen viel Geld für die Herrichtung ihres Kopfschmucks ausgaben. Selbst wenn sie für einen Tee in einem Café zusammenkamen, übertrafen sich ihre amerikanischen Freundinnen mit ihren windfesten Frisuren. Sie hatte Bekannte, die hunderte Dollar im Monat für ihre rosa oder blau gefärbten Haare ausgaben. Doch Hedi hatte dafür nichts übrig, sie schwor auf Natürlichkeit.

Ihr Blick ging aus dem Fenster. Der leichte Wind ließ die grünen Birkenblätter leicht zittern. Michael wollte sie und Peter abholen, um ihnen das Dorf zu zeigen und einigen Bewohnern vorzustellen. Er wohnte zwar auch seit fast fünfzig Jahren schon nicht mehr in Hundesossen, hatte den Kontakt dorthin jedoch nie abgebrochen. Wie würden die alten Bekannten auf ihr plötzliches Erscheinen reagieren? Oder ihre Verwandten, zu denen sie ebenso keinen Kontakt mehr gehabt hatte? Die Trautmanns waren in den Nachbarort umgezogen, und sie wusste immer noch nicht genau, ob sie ihnen dort wirklich einen Besuch abstatten sollte. Sie hatte ihnen gegenüber ein schlechtes Gewissen, das sie erst auf ihrem langen Flug nach Deutschland gespürt hatte, als sie gedanklich einen Besuch in Erwägung zog. Aber zuerst war Hundesossen an der Reihe, und dann wollte sie mal sehen, wie sich das ganze entwickelte.

Am Vorabend hatte sie nicht einschlafen können. Sie hatte immer nur das Bild des kleinen Dorfs vor Augen gehabt, und war die Wege in Gedanken immer wieder abgeschritten, so, wie sie diese noch im Gedächtnis hatte. Sie war die Dorfstraße hoch bis Hegners Bauernhaus gegangen, und erblickte links neben der Straße die große Miste, in die Gesslers Paul damals mal betrunken hineingefallen war. Rechts an der Scheunenwand von Beckers hing die Dorfglocke, die von Roland Rückert dreimal am Tag geläutet wurde. Dann führte sie der Weg hinunter zu Hörsters und weiter nach Schneiders, die eine Holzscheune über den Bach gebaut hatten. Auf Hegners Hof kehrte sie gedanklich um und schritt an Beckers und Röders vorbei hoch zu den Birkensees. Natürlich kam ihr dabei das Haus in den Sinn, in dem sie bis zu ihrer damaligen Flucht gelebt hatte. Aber die Familie Trautmann hatte das Haus verkauft. Wer nun dort wohnte, wusste sie nicht.

Es klopfte, und Peter rief vom Flur. „Come on Hedi, Michael is waiting downstairs."

„One minute, please", rief sie, blieb aber noch sitzen.

Hedi hatte festgestellt, dass sie die Lage des Dorfs noch ganz genau im Gedächtnis hatte, alle Orte ihrer Kindheit waren immer noch klar vor ihrem geistigen Auge aufgetaucht – im Gegensatz zu dem Stadtteil Wimbledon in London, wo sie über zwanzig Jahre gelebt hatte. Sie hatte sich angestrengt, sich an die Straßenzüge des Stadtteils und die Wege in die City von London zu erinnern, doch es war ihr nicht gelungen. Zu verschwommen waren ihr die Rückblicke in die nähere Vergangenheit vorgekommen. Nun war Hundesossen nicht Wimbledon, aber im Gegensatz zu London sah Hedi jedes Haus in Hundesossen noch glasklar vor ihren Augen, obwohl ihr Aufenthalt dort bereits fünfzig Jahre zurücklag. Nun wollte sie sich das noch einmal in Natur anschauen. Sie stand auf, nahm ihre Handtasche, blickte noch einmal in den Spiegel und ging dann die Treppe hinunter, wo Michael im Foyer mit Peter wartete.

Hanna saß bereits hinten im Auto, Hedi setzte sich neben sie auf die Rückbank, Peter stieg vorne ein.

„Tante Hedi, hast du meine Oma getroffen?“, fragte Hanna.

„Nein, Hanna“, antwortete sie mit gespieltem Bedauern.

„Aber du wohnst doch in Amerika und Oma ist auch dort“, ließ die Kleine nicht locker.

„Aber ich war die letzten Nächte gar nicht in Amerika, das ist doch viel zu weit weg. Ich habe hier im Hotel geschlafen.“

„Ach so, das wusste ich nicht.“ Damit war die Unterhaltung für Hanna erledigt, und etwas traurig wandte sie den Blick nach vorn. Michael hatte die beiden im Rückspiegel beobachtet und ihnen lächelnd zugehört, nun fuhr er los. Hedi schaute das kleine blonde Mädchen von oben an und streichelte ihr über die Haare. „Oma kommt ja bald wieder“, tröstete sie die Kleine.

Sie hatte Gefallen an Michaels Familie gefunden, besonders an Hanna, die sie mit Fragen über den Aufenthaltsort ihrer Oma bedrängt hatte.

Michael parkte vor der Scheune auf Hanses Hof. Alle stiegen aus, traten neben das Auto und sahen überraschenderweise die gesamte Familie Hanses vor dem Gartentor stehen. Es sah so aus, als würden sie Spalier stehen, drei Generationen nebeneinander, nach Größe und Alter geordnet. Man sah, dass sie sich auf die Besucher aus Amerika freuten. Vor dreißig Jahren war Peter für drei Monate ihr Gast gewesen, hatte als Biologe und Vogelkundler die Wälder des Sauerlands durchstreift und war im Dorf ein gern gesehener Erzähler gewesen. Als erste löste sich Elke und schritt auf die Ankömmlinge zu. Sie blinzelte Michael zu, begrüßte Hedi und steuerte dann gezielt auf Peter zu.

„Du hast dich kaum verändert“, sagte sie mit heller, aufgeregter Stimme, und schon umarmten sie sich. Der Rest der Hanses Familie folgte, und die herzliche Begrüßungsszene zog sogar die drei Katzen an, die den freudig händeschüttelnden Personen um die Beine strichen.

In der großen Bauernküche ging das Kennenlernen und die Wiedersehensfreude weiter, auch Markus und Sven waren mit dem knatternden Motorrad gekommen und wollten die Amerikaner kennenlernen. Barbara schenkte Saft aus und stellte selbstgebackenen Pflaumenkuchen auf den Tisch.

„Beobachtest du immer noch Vögel, wie damals?“, fragte Reinhard den grau gewordenen Amerikaner.

„Leider ich wohne in eine big city, und da ist no Bäume, Wald and Vogel“, antwortete er.

„Dann lade ich dich ein, die Krähen zu besuchen, die hier immer noch unsere Saat auffressen“, lachte Reinhard, der sich damals über Peter lustig gemacht hatte, weil er die Raben nach den Menschen als die intelligentesten Lebewesen bezeichnete, obwohl sie nicht verstehen wollten, dass sie auf Reinhards Feld nichts zu suchen hatten.

Nach einer Stunde waren die wichtigsten Neuigkeiten der letzten Jahrzehnte ausgetauscht. Peter hatte Elkes Angebot, wieder sein Appartement von damals zu beziehen, dankend abgelehnt, weil er lieber mit seiner Schwester im Hotel wohnen wollte, und Michael erklärte sich bereit, die Geschwister durch das Dorf zu führen, damit die beiden Amerikaner alt bekannte Orte und Wirkungsstätten wiederentdecken konnten. Die Kinder schlossen sich dem Tross an, der sich nur langsam über die Wege des Dorfs weiterbewegte. Überall gab es etwas zu erzählen und alte Begebenheiten aufzufrischen. Ein paar ältere Bewohner kamen aus ihren Häusern und begrüßten Hedi, die sie noch von früher zu kennen glaubten.

Beckers Maria stand oben am Hang in ihrem Garten und ordnete das Bohnengewächs, das etwas wild die

Stangen hochgewachsen war, als sie die Menschengruppe sah. Sie wusste, dass hoher Besuch aus Amerika angesagt war, versteckte sich aber hinter den dichten Bohnenwinden und beobachtete, wie die Gruppe langsam von Haus zu Haus ging, immer wieder stehen blieb und sich angeregt unterhielt.

Nach einer knappen Stunde hatten sie die Besichtigungsrunde beendet, überquerten die Bundesstraße, dann die Flussbrücke und setzten sich auf die Holzbank neben dem Kriegerdenkmal. Von dort schauten sie herüber zum Dorf, das von der warmen Nachmittagssonne angestrahlt wurde.

„Schade“, meinte Peter.

Hedi blickte ihn fragend an.

„Schade, dass dieses Idyll demnächst gestört wird. Der Bau des Ferienresorts dort oben wird die verträumte Atmosphäre bald verändern“, erklärte er. „Autos und Feriengäste werden Lärm bringen, dann ist es mit der Ruhe in diesem kleinen Hegner-Tal zu Ende.“

Hedi und Michael nickten ihm zustimmend zu. „Aber so oder so, es bleibt unser Heimatdorf“, wandte Michael ein, ergriff Hedis Arm und schüttelte ihn sacht. Sie nickte nur und schaute weiter verträumt zu den Fachwerkhäusern hinüber. Michael kam es vor, als habe er ein paar Tränen in Hedis Augen gesehen.

Da rief Hanna: „Opa, was ist das für ein Stein?“ Sie stand im Ufer neben einem Findling, in den Texte und ein roter Teufel mit Hörnern eingraviert waren.

Die Drei standen auf und gingen hinüber zu dem Felsbrocken, der an einer exponierten Stelle im Ufer aufgestellt worden war. Michael erklärte den Kindern, dass es sich um einen Gedenkstein des Goldsteins handelte. Der originale Goldstein sei viel größer gewesen und habe zirka siebenhundert Meter westlich, am Rande eines Morasts, gestanden.

„Um den Goldstein rankt sich eine alte Sage“, erläuterte er und schaute Hedi an, die nun auch nähergekommen war. Sie schien sich zu erinnern, denn sie schaute nach Westen und sagte leise: “ Ja, der Goldstein.“

„Ja, die Gegend um dem Goldstein war für unsere Ahnen früher sehr gruselig. Wahrscheinlich entstand wegen der austretenden Gase aus dem morastigen Boden die Legende, Geister würden dort ihr Unwesen treiben.“

„Erzähl weiter“, forderte Hanna, die Opas Geschichten gerne zuhörte.

„Da es damals keine befestigte Straße in der Talenge gab, mussten die Menschen und Pferdewagen über den morastigen Boden mit den austretenden Gasen laufen oder fahren. Damals lag ein ganz großer Stein auf einem Acker daneben und behinderte den Besitzer beim Pflügen. Da es nicht möglich war, den Stein mit Pferden zur Seite zu ziehen, wurde er erst beim Bau der Bahnstrecke im neunzehnten Jahrhundert gesprengt. Heimatforscher meinen, dass der Ort und der Stein auf eine Opfer- oder Hinrichtungsstätte der früher hier lebenden Kelten hinweise. Die Steinform mit fünf Vertiefungen soll laut unseren Ahnen die Eindruckstellen von Kopf, Ellbogen und Knie gezeigt haben, und so entstand die Sage vom Goldstein, an die dieser Gedenkstein hier erinnern soll. Soll ich euch die Sage erzählen?"

„Ja, bitte", bettelte Hanna, die sich ins Gras gesetzt hatte. Auch Peter und Hedi nickten Michael interessiert zu, der nun sein Smartphone zückte. „Dann lese ich euch jetzt die Sage vor, so wie sie auf der Website von unserem Nachbarort Lenne unter lenne.de geschrieben steht."

Er räusperte sich, ehe er vorlas: „In der Walpurgisnacht feierten Teufel und Hexe ein ausschweifendes Fest. Zum Höhepunkt des Abends jagten Hexe und Teufel, berauscht vom Met, am Nachthimmel entlang. Je mehr sie tranken, umso mutiger wurden sie, und so kam es, dass sich die Hexe über den Teufel lustig machte und ihn hänselte. Der Teufel reagierte ärgerlich und sagte: ‚Du altes runzliges Warzenweib, du glaubst wohl, nur, weil du zu viel vom Met getrunken hast, bist du stärker als ich.' Die Hexe lachte und entgegnete: ‚Wenn du zu einer Mutprobe bereit bist, dann folge mir auf den hohen Berg.' Oben auf dem Berg angekommen, schauten sie über das Tal, wo unten die Lenne floss. ‚Wie mutig bist du?', fragte die Hexe. ‚Traust du dich, zum gegenüberliegenden Berg zu springen? Solltest du es nicht schaffen, verlierst du deinen Goldschatz an mich.' Der Teufel nahm all seinen Mut zusammen und sprang, doch leider nicht weit genug. Mit lautem Getöse knallte er auf einen großen Stein. Unter Jammern und Stöhnen stand er auf und hinterließ den Abdruck von Kopf, Ellbogen und Knien auf dem Stein. Triumphierend flog die Hexe über ihn hinweg. Wütend verfluchte der Teufel den Schatz, den er verloren hatte, und legte ihn unter den Stein, dem Goldstein."

Den Kindern wurde es kurze Zeit später langweilig, und sie liefen lachend und lärmend Richtung Ferienhof zurück. Michael, Hedi und Peter setzten sich wieder auf die Holzbank und blickten herüber zum Dorf.

„Wer hat denn den schön gravierten Stein mit dem Teufel geschaffen?", fragte Hedi.

„Das war der Steinmett. Den müsstest du doch eigentlich auch noch kennen, der müsste in deinem Alter sein", meinte Michael. „Udo Steinmett ist der Name. Ein Künstler, der Steine in allen Formen und Größen bearbeitet und verschönert. Er hat neben Friedhofsteinen hier im Sauerland noch viele andere Kunstwerke geschaffen."

„Der Udo Steinmett? Der ist doch auch hier in Hundesossen geboren! Er war so alt wie ich, nein! Und der ist Steinmetz geworden?“

Alle lachten. „Ja! Nomen est omen“, meinte Michael.

„Michael, are there still Holzmeiler here? And guys mit profession of Köhler?“, fragte Peter.

„Das weiß ich nicht“, antwortete Michael. „Ich glaube der letzte Köhler war Birkensees Gerhard, der viel zu früh gestorben ist.“

Sie sprachen eine Weile über die Geschehnisse am Kriegsende, über Günter und Gerhard Birkensee, die als Köhler den Piloten Richmond, Hedis und Peters Vater, gerettet hatten.

„Ja, ohne die Birkensees würden wir nicht hier sitzen“, meinte Hedi.

Plötzlich sahen sie Markus. Er kam über die Brücke zu ihnen herübergelaufen und blieb vor Peter stehen. „Peter, du hast mir doch versprochen, dass wir uns mal zusammen die Tauben ansehen. Herr Hörster hat jetzt Zeit. Kommst du mit?“

Sofort verschwanden die beiden Richtung Dorf, Michael und Hedi blieben sitzen.

Nach einer Weile sagte Michael: „Es ist immer noch schön im Sauerland, so friedlich.“

„Wenn es dir hier so gut gefällt, warum bist du eigentlich damals weggegangen?“, fragte Hedi.

Michael überlegte eine Weile. So genau hatte er sich diese Frage noch nie gestellt. Es war einfach so gekommen, vor fast fünfzig Jahren.

„Ich hatte Sehnsucht nach dem, was ich nicht kannte", antwortete er zögernd und schaute Hedi an. „Sehnsucht nach dem, was ich nur im Fernsehen gesehen hatte. Du weißt, es gab damals in den 60er Jahren noch nicht viele Fernseher im Dorf, aber einer von ihnen stand bei uns zu Hause. So ein kleines Kästchen."

Michael zeichnete mit den Händen ein kleines Quadrat in die Luft.

„Zur Fußball WM 1966 war es der einzige Fernseher im Dorf, da wohntest du sogar auch noch hier. Das ganze Dorf hatte sich damals beim Endspiel gegen England bei uns in der Stube versammelt. Ja, Fernsehen, das war was Neues und Aufregendes für uns in Hundesossen. Die fremde Welt von draußen kam zum ersten Mal in unser kleines Dorf, Fußballspiele in Riesenstadien, Städte, fremde Länder, Landschaften und Kulturen. Bis dahin war meine weiteste Reise eine Pilgerreise nach Paderborn gewesen. Ich hatte von der Welt da draußen eine vage Vorstellung, die ich nur aus dem Radio oder aus der Zeitung kannte. Und nun, mit dem neuen Fernsehen, hatte ich zum ersten Mal Filme gesehen. Auch Westernfilme, in schwarzweiß. Mich faszinierte die Landschaft in diesen Westernfilmen, die Prärien, die Reiter und die unendlichen Weiten ringsum, denn hier zu Hause schauten wir doch immer vor irgendeinen Berg."

Er machte mit der Hand eine Rundumbewegung.

„Ich dachte schon damals, da möchte ich mal hin, in den Wilden Westen, nach Amerika. Ich verspürte zum ersten Mal eine Sehnsucht, ein Fernweh, das immer weiter anwuchs, je mehr ich von draußen erfuhr."

Hedi hörte aufmerksam zu und lehnte sich entspannt auf der Bank etwas zurück.

„Und als immer mehr Fernsehbilder vom Vietnamkrieg in unsere Stube schwappten, war die Aufmerksamkeit von mir und allen, die ich damals kannte, zuerst auf den Sieg der Amerikaner gegen die bösen Kommunisten gerichtet. Doch je mehr Bilder von dort über die Mattscheibe flimmerten und je länger der Krieg andauerte, desto weniger interessierte mich das Kriegsgetöse. Vielmehr fesselten mich die Landschaften, in denen die Kriegsaufnahmen entstanden. Obwohl es damals noch kein Farbfernsehen gab, faszinierte mich die Vielfalt der tropischen Bäume, die exotische Umgebung, die wunderschönen Landschaften mit Palmen und Reis Paddys, und die fremdartige Lebensweise der Asiaten eigentlich mehr als der grausame Krieg. Neben dem Wilden Westen hatte ich schnell ein neues Sehnsuchtsbild gefunden, die tropischen Wälder und exotischen Gegenden Asiens, da wollte ich gerne mal hin. Diesen Drang habe ich noch lange verspürt. Und dann warst du damals plötzlich spurlos verschwunden und hast Hundesossen den Rücken gekehrt."

Hedis Lächeln verschwand. „Bei mir war es etwas Anderes, das weißt du", sagte sie etwas vorwurfsvoll.

„Ich weiß, aber mit meinem Fernweh entfernte auch ich mich geistig immer mehr von meinem kleinen Heimatdorf. Als die Gelegenheit kam, Hundesossen zu verlassen, habe ich zugelangt, bin mit zwanzig in die Stadt gezogen und habe die Welt gesehen und kennengelernt."

Michael stockte. Hedi wartete, bis er weiterredete.

„Heute finde ich die Welt dort draußen gar nicht mehr so faszinierend. Ja, ich habe den Wilden Westen und die wundersame Welt tropischer und asiatischer Länder mit eigenen Augen gesehen, und kann mich immer noch dafür begeistern, aber trotzdem komme ich immer wieder gern nach Hundesossen zurück."

„Einmal Sauerländer, immer Sauerländer?", warf Hedi ein.

„Ja, so ist es. Jedes Mal, wenn ich zurückkomme, scheint mir alles viel kleiner, als es in meiner Jugend war. Die Berge sind kleiner geworden, weil ich höhere bestiegen habe. Die Entfernungen in der hügeligen Berglandschaft scheinen zusammengerückt zu sein, weil ich unendliche Weiten durchschritten habe. Die Menschen bewegen sich langsamer, als die, die in

Städten über die Straßen hetzen. Es ist hier einfach alles viel lieblicher, langsamer, freundlicher und friedvoller als in der großen Welt dort draußen, und deshalb bin ich immer wieder gern hierhin zurückgekommen. Und nun sind wir beide wieder hier."

Michael stockte wieder, Hedi und er schauten sich an und lächelten. Beide schienen sich wieder an die gemeinsame Jugend zu erinnern.

„Das letzte Mal, als wir beide allein so nah zusammen waren und uns ausgesprochen haben, war in der Silvesternacht, bevor du von hier weggingst. Weißt du noch? Das ist mehr als fünfzig Jahre her, und jetzt sind wir beiden wieder hier, um unsere Welt von damals noch einmal zu erleben. Der Kreis schließt sich."

„Ja, der Kreis schließt sich", wiederholte Hedi leise und schaute gedankenverloren über den Fluss zum Dorf herüber, wo die Häuser immer noch an denselben Stellen standen wie vor fünfzig Jahren. Eine merkliche Veränderung hatte nicht stattgefunden, nur das Dorfzentrum mit der Schafweide war nun mit dem hölzernen Glockenturm und der Bank davor umgestaltet worden. Umso erstaunlicher fand Hedi die Planung zum Bau eines professionellen Ferienresorts in diesem friedlichen Seitental der Lenne.

„Wir müssen gehen", sagte Michael. „Die Birkensees erwarten uns." Hedi hakte sich bei ihm ein, und die zwei gingen wie ein älteres Ehepaar wieder dem Dorf entgegen.

Um Punkt vier standen sie vor der Tür. Eine Frau im mittleren Alter öffnete die Haustüre und hieß die drei Fremden willkommen. Michael ging vor und gab der Frau die Hand.

„Ich bin Ingrid Birkensee. Und Sie sind Her Schneider?"

Michael nickte, übergab ihr einen Blumenstrauß und machte Platz für Hedi und Peter, die nachdrängten und die Frau herzlich umarmten.

Dann gingen sie in die Küche. Ingrids Mann war noch nicht zurück von der Arbeit gekommen, doch sie würden auf den Familienvater warten. Die zwei Amerikaner wollten Ludwig Birkensee kennenlernen und ihm vertretungsweise für ihr Leben danken, denn er war der einzige Nachkomme der zwei Birkensee Männer, die ihren Vater damals in den letzten Kriegstagen vor dem sicheren Tod gerettet hatten. Sie saßen am Küchentisch, und Peter berichtete von dem großen Dank, dem sie der gesamten Familie verpflichtet waren, und davon, dass sie sich zu Ehren der Birkensees im Dorf erkenntlich zeigen wollten – schon bald sollte am Berg eine Gedenktafel angebracht werden.

Nun servierte Frau Birkensee Kaffee und Gebäck. Hedi erzählte von Erlebnissen aus ihrer Kindheit, die sie im Nachbarhaus verlebt hatte.

„Ja, unsere Nachbarn, die Trautmanns, Ihre Familie. Die wohnen ja nicht mehr hier“, hakte Ingrid ein. Doch Hedi ging auf die Bemerkung nicht ein, weil sie keinen Kontakt mehr zu ihren Verwandten hatte. Sofort plagte sie wieder ein schlechtes Gewissen.

Da wurde die Türe vom Wohnzimmer langsam aufgeschoben, und durch die Türe bewegte sich ein Rollstuhl. Etwas schüchtern kam ein Mädchen auf den Tisch zugefahren und gab allen freundlich die Hand.

„Das ist unsere liebe Tochter Helena. Sie ist zehn Jahre alt“, sagte die Mutter, stellte sich hinter den Rollstuhl und strich ihr zärtlich über das dunkelbraune Haar, das ihr weit über die Schultern fiel. Sie erfuhren, dass Helena seit knapp zwei Jahren an einer seltenen, lebensbedrohlichen Krankheit litt. Seither versuchten Vater und Mutter mit Unterstützung eines Onkels, der Arzt war, erfolgversprechende Behandlungsmöglichkeiten zu finden.

Bei Helena war ein schwerer Herzfehler entdeckt worden, die eine Bronchitis fibroplastica, eine seltene Erkrankung mit lebensbedrohlichen Erstickungsanfällen, zur Folge hatte. Besserung versprach nur eine Herztransplantation oder die neuartige Behandlungsmethode eines Arztes aus Philadelphia, der bereits zwanzig Patienten erfolgreich geheilt hatte. Auch viele Fachärzte hatten zu dieser Behandlung geraten. Aber die hohen Kosten wollte ihre Krankenkasse nicht übernehmen, und ohne Hilfe konnte die Familie die Kosten nicht aufbringen. Der Mutter waren Tränen in die Augen gestiegen, die sie mit einem Taschentuch wegwischte.

Als Helena die Küche wieder verlassen hatte, kam ihr Vater von der Arbeit heim. Ludwig Birkensee war der einzige Spross der Familie und konnte sich noch sehr gut an den Amerikaner Peter erinnern.

„Wo ist Fritz, der Rabe?", fragte er sofort. „Ich kann mich noch genau darin erinnern, dass du den ausgestopften Vogel damals meinem Opa abgekauft hast. Dort an der Wand hat er gehangen."

Er zeigte auf eine Wand, die mit einer Küchenzeile ausgestattet war. Peter nickte lachend. „Ja, das habe ich", begann er nun von seiner Zeit in Hundesossen zu erzählen. Hedi ergänzte, dass ihr ältester Bruder nach dem Tod ihres Vaters in das Haus in der Nähe von Atlanta gezogen sei. Der ausgestopfte Rabe Fritz habe aber noch immer einen Ehrenplatz an der Wand in der Bibliothek und würde auch von der jüngeren Generation der Richmonds weiter in Ehren gehalten, denn alle wüssten, dass der Rabe ihren Vater damals nach dem Absturz in der hohen Buche entdeckt und die Entdeckung gemeldet hatte, indem er ganz aufgeregt hin und her geflogen war.

Helena kam zwischendurch noch einmal ins Wohnzimmer gefahren. Auch der Vater erzählte ihnen von dem aussichtslosen Kampf, den er mit Unterstützung eines Anwalts seit einem Jahr mit der Krankenkasse führte, um die Behandlung in den USA vergütet zu bekommen. Die Behandlung würde vierhundertfünfzigtausend Euro kosten, und eine Herzoperation war bei der langen Warteliste fast aussichtslos.

Mit großer Betroffenheit verließen die Drei das Haus der Birkensees, deren große Sorge um ihre Tochter alle Dankbarkeitsbekundungen der Richmond-Geschwister unwichtig erschienen ließen.

„Das ist sehr tragisch mit den Birkensees. Die Mutter sagte mir zum Schluss noch, dass die Kleine nur noch drei Jahre überleben kann“, meinte Michael, als sie sich unter der Linde auf Hanses Hof eingefunden hatten und eine Erfrischung zu sich nahmen. Nebenan aßen ein paar Gäste bereits zu Abend. Kurz darauf brachen sie auf zu Max Rückert, der sie zu einem Abendessen empfangen wollte.

Max begrüßte sie mit Kochschürze und entschuldigte sich, er müsse schnell noch einmal in die Küche, sonst würde die Vorspeise verbrutzeln. Dort auf dem Tisch stände eine Schüssel mit eisgekühltem Crémant, Michael möge doch schon mal ausschenken.

Mit einem Sektkelch in der Hand wandelten die Gäste kurz darauf durch die Tenne des alten Bauernhauses und bewunderten dieses einmalige Interieur, während sie Max eine Etage höher mit Pfannen hantieren hörten. Nach der Rückkehr des Hausherrn und einer Erklärung über die bauliche Rückführung des Hauses in den ehemaligen Zustand servierte Max ein französisches Menü, das keiner erwartet hatte. Jakobsmuscheln, dazu eine Fischsuppe und ein Timbale auf Risotto. Als sie beim Käse angekommen waren, hatten die Gäste nicht nur die Kochkünste von Max genossen und gelobt, sondern auch die gemeinsame Jugendzeit von Hedi und Michael im Hundesossen und in der Nachbarschaft von Max′ Elternhaus Revue passieren lassen. Dabei hatte Michael den Gastgeber von der Seite beobachtet und bemerkt, dass er sich sonderlich ruhig verhielt.

Erst als sie die Anbringung der Gedenktafel besprachen, war Max wieder der Alte. In Vertretung des Bürgermeisters würde er die Abwicklung planen und koordinieren.

Peter erklärte, dass er wegen eincs TV-Berichts im CNN Anfang des Jahres wieder ans Sauerland erinnert worden sei. Er erzählte die Geschichte, warum er wieder Kontakt mit Michael aufgenommen hatte. Zum Schluss wurde auch der Totenfund im Backhaus angesprochen. Hedi konnte nicht verstehen, warum der Tote acht Jahre unbemerkt dort hatte liegen können, und Peter wunderte sich, dass ein solches Verbrechen hier im Dorf überhaupt hatte geschehen können. Während bemerkte Michael ein gewisses Unwohlsein von Max, der sich nicht an dem Gespräch beteiligte und sich schließlich entschuldigend in die Küche zurückzog.

Als Max zurückkam, schwenkte er wieder um zum Thema Gedenktafel, und sie legten das Vorgehen und die Termine für die Anbringung fest. Dann bedankten sich die Gäste herzlich für das kulinarische Highlight, und Michael fuhr die zwei Amerikaner wieder zu ihrem Hotel.

Vor dem Gasthof Hubertus verabschiedeten sie sich, als Hedi plötzlich sagte: „Mir ist Helena den ganzen Abend nicht aus dem Kopf gegangen. Der Kleinen muss geholfen werden. Wir werden uns etwas überlegen und helfen, Peter und ich!“ Sie hakte sich bei Peter ein, und beide verschwanden durch die Türe ins Hotel.

Am nächsten Morgen regnete es, und nach einem Telefonat mit Peter verschoben sie ihre geplante Rundreise durch das nähere Sauerland auf den Nachmittag. Sarah und Barbara waren mit ihren vier Kindern zu einer Kletter- und Sporthalle gefahren. Michael machte es sich in seinem Chalet mit einem Cappuccino gemütlich und setzte sich vor seinen Laptop. Er googelte „Dritte Generation RAF“ und stieß auf tausende Einträge.

Michael konnte sich noch immer nicht vorstellen, wie diese Terrororganisation mit dem Toten im Backhaus und mit Hundesossen in Verbindung stehen könnte. Doch das Internet würde ihn vielleicht aufklären können.

Spiegel Online bezeichnete das Auftauchen der drei Räuber in einem Bericht als die „Rückkehr der Untoten“, die letzte Garde der RAF Organisation, die insgesamt für vierunddreißig Tote, brutale Anschläge und diverse Überfälle verantwortlich gemacht wurde. Der Rest der Bande hatte es bisher geschafft, im Untergrund zu bleiben. Man vermutete noch drei weitere aktive, namentlich erwähnte Haupttäter. Sie hätten zwar schon bald ihr Rentenalter erreicht, würden aber ab und zu Raubüberfälle für die Deckung ihres Lebensunterhalts durchziehen, brutal und mit Waffengewalt. Vermutlich wollte sich das Tätertrio die Altersversorgung sichern, schrieb der Redakteur.

Man vermutete, dass die drei Haupttäter auch vor acht Jahren zwei Überfälle im Sauerland begangen und einen hohen sechsstelligen Betrag erbeutet hatten.

Es handelte sich um die RAF-Mitglieder Ernst Staub, Daniela Klette und Burkhard Garweg. Die beiden ersteren hatten das sechzigste Lebensjahr schon längst überschritten, und seit Jahren wurde erfolglos nach ihnen gefahndet. Diesen RAF-Terroristen der zweiten und dritten Generation wurden diverse Straftaten unter anderem bei Aktionen der Anti-Nato-Bewegung vorgeworfen, nachweislich bei einem RAF-Kommando, das 1991 bei Königswinter 250 Gewehrschüsse auf die US-Botschaft am anderen Rheinufer abfeuerte. Auch Straftaten in der Hamburger Hafenstraße sowie diverse Anschläge in die linke Szene konnten auf sie zurückgeführt werden.

Michael fand diverse solcher Berichte über die zwei Raubüberfälle im Sauerland. Er las sie aufmerksam durch, sah sogar Videos von Pressekonferenzen auf YouTube an. Aber einen Bezug zu Hundesossen konnte er nicht erkennen, weder ein Autobrand noch andere Hinweise auf Italien oder die Roten Brigaden fielen ihm bei seinen Recherchen auf.

Michael lehnte sich zurück in seinen Sessel. Es hatte aufgehört zu regnen. Am Nachmittag wollte er mit Hedi und Peter das Hochsauerland bis Winterberg abfahren und an einigen Orten Halt machen. Unten am Fluss hatte sich wegen des Platzregens Dunst gebildet, der langsam über die Wiesen zog und sich dann schnell verflüchtigte. Dort unten stand auch das Backhaus. Die rotweißen Absperrbänder waren mittlerweile verschwunden. Polizei und Ermittler hatten den Fundort verlassen, und das Leben auf dem Hof ging wieder seinen normalen Gang. So sah es zumindest von hier oben aus.

Was war dort unten passiert, fragte sich Michael. War dieses alte Bauwerk Teil einer terroristischen Tragödie geworden? Aber wie kommt ein italienischer Terrorist nach Hundesossen? Michael schloss die Augen. Google hatte ihn über all die brutalen Überfälle aufgeklärt, aber was war damals im Backhaus passiert?

Damals, an diesem frühen Morgen im April 2008 waren drei vermummte Personen in das Bankgebäude in Olpe gestürmt, hatten die Türen verschlossen, ein Schild mit dem Hinweis auf dringende Bauarbeiten vor die Glastüre gehängt und die Bankangestellten dazu gezwungen, alle Barmittel herauszugeben. Zwei frühe Kunden hatten das Drama miterleben müssen. Zwei Tresore waren geöffnet und geleert worden, es gab zwei Verletzte durch Kolbenschläge ihrer Maschinenpistolen. Die Angestellten und Kunden waren in Hinterräumen eingesperrt worden, und die drei Personen hatten die Bank unerkannt wieder verlassen. Erst gegen viertel nach zehn hatte ein später ankommender Angestellter den Überfall gemeldet. Zu diesem Zeitpunkt waren die drei Räuber wahrscheinlich bereits auf dem Weg zum nächsten Überfall.

Um kurz nach zwölf Uhr wurde ein Geldtransporter in den Serpentinen der Hohen Bracht mit einem Land Rover in einen Nebenweg gedrängt und ebenfalls ausgeraubt, diesmal waren es Zeugenaussagen zufolge vier Vermummte gewesen. Einer der Räuber hatte einen Raketenwerfer auf das Auto gerichtet. Da hatte der Fahrer des Geldtransporters kapituliert und das Auto geöffnet. Auch diese vier Personen waren unerkannt verschwunden. Laut Polizeiaussagen waren an diesem Tag insgesamt vierhundertvierzigtausend Euro gestohlen worden.

Am gleichen späten Abend war auf einem Parkplatz am Goldstein nahe Hundesossen ein in Braunschweig gestohlenes Auto ausgebrannt. Michael konnte von seinem Chalet aus die Stelle sehen, wo die kleine Parkeinbuchtung war. Doch konkrete Anhaltspunkte und Indizien, dass dieser Brand etwas mit den Überfällen zu tun hatte, blieben aus. Was blieb, waren Mutmaßungen und Gerüchte, die von der Polizei aber nie offiziell bestätigt worden waren.

Nur wenige hundert Meter vom damaligen Autobrand entfernt wurde acht Jahre später ein Toter gefunden, ein Mitglied der Roten Brigaden aus Italien. Da muss es einen Zusammenhang geben, solche Zufälle gibt es doch nicht, überlegte Michael. Er dachte darüber nach, was ihm Hammer gesagt hatte. Die RAF und die Roten Brigaden hatten Kontakte gehabt und früher auch zusammengearbeitet. War der Tote vielleicht der vierte Mann, der bei dem Überfall auf den Geldtransporter dabei gewesen war? Aber warum war er getötet worden? Gab es Streit?

Sie hatten beim Gastwirt Droste in Oberkirchen gerade das Abendessen bestellt, als Michaels Smartphone vibrierte und Kommissar Hammer auf dem Bildschirm angezeigt wurde. Michael entschuldigte sich bei Hedi und Peter, stand auf und trat nach draußen. Telefongespräche in einem Restaurant zu führen, fand er unangemessen und unhöflich. Es dämmerte bereits und der Wetterbericht hatte für die nächsten Tage hohe Temperaturen angesagt. Das Thermometer hatte auf dem höchsten Gipfel des Sauerlands, dem Kahlen Asten bei Winterberg, bereits achtzehn Grad angezeigt. Das waren Sommertemperaturen dort oben, denn im Hochsauerland herrschte ein raues Klima mit vielen Niederschlägen.

Michael hatte die zwei Amerikaner am Nachmittag zuerst durch das Sorpetal gefahren und dann durch das Lennetal zur Mündung auf den Kahlen Asten chauffiert. An exponierten Stellen hatten sie gehalten und die schöne, klare Aussicht genossen. In Nordenau hatten sie ein Stück Pflaumenkuchen mit Sahne gegessen und später die Stadt Winterberg zu Fuß erkundet.

Nun stand Michael auf dem Parkplatz vom Gasthof Droste. Kommissar Hammer hatte geduldig gewartet, bis Michael das Gespräch entgegennahm. Er müsse am nächsten Tag mit ihm reden, sagte er sofort, Michael solle am Vormittag zu seinem Soko-Quartier kommen. Es gäbe Neuigkeiten.

Dieser Sonntagabend dauerte für die drei Gäste noch eine Weile. Und zwar so lange, bis die Zwiebelsuppe mit Brotkrüstchen und die Sauerländer Potthucke mit dem leckeren Knochenschinken verzehrt waren.

„Es war sein Gürtel“, sagte Hammer.

„Ich verstehe nicht“, antwortete Michael. „Wem gehörte welcher Gürtel?“

„In Bergamo wurde der Italiener festgenommen und verhört. Es steht jetzt fest, dass der Tote im Backhaus Guiseppe Carrera hieß und Mitglied der Roten Brigaden war. Der mittlerweile verhaftete Italiener aus Bergamo hatte ihm seinen Gürtel ausgeliehen, vor acht Jahren. Er hatte dort zwei Jahre lang unter falschem Namen bei ihm gewohnt. Dann habe er in Deutschland einen Freund besuchen wollen – wen, hat der Inhaftierte entweder nicht gewusst oder verschwiegen. Danach habe er nie mehr etwas von Guiseppe Carrera gehört. Er sei einfach verschwunden.“

Michael hatte nach einer unruhigen Nacht auf sein Frühstück verzichtet. Die schwere, aber durchaus leckere Kost im Gasthaus Droste am Vorabend hatte ihm schwer im Magen gelegen. Ob es den anderen zwei Gästen auch so ergangen war, wusste er noch nicht, würde es aber bald erfahren, denn er hatte sich um elf wieder mit Hedi und Peter verabredet. Beide

Amerikaner hatten nach dem ausgezeichneten Abendessen noch zwei Williams getrunken, vielleicht hatten die Absacker ja zu einem besseren Wohlgefühl verholfen. Michael hatte gegen neun Uhr nur einen Kaffee bei seiner Tochter vor dem Chalet getrunken und war anschließend zum Quartier der Sonderkommission Backhaus gefahren.

Am Eingang des Gasthofs traf er seinen Freund Edmund und trank mit ihm in der Gaststube noch schnell einen zweiten Kaffee, bevor er durch den Seitengang zur „Soko Backhaus" weiterging. In dem großen Raum waren nur noch ein paar Tische mit Laptops belegt. Die Soko schien ihre Arbeit fast erledigt zu haben.

Kommissar Hammer, dessen Schreibtisch sich auf einer schmalen Empore befand, hatte freundlich aufgeschaut, war mit ein paar Akten unter dem Arm auf ihn zu gekommen und hatte ihm die Informationen über den Gürtel bereits im Stehen mitgeteilt. Nun setzten sie sich an einen leeren Tisch.

„Der Staatsschutz DIGOS in Italien hat schnelle und gute Arbeit geleistet. Der Freund von Carrera wurde in Bergamo festgesetzt, und die Identität von dem Toten durch ihn bestätigt. Unser Job ist hier bald getan, nächste Woche folgt noch eine Pressekonferenz, und dann werde ich wieder nach Dortmund zurückgehen. Auch Ihre Arbeit ist zu Ende."

„Aber ... aber ich habe doch noch gar nichts dazu beigetragen“, antwortete Michael erstaunt.

„Doch. Sie haben mir bewiesen, dass im Dorf alles clean ist.“ Dann schallte sein Lachen durch den ganzen Raum. Alle noch anwesenden Ermittler schauten zu ihnen herüber. Hammer machte ein paar beschwichtigende Handbewegungen und wandte sich wieder Michael zu.

„Die weitere Bearbeitung des Falls erfolgt nun vom BKA in Wiesbaden und vom BND in Pullach, wegen der vermuteten Beteiligung und Involvierung der RAF. Das ist hohe Politik und wird vom Staatsschutz weiterverfolgt, und ist deshalb nicht mehr unser Fall. Auch die Nähe zum Tatort ist für die weitere Untersuchung nicht mehr erforderlich, wir bauen hier alles ab. Den Osterfeuerfall übernimmt dann wieder die örtliche Polizei.“

„Aber ist denn bekannt, was passiert ist? Wie ist der Mann zu Tode gekommen? Und hängt sein Tod mit dem Überfall der RAF und dem Brand des Autos zusammen?“, fragte Michael, von dem plötzlichen Ermittlungsende überrumpelt.

Kommissar Hammer schüttelte den Kopf und bestätigte, dass das bisher nur Vermutungen seien. Aber der BND habe neue Erkenntnisse und würde die Untersuchungen der Überfälle von damals neu aufrollen. Er sei jetzt out, und dazu lachte er. Es scheint, dass er froh war, den Fall los zu werden. Trotzdem diskutierten sie noch einmal über die damaligen Überfälle und den Autobrand.

Zum Schluss erzählte Michael dem gegenübersitzenden Kommissar, der anscheinend viel Zeit hatte, dass auch er sich an eine Begebenheit Anfang der siebziger Jahre in Düsseldorf erinnerte. Damals lebte er noch dort und war eines Tages mitten auf der Grafenberger Allee von bewaffneten Polizisten in seinem BMW 1601 abrupt gestoppt worden. Es war eine Routinekontrolle gewesen, er war abgetastet und sein Auto vollkommen untersucht worden. Erschrocken hatte er beim Aussteigen in den Lauf einer Maschinenpistole geschaut. Wie sich herausstellte, war es eine Straßenkontrolle von nervös wirkenden Polizisten gewesen, die den brutalen RAF Terroristen nachjagten. Zwei Tage später war der Kopf der damaligen Bande, Christian Klar, in einem Chinarestaurant in der Düsseldorfer Innenstadt verhaftet worden. Vorher hatte es eine wilde Schießerei gegeben.

Hammer setzte sich nun bequem hin. „Wie gesagt, wir sind jetzt raus, aber ich kann Ihnen gerne noch ein paar Fakten nennen, die hier in den Akten stehen. Alles vertraulich, versteht sich“, sagt er, während er die Dokumente in die Mitte des Tisches legte und Michael im Anschluss nochmals über die Aktenlage berichtete.

„Der Tod von Guiseppe Carrera war die Folge eines Steckschusses in der Lunge. Die Kugel, die in die linke Körperseite eindrang, konnte bislang aber noch keiner Schusswaffe zugeordnet werden. Ob sich Carrera bei den Sauerländer Überfällen beteiligte und ob ein Zusammenhang mit dem Autobrand besteht, wird Teil weiterer Ermittlungen sein. Wer für den Schuss verantwortlich ist, bleibt also offen. Suizid scheidet wahrscheinlich aus, weil keine Waffe bei dem Toten gefunden wurde. Und wer erschießt sich schon mit einem Lungenschuss von der Seite? Für die Durchführung der Raubüberfälle im Sauerland gibt es laut BND ein paar neue Indizien, die auf die RAF Mitglieder hinweisen, mehr aber nicht.

Sie müssen wissen – und das ist ganz offiziell – das Trio der Deutschen RAF war seit der Wende untergetaucht, und erst in Folge eines Raubüberfalls auf einen Geldtransporter bei Bremen waren die sogenannten RAF-Rentner kurz vorher wieder in den Blick der Polizei geraten. Damals gab es DNA-Treffer, die auf das Trio wiesen. Daraufhin entwickelten die Ermittler den Verdacht, die Drei seien seit Ende des letzten Jahrhunderts für eine Serie von Überfällen auf Geldtransporter und Supermärkte verantwortlich. Der Schwerpunkt der Taten lag in Niedersachsen und Nordrhein-Westfalen. Möglicherweise leben die drei unter einer falschen Identität im Land.

Vor zwanzig Jahren erklärte die RAF in einem Schreiben zwar ihre Selbstauflösung, doch noch immer waren viele Fragen offen. Zehn Morde ab 1985 sollen auf das Konto der dritten RAF-Generation gehen. So fährt im Juni 2016 in Cremlingen bei Braunschweig ein Geldtransporter vor ein Möbelhaus. Als der Beifahrer aussteigt, kracht ein blauer Opel Corsa von hinten in den Transporter, vorne blockiert ein silberner Ford den Weg. Drei Maskierte, mit einer Automatikwaffe und einer Panzerfaust bewaffnet, springen aus den Fahrzeugen."

Hammer steckte sich einen Zigarillo in den Mund, wagte es aber nicht, ihn im temporären Großraumbüro der Soko anzustecken.

„Dieses RAF-Trio wird dank einiger Sympathisanten das Rentenalter wohl in Freiheit erreichen. Bei so vielen Linken und der Antifa im Land werden sie immer noch ein sicheres, behagliches Versteck haben", endete Hammers Bericht.

Er stand auf, gab Michael die Hand und bedankte sich. „Der Fall ist erledigt, und keiner aus dem Dorf war beteiligt. Es war Zufall, dass er gerade dort gestorben ist. Und noch einmal, Herr Schneider, alles, was Sie gehört haben, ist vertraulich. Offizielles hören Sie demnächst bei unserer Pressekonferenz. Ich bedanke mich bei Ihnen und wünsche Ihnen noch schöne Ferien in dem Dorf, das hoffentlich bald wieder zum ländlichen Frieden ohne Mordtaten zurückfindet." Dabei zwinkerte er ihm mit einem Auge zu.

Michael ging durch den langen Gang Richtung Lobby. Er war entlassen. Für den Kommissar ist selbst ein Mord kein Hindernis für einen Scherz, dachte Michael und verließ etwas unbefriedigt den Gasthof.

Er ging noch eine Weile spazieren. Zuerst kam er an einem Tennisplatz vorbei, wo vier ältere Damen ihrem Morgensport frönten. Dann verschlug es ihn zu einem Forellenteich, der vom angrenzenden Bach mit Frischwasser versorgt wurde. Er nahm den Fußweg am Bach entlang, wo die hohen Buchen kühlen Schatten spendeten. Konnte es das gewesen sein, fragte er sich wundernd. Hatte der Tote wirklich nichts mit Hundesossen zu tun? Warum brach man die Ermittlung so schnell ab, hatte denn keiner etwas gesehen oder bemerkt? Michael konnte sich das gar nicht vorstellen, wo doch jeder Besuch und jede kleine Unregelmäßigkeit im Dorf registriert wurde. Er ging auf dem gleichen Weg zurück und wartete vor dem Gasthof auf seine amerikanischen Gäste. Sie wollten eine Shoppingtour in der Stadt machen und in einem Biergarten zu Mittag essen.

Am Abend hatte sich der Himmel über dem Dorf in ein rotorangenes Firmament gewandelt. Viele Dorfbewohner saßen an diesem warmen Samstag noch draußen vor ihrem Haus und genossen den schönen Sommerabend. Michael saß mit seiner Familie vor dem

Chalet und spielte Karten. Ab und zu schaute er herunter zum Goldstein, wo vor acht Jahren ein Auto gebrannt hatte. Dann glitt sein Blick hinüber zum Backhaus, in dem vor zehn Tagen ein Toter gefunden worden war. Die Kinder merkten, dass ihr Opa nicht ganz bei der Sache war. „Opa, du hast nicht aufgepasst“, rief Hanna. „Mau Mau!“

Auch Max hatte sich mit einer Flasche Bier in seinen Garten gesetzt und las in einem Buch. Hund Shiva lag die ganze Zeit vor seinen Füßen. Von seiner Holzterrasse, die mit einer dichten Buchenhecke vor der Einsicht geschützt war, hatte Max von seiner Seite aus dennoch einen guten Überblick über die Dorfmitte bis zur Bundesstraße.

Gegen neun Uhr holte er sich ein zweites Bier aus der Küche und kam gerade wieder in seinen Garten, als ein schwarzer VW Bus von der Bundesstraße ins Dorf abbog. Na, wer bekommt denn jetzt im Dorf noch Besuch, fragte sich Max und sah den Bulli langsam die Dorfstraße entlangfahren. Doch als der VW Bus immer näherkam, beschleunigte sich Max’ Herzschlag schlagartig. Das war nicht normal, da kam kein Besuch ins Dorf, sondern jemand suchte hinter den abgedunkelten Scheiben wahrscheinlich etwas oder jemanden. Max verschwand hinter der dichten Hecke und beobachtete den Kleinbus aus seinem geschütztem Terrain. Der VW Bus fuhr ganz langsam weiter, niemand war hinter den dunklen Scheiben zu erkennen.

Am Wendehammer vor Hegners Hof drehte er und kehrte im gleichen Schleichtempo wieder zurück. Trotz der eintretenden Abendkühle stand Max nun der Schweiß auf der Stirn. Er sah, wie der Bulli die Hauptstraße weiterfuhr und dann zum Hof der Lindners einbog. Auch hier fuhr der Fahrer langsam bis zur Mitte und wendete dort. Am Bach blieb das Auto plötzlich stehen. Der Beifahrer stieg aus, schwarz bekleidet und mit einer Kapuze über dem Kopf. Max machte vor Schreck einen Schritt zurück, obwohl er auf seiner Terrasse nicht gesehen werden konnte.

Die Person ging ein paar Schritte und schaute sich langsam um. Dann stieg sie wieder ein, und der VW Bus verschwand mit erhöhtem Tempo über die Bundesstraße Richtung Hochsauerland.

Max hatte sich das Autokennzeichen gemerkt. Schnell ging er wieder zurück ins Haus, Shiva trottete hinter ihm her. Er notierte die Nummer auf einen Schreibblock und blickte lange auf den Hörer des Festnetztelefons. Sollte er oder sollte er nicht? Er wandte sich vom Telefon ab, ging mehrmals nervös auf und ab. Dann ergriff er doch den Hörer.

Am Sonntag stand kurz vor Mittag eine große Menschengruppe mit festem Schuhwerk, zum Teil mit Rucksäcken ausgestattet, vor dem Haus von Max Rückert. Frauen, Männer und viele Kinder. Einige waren gerade vom Hochamt aus der Kirche zurückgekommen und hatten sich schnell für einen Waldspaziergang umgezogen. Da Max vom Bürgermeister zum politischen Vertreter der geplanten Zeremonie bestimmt worden war, hatte er den Treffpunkt vor seinem Haus festgelegt. Von hier aus wollte man gemeinsam losgehen. Fast jede Familie des Dorfs war mit mehreren Personen vertreten. Alle wollten dabei sein, wie man den zwei Birkensees dort oben in der Höhe die längst fällige Ehrung zukommen lassen wollte. Geehrt werden sollten zwei bereits verstorbene Männer aus Hundesossen, die in den letzten zwei Tagen in der Regionalpresse und dem Sauerlandkurier als Vorbilder für Menschlichkeit und Mut porträtiert worden waren. Erst durch diese Berichterstattung waren den meisten Hochsauerländern diese zwei mutigen Männer bekannt gemacht geworden. Aus diesem Grund hatten sich nun auch viele Interessierte aus den Nachbardörfern vor Max' Haus eingefunden.

Um zwölf Uhr setzte sich die Korona in Bewegung, zog Richtung Tal und ging dann auf den Berg hoch, ein Volksmarsch von mindestens sechzig Personen. Um ein Uhr sollte dort oben vor einer Höhle, in der die damaligen Köhler den verletzten US-Piloten versteckt hatten, ein Gedenkstein eingeweiht werden. Pater Henrich vom Kloster Maria Königin würde die göttlichen Segenswünsche und Max Rückert die offiziellen Worte in Vertretung des Bürgermeisters beisteuern. Auch Hedi wollte ein paar Dankesworte sagen, denn erst sie hatte mit ihrer offiziellen Anfrage beim Bürgermeister vor einigen Wochen diese Bewegung in Gang gesetzt. Anreiz war eine großzügige Spende von ihr für einen Gedenkstein mit Tafel und zusätzlich ein noch unbekannter Betrag für die Dorfgemeinschaft. Manch einer fand es beschämend, dass keiner Behörde und keinem Lokalpolitiker ähnliches in den letzten Jahren in den Sinn gekommen war.

Max führte den Tross an. Neben ihm schritten Hedi und Peter sowie Ludwig Birkensee den leicht ansteigenden Weg hinauf zum Berg Eben. Danach folgten Michael mit seiner Familie und die übrigen Wanderer.

Es bildete sich eine lange Schlange, denn nicht alle konnten den forschen Schritt der Vorderen halten. Oben auf der freien Fläche vor der Felshöhle angekommen wurden sie von einer großen Anzahl Besucher, die dort warteten, überrascht. Die Menschen waren bereits mit dem Auto durch das hintere Tal nach oben gefahren oder schon früher hochgewandert. An einem in den Berghang geplätteten Standplatz ragte ein Gebilde in Mannshöhe auf, das mit einem grünen Tuch abgedeckt war. Ganz in der Nähe erblickte Michael nun Frau Birkensee und ihre Tochter im Rollstuhl. Der Pater wartete schon und legte sich gerade das Ornat an.

Die Menschen drängten sich näher an den abgedeckten Gegenstand heran und kurz darauf eröffnete Max die Zeremonie mit einer kurzen Gedenkrede – gespickt mit Grüßen seiner politischen Kollegen von Stadt, Gemeinde und Kreis. Dann zeigte er mit einer Hand zum Felsenhang, der sich hinter dem grünen Gebilde auftat. „Dort war früher der Eingang zu einer Felshöhle, in der der amerikanische Pilot Edward Richmond von den zwei Birkensees versteckt gehalten wurde. Eine bewundernswerte Tat von Günter und Gerhard Birkensee, die wir heute, siebzig Jahre später, würdigen wollen. Und weil hier oben die ehrenvolle Tat stattfand, haben wir diesen Platz für den Gedenkstein auserkoren."

Nun wurde Helena mit dem Rollstuhl herangefahren, und sie, die Urenkelin des alten Köhlers, zog mit einem Ruck das grüne Tuch beiseite. Damit war der Gedenkstein offiziell freigegeben. Es war ein heller Steinobelisk mit einer eingefassten, rechteckigen Bronzetafel in der Mitte. Am oberen Ende des Steins war ein schwarzes Relief mit einem dampfenden Meiler und zwei Figuren eingraviert worden.

Auf der Schulter einer Figur erkannte man eine Erhebung. „Diese stellt den Raben des Köhlers dar, der den verletzten Piloten damals entdeckt hat", erklärte Max. „Der eingravierte Text in der Tafel wird viele Wanderer in den nächsten Jahren über die Wohltaten der Birkensees aufklären."

Die umstehenden Besucher applaudierten, und Max musste mehrmals um Ruhe bitten, um den Text auf der Bronzetafel vorzulesen:

An diesem Ort wurde der verletzte US-Pilot Edward Richmond aus Atlanta/USA in den letzten Kriegstagen des 2. Weltkriegs im Mai 1945 von den mutigen Bürgern Günter Birkensee und seinem Sohn Gerhard gefunden, gepflegt und verborgen. Sie schützten ihn vor den Rächern der SS und retteten ihm somit das Leben. Sie setzten ihr eigenes Leben aufs Spiel und gaben der Menschlichkeit trotz des grausamen Kriegs ein Gesicht.

In Dankbarkeit für die heldenhaften Taten dieser zwei Männer verneigen sich

Hedi Richmond, Peter Baker-Richmond und die ganze Familie Richmond aus den USA.

Wieder füllte ungewohnter Applaus die sonst so ruhige Stille des hohen Buchenwalds. Dieses Mal störte sich ein Eichelhäher Paar daran, das nun kräftig antwortete und den übrigen Waldbewohnern eine krächzende Warnung zuschrie.

Im Anschluss begann der Pater mit einer pastoralen Rede und lobte die guten Taten der zwei Birkensees. Als Gleichnis fand er eine Parallele zu der Heilung von Lazarus im Johannes Evangelium, was Michael für etwas deplatziert hielt. Auch nach der Rede des Paters wurde geklatscht, und ein Messdiener in weißem Überrock reichte ihm den Weihwasserstab. Kurz darauf war der Obelisk mit geweihtem Wasser benetzt.

Nun trat Hedi neben die Bronzetafel. Peter stellte sich neben sie. Ihre große Statur, ihr sonnengebräuntes Gesicht und die schulterlangen grauen Haare zeigten eine Dame von Welt. Ihre Kleidung, die leicht herabfallende, graue Hose, darüber ein roter Overall und rote Wanderschuhe, verliehen ihr eine wohlwollende Aura. Ihr langes Haar wurde ihr mehrfach vom Wind leicht ins Gesicht geweht, das sie jedes Mal sacht zurückwischte. Sie blickte sich ganz in Ruhe um, und Michael spürte, wie sie versuchte, so viele Besucher wie möglich mit ihrem Augenkontakt zu begrüßen und auf sich zu fixieren. Langsam begann sie ihre Ansprache an die Umstehenden.

„Liebe Bürgerinnen und Bürger aus Hundesossen, ohne die mutigen Birkensees stände ich mit meinem Bruder Peter heute nicht hier, und die Richmonds hätten damals ihren Stammhalter, unseren Vater, verloren. Dafür möchte ich mich im Nachhinein bei Günter und Gerhard Birkensee, in Vertretung Ludwig Birkensee mit seiner Familie, hier und heute bedanken.“

Wieder Applaus, und die Eichelhäher schrien wieder ihren Warnruf durch die Baumkronen des Waldes.

„Wie ihr vielleicht wisst, habe ich mütterlicherseits auch Wurzeln in Hundesossen. Hier bin ich geboren, habe zwanzig Jahre hier gelebt und bin schließlich damals vor fünfzig Jahren fortgegangen, aber vergessen habe ich euch nie. Mit der Offenlegung dieses Gedenksteins möchte ich also auch dem Dorf Hundesossen danken, weil es so mutige Bürger in seiner Mitte hervorgebracht hat, die sich der damaligen Willkür der Nazis widersetzt haben. Ein Dank gilt auch Udo Steinmett, der den Gedenkstein entworfen und künstlerisch gestaltet hat.“

Die Geschwister reihten sich wieder in die Menge ein, und wieder brandete Applaus auf.

Langsam löste sich die versammelte Menschenmenge auf. Die meisten gingen dabei noch etwas näher am Gedenkstein vorbei, um die noch golden glänzende Bronzetafel und das Relief aus der Nähe zu betrachten. Bald würde sie von der Witterung mit Patina überzogen sein, die die Botschaft über zwei aufrechte Söhne des Dorfs jedoch nicht überdecken würde.

Dann zogen sie wieder talwärts, die meisten zu Fuß, einige gingen zu den weit hinten geparkten Autos. Bald war die für die Eichelhäher gewohnte Stille im Buchenwald wieder eingekehrt.

Nur Hedi, Peter und Michael blieben etwas weiter unten am Bach stehen. Sarah ging mit Markus und Hanna schon etwas vor, doch Michael hielt Hedi und Peter fest. Er zeigte nach hinten auf ein kleines Plateau. „Dort, seht ihr die waagerechte Stelle im Wald? Dort war der Meilerplatz der Birkensees, wo sie jahrelang Holzkohle gebrannt haben. Und dort hinten in einer hohen Buche, die damals vor siebzig Jahren genau so groß war wie diese hier, ist euer Vater hineingestürzt. Ihr kennt ja die Geschichte.“

Alle blickten hinüber zu den grün-grauen Stämmen des Waldes und dann herauf in die Baumwipfel, die sich mindestens fünfzehn bis zwanzig Meter in den blauen Himmel drängten.

Dann zeigte Michael in die Richtung des Gedenksteins.

„Ich war damals fast achtzehn Jahre alt, als es geschah, und kurz vorher warst du, Hedi, verschwunden ...“.

Hedi lachte und zog die Stirn kraus.

„Damals haben wir von hier aus eine neue Wasserleitung bis ins Dorf gegraben. Alle Männer aus dem Dorf mussten helfen. Dabei entdeckten wir Kinder dort oben die Höhle, und in der Höhle war die Flaschenpost eures Vaters versteckt. Die führte uns zu dem Grab des Mannes dort drüben, der deine Mutter angegriffen hatte."

„Sag es ruhig, Michael, sie wurde hier von zwei Männern vergewaltigt."

Hedi war vor Michael getreten. „Und mein Vater, der Ärmste, musste es verzweifelt mit ansehen und konnte nicht helfen, weil er sich selbst nicht verraten durfte. Doch als der zweite Mann noch einmal zurückkam, hat er es nicht mehr ausgehalten und hat trotz seines gebrochenen Beins eingegriffen, mit seiner Holzkrücke, die ihm Birkensee gebastelt hatte. Er hat es uns mehrere Male erzählt, im Kreis unserer Familie. Der Vergewaltiger ist gestürzt und hat seine gerechte Strafe bekommen. Er fiel mit dem Kopf auf einen Stein und war tot. Es war ein Unfall, ja es war ein Unfall."

Bei ihrer Schilderung war sie ganz ruhig geblieben, Peter stand schweigend daneben. Michael nickte mehrmals zustimmend. „Ja. Dort hinten haben Birkensee und euer Vater ihn begraben. Wir Kinder haben später das Grab gefunden, wegen dem Hinweis in der Flaschenpost." Alle schauten in die gleiche Richtung.

„Und hier auf dem Platz hat deine Mutter damals immer die Ziegen zum Fressen hingeleitet. Heute ist der

Platz mit Büschen bewachsen, aber damals war das eine wilde Waldwiese."

„Ja, dort hat meine Mutter zufällig meinen Vater entdeckt, und dort bin ich gezeugt worden, auf dieser Wiese. Mein Vater hat mir das alles erzählt."

Michael nahm ihre Hand und überbrückte so die etwas peinliche Ruhepause.

Dann nahm er sie in den Arm und sagte: „Und das ist auch gut so. Es ist schön, dass es dich gibt, Hedi. Aber als ich zwanzig Jahre später den Toten dort oben entdeckt habe, hat mich das zu Tode erschreckt. Du warst ja Ende der 60er plötzlich verschwunden, und keiner wusste, wo du geblieben warst. Als wir damals beim Bau der Wasserleitung den vergrabenen Toten entdeckten, hatte ich Angst, weil ich glaubte, du seist dort begraben. Ich glaube, ich war damals ein bisschen verliebt in dich."

Die überraschte Hedi lehnte ihren Kopf an Michaels Schulter, dann blickte sie auf, streichelte seine Wangen, und er küsste sie auf den Mund.

„Wow", begann Peter, der sich bisher zurückgehalten hatte. Da müsse ja was zwischen den beiden gewesen sein, denn der Kuss sei ein deutliches Zeichen. Er komme aber fünfzig Jahre zu spät.

„Es ist nie zu spät", meinte Hedi und hakte sich bei Michael ein.

Lachend gingen sie los und schlossen wieder zu Sarah und den Kindern auf. Bald erreichten sie den Dorfrand und kamen an Hegners Hof vorbei.

„Opa, schau da! Da ist Paula! Wir haben sie vor zwei Tagen schon mal besucht.“

Hanna kam auf Michael zugelaufen und zeigte ganz aufgeregt auf den Scheunenvorplatz. „Mama, können wir sie streicheln?“ Hanna riss nun an Opas Hand. Zuerst wusste er gar nicht, was sie meinte.

Da stieß Hedi plötzlich einen spitzen Schrei aus. „Das ist ja ein Wildschwein“, rief sie und zeigte herunter auf Hegners Hof. Michael und Peter sahen es jetzt auch, ein riesengroßes, grauschwarzes Wildschwein, das gemütlich über den Hof trabte.

„Das ist Paula, ein zahmes Wildschwein“, erklärte Markus, „ich habe sie schon oft gestreichelt. Der Förster hat es vor zwei Jahren allein im Wald gefunden. Die Mutter hatte es verlassen oder sie war fortgelaufen. Da hat der Förster es mitgenommen und hier abgegeben. Die Hegners haben es mit einer Milchflasche gefüttert und aufgezogen. Es ist zahm wie ein Hausschwein und nicht gefährlich, ein richtiges Haustier eben.“

Sie kamen nun am Hof vorbei, setzten sich am Wegrand auf eine Bank und beobachteten die Wildsau Paula, die jedoch bald wieder hinter der Scheune verschwand.

„Kinder, kommt mit! Wir gehen schon einmal vor. Wir müssen noch die Koffer packen. Morgen geht's wieder nach Hause, unsere Ferien sind leider vorbei."

„Nein, ich bleibe noch ein bisschen hier bei Opa", widersetzte sich Markus seiner Mutter.

Sarah zog Hanna mit, und sie verschwanden auf der Dorfstraße. Michael und sein Enkelsohn hingegen blieben mit Peter und Hedi sitzen.

Da wandte sich Peter an Michael. Er habe sein Buch gelesen, und darin habe er vom Fußball im Dorf berichtet. Ringsum seien aber nur steile Hänge und keine flachen Rasenflächen. Er wollte wissen, wo Michael eigentlich gespielt habe.

„Entweder unten auf der Dorfstraße, aber viel lieber hier auf Hegners Hof. Das Scheunentor dort in grüner Farbe war damals ein Schiebetor mit dunkelrotem Anstrich. Das war unser Tor. Und der Hof, der damals noch nicht gepflastert, sondern ein staubiger Sandplatz war, das war unser Fußballfeld."

Peter schüttelte nur mit dem Kopf.

„Und dort hinten, seht ihr die Miste, wo der Kuhmist aus dem Stall zwischengelagert wird? Dort an der Seite stand etwas sehr Interessantes, was es heute nicht mehr gibt. Hedi, weißt du noch, was dort stand?"

Michael zeigte mit der Hand auf die Stelle und Hedi nickte.

„Dort stand das Toilettenhäuschen, ein Plumpsklo“, antwortete Hedi. „Eine Außentoilette ohne Wasseranschluss. Eine Holzhütte, die man von innen mit einem Holzpflock verriegeln konnte. Ich weiß es noch ganz genau, Michael. Drinnen eine Holzbank oder besser gesagt ein breiter Holzstuhl mit einem runden Loch auf der Sitzfläche, das mit einem runden Holzdeckel verdeckt wurde. Wenn man sein Geschäft machen wollte, legte man den Deckel an die Seite, setzte sich, und das Ergebnis fiel sofort vor die Miste. Neben dem Stuhl lag geschnittenes Zeitungspapier für die anschließende Beseitigung. So sahen unsere sanitären Errungenschaften in den fünfziger Jahren aus.“

„Ja, man kann es sich gar nicht mehr vorstellen“, meinte Michael grinsend. „Die meisten Häuser hatten solch ein Plumpsklo.“

„Ach, da fällt mir in diesem Zusammenhang etwas ein“, meinte Michael. „Du sprachst von einem breiten Holzstuhl im Toilettenhäuschen. Weißt du, warum das Ergebnis einer Toilettensitzung Stuhlgang heißt? Entschuldigt das Thema, ihr wisst, was ich meine? Wisst ihr, dass der Stuhl vor zirka zweitausend Jahren erfunden wurde? Und wisst ihr, dass das Wort Stuhlgang von dieser Erfindung abgeleitet wurde? Ein findiger Mann hat damals ein rundes Loch in seinen Stuhl geschnitten, und so ist die Toilette erfunden worden.“

„Du machst Witze, Opa!“, meinte Markus und kicherte vor sich hin.

„Nein, das ist wirklich wahr. Die Historie über die Erfindung des Stuhls kann ich dir erklären", behauptete sein Opa und musste ebenfalls lachen.

„Dann lass hören", meinte Hedi schmunzelnd.

„Das moderne Sitzen ist im westlichen Europa erfunden worden. Wenn du dich heute noch in anderen Weltgegenden umschaust, bei indigenen Völkern oder bei der Landbevölkerung in Afrika und Asien, dort hocken oder liegen die Menschen lieber auf dem Boden, als dass sie auf Stühlen sitzen. Hunderte Millionen Menschen essen sogar noch heute vom Boden.

Auf der Suche nach den Erfindern dieser Sitzgelegenheit stößt man logischerweise auf die Römer. Dort ließ sich erstmals cin Möbelstück nachweisen, das mit seinen vier Beinen und seiner viereckigen Sitzfläche heutigen Vorstellungen von einem Stuhl nahekommt. Bei Tisch bevorzugten sie aber bekanntlich die Liegeposition. Stühle mit Lehne, Kathedra genannt, wurden zu Machtsymbolen von Amtsträgern. Die Kathedra, der Lehrstuhl des Bischofs, wurde Symbol seiner Hoheit. Nach ihr ist auch das Haus des Bischofs, die Kathedrale, benannt, und mit dem Heiligen Stuhl ist die Kathedra des Papstes in Rom gemeint. In der frühen Neuzeit breiteten sich dann Stühle mit Lehnen auch in bürgerlichen Häusern aus. Erst im neunzehnten Jahrhundert waren sie allgegenwärtig, doch schon seit dem Mittelalter setzten sich Leute, die es sich lcisten konnten, zum Notdurft machen auf einen sogenannten

Leibstuhl mit Loch in der Sitzfläche und einem Eimer darunter. Daher stammt der Ausdruck Stuhl – für Kot. Komischerweise wird auch heute noch das gleiche Wort für das Allerheiligste, den Heiligen Stuhl in Rom und für das Allerprofanste, den Stuhlgang, benutzt."

Markus, Hedi und Peter schauten den oberschlauen Opa beeindruckt von der Seite an.

„Du könntest noch Geschichtslehrer werden!", meinte Hedi.

„Ja, das wäre doch was! Noch mal neu anfangen, Lehrer werden und den Kindern von unseren Erfahrungen berichten", lachte Michael, stand auf und zog Hedi mit sich hoch. „In einem neuen Leben. Aber dann nur mit dir!"

Er zog sie an sich und küsste sie zwei Mal, links und rechts auf die Wange.

Er stand immer noch winkend auf dem Bahnsteig und schaute dem kleiner werdenden Regionalzug hinterher. Michael konnte schon längst keinen seiner Familie mehr sehen, aber in seinen Gedanken hielt er sie so lange fest, bis die Rückleuchte des letzten Wagens hinter der leichten Biegung verschwunden war.

Es waren zwei schöne Wochen gewesen. Zumindest morgens und abends hatte er es genossen, mit den dreien zusammen zu sein. Tagsüber waren sie zwar meist ihre eigenen Wege gegangen, und die Kinder hatten Freunde gefunden, aber vom gemeinsamen Beisammensein bei Tisch konnte Michael schöne Erinnerungen von seinen zwei Enkeln und seiner Tochter mit nach Hause nehmen.

Er fuhr zurück, kaufte unterwegs noch zwei Flaschen Rotwein ein und fühlte sich auf einmal einsam, als er wieder allein in seinem Chalet saß.

Er überlegte, ob er noch zu einer kleinen Wanderung aufbrechen sollte. Nein, sagte er sich, heute Nachmittag will ich mir mal etwas Gutes gönnen und nicht auf irgendeinen Berg steigen. Zuerst wollte er im Stadtbad ein paar Runden schwimmen und anschließend seine

Muskeln kneten lassen. Direkt neben dem Bad bot eine Thailänderin ihr Handwerk an, und Edmund, der Hotelier, hatte von ihr geschwärmt. Sie habe ihm mehrmals schon gezeigt, wo er noch Muskeln habe, hatte er von den Vorzügen der zarten, aber hart arbeitenden Hände der Exotin aus Nordthailand geschwärmt.

Ebenfalls war an diesem Nachmittag die Pressekonferenz von Kommissar Hammer und seinem Chef aus Dortmund angesagt, man wollte die Gründe für den Abzug bekanntgeben. Neues wäre nicht zu erwarten, hatte Hammer ihm in der Woche zuvor gesagt, es lohne sich für Michael nicht, vorbeizukommen. Also nahm er sich nun ein paar Tage Zeit, um in Ruhe und ohne große Wanderungen und Verpflichtungen den zwei Schützenfesttagen am nächsten Wochenende entgegenzusehen.

Peter hatte sich einen Leihwagen gemietet und war mit Hedi nach Hamburg gefahren, um ein befreundetes Ehepaar aus Amerika zu treffen, die dort als Musiker ein halbes Jahr bei den Philharmonikern tätig waren. Am Wochenende wollten Hedi und Peter wieder zurück sein, um das örtliche Schützenfest mitzuerleben. Mein letztes Schützenfest, das ich mitgefeiert habe, ist schließlich über fünfzig Jahre her, hatte Hedi gesagt, und Michael wusste, dass Hedi früher eine wilde Tänzerin gewesen war. Und ich will doch mal sehen, ob du noch tanzen kannst, hatte sie ihm zugeflüstert. Also wollte er sich erholen und von der Dame aus Asien seine Beinmuskulatur für diese kommende sportliche Aufgabe lockern lassen.

„Du siehst, die Sache ist gelaufen. Wir aus dem Dorf haben nichts damit zu tun. Der Kerl wurde bestimmt von der RAF einfach dort abgelegt“. Reinhard Hanses warf Michael die Zeitung über den Frühstückstisch. „Da, du kannst es ja selbst lesen. Die wissen nicht weiter.“

Michael war an diesem Morgen wieder zum Frühstück in die Pension gegangen. Er hatte den Kühlschrank nach Sarahs Abreise noch nicht wieder aufgefüllt, und war zu faul gewesen, sich selbst ein Frühstück zuzubereiten. Michael las in Ruhe die Zeitung, während Reinhard zu seinen Tieren in den Stall gegangen war. Er verspeiste bei der Lektüre zwei Brötchen und ein Spiegelei.

Die Zeitung berichtete über die Pressekonferenz. Die Soko Backhaus hatte den Fall und die bisherigen Ermittlungsergebnisse an das BKA und den BND übergeben, die für Staatsschutz und Terrorismus zuständig sein. Weil es sich bei dem Toten zweifelsfrei um einen Italiener handelte, der sich in Deutschland mit Freunden der RAF getroffen hatte, sei der Fall Sache des Staatsschutzes. Weitere Einzelheiten könnten im Hinblick auf die andauernden Ermittlungen, auch zur

Identität des Getöteten, derzeit nicht veröffentlicht werden, zitierte die Zeitung den Chef der Mordkommission Dortmund. Die Journalisten waren mit dieser Aussage nicht zufrieden gewesen und hatten weiter nachgefragt, doch über das Tötungsdelikt, ein mögliches Motiv und den genauen Tathergang hatte die Soko keine weiteren Angaben gemacht. Weil sie es nicht wissen, urteilte Max für sich selbst. Der Zusammenhang mit dem Autobrand im Goldstein wurde mit keinem Wort erwähnt. Das alles sei durch kein Indiz bewiesen, hatte Hammer gesagt, das seien alles nur Mutmaßungen der Presse.

Er las im Bericht keine Neuigkeit und war froh, nun wie alle anderen ohne Geheimnisverrat über den Fall reden zu können. Das ungelöste Ende dieses Verbrechens würde während des Schützenfests ein großes Thema sein, über das sich alle die Mäuler zerreißen würden.

Auch Max saß an diesem Morgen an seinem Küchentisch und starrte auf den Zeitungsbericht. Er wusste es besser. Es gab einen Zusammenhang zwischen dem Autobrand und dem Toten, zumindest glaubte er das zu neunzig Prozent zu wissen. Scheiße, dachte er, wenn das BKA übernimmt, wird es harte Hunde auf die Sache loslassen. Die Gefahr hält immer noch an. Und dann dieser merkwürdige Auftritt des schwarz gekleideten Mannes im abgedunkelten VW Bus. Bei Max waren alle Warnlampen angegangen.

Gegen zehn Uhr schlenderte Michael zur Dorfmitte an Birkensees Haus vorbei bis hinunter zum Glockenturm. Dort setzte er sich auf die Bank und spürte, dass die Thailänderin am Vortag in den Oberschenkeln und an den Fersen einige schlummernde Muskeln auf Trab gebracht haben musste. Er streckte seine Beine und blickte zurück zu Birkensees, wo Helena hinter dem Küchenfenster gesessen und ihm zugewunken hatte. Dieses arme Geschöpf, wie kann man der Kleinen nur helfen, fragte sich Michael. Nur mit viel Geld!

Er stand vorsichtig auf und ging weiter Richtung Elternhaus. Die Brandstetters erwarteten ihn. Sie hatten ihn in der Woche zuvor nach einer Wanderung am Gartenzaun abgefangen und zu einer Tasse Kaffee eingeladen.

„Wenn Sie wollen, können Sie doch mal vorbeikommen und sehen, welches Schmuckstück wir aus eurem Haus gemacht haben“, hatte die Frau gesagt. „Wir haben das Bad oben so ausgebaut, dass man aus der Badewanne die Berge sieht. Und unsere offene Küche ist jetzt der Mittelpunkt des Hauses. Auch die offene Treppe ist ein Blickfang, und alle unteren Wohnräume führen zur Küche hin.“

„Ich komme gerne“, hatte Michael die Einladung angenommen und stand nun mit leichtem Herzklopfen vor der Haustüre. Er war die letzten Wochen schon öfter am Haus vorbeigekommen, bemerkte aber erst jetzt, dass die alte zweiflügelige Eichentüre durch eine neue, schmalere und modernere ersetzt worden war. Das geschieferte Vordach war dabei erhalten geblieben. Die alte Haustüre, die er tausende Male durchschritten hatte und die – wenn man beide Flügel öffnete – auch genügend Breite für Schub- oder Handkarren aufwies, war in seiner Kindheit auch der Eingang für geerntete, angekarrte Kartoffeln, Gemüse und Viehfutter gewesen.

Die Aussicht aus der Badewanne auf den gegenüberliegenden Berg war wirklich grandios. Das sah Michael auch im Stehen, ohne sich hineinlegen zu müssen. Frau Brandstetter hatte ihn vor die Badewanne geschoben, und er blickte durch ein breites Dachfenster nach draußen. Niemand im Dorf würde jemals einen Streifen nackter Haut sehen können, wenn sich Frau Brandstetter hüllenlos ins erholsame Nass begab. Sie selbst jedoch konnte über die Nachbarn hinwegsehen und auf die grünbewachsenen Hänge der gegenüberliegenden Berge blicken. Auch die Küche war eine Augenweide, in ihrem modernen Design und dem großzügigen Layout der gesamten unteren Etage.

„Das ist sehr schön, was Sie geschaffen haben“, sagte Michael und meinte es auch so, als sie die Hausbesichtigung beendet hatten. „Was Sie nur aus unserem alten Haus gemacht haben! Ich gratuliere Ihnen dazu.“

Michael schloss beim Kaffee an der Küchenbar kurz die Augen und dachte an die archaische Lebensweise und Wohneinrichtung zurück, die in diesem Haus noch vor fünfundsechzig Jahren zu finden war. Steinfußboden mit Sägemehl, offenes Herdfeuer, eine stählerne Wasserpumpe und eine mit Holzfeuer beheizte Wohnküche, in der zehn Personen aus drei Generationen mit Hund und Katze um einen großen Holztisch gelebt hatten. Heute bewohnten zwei Personen das luxuriös gestaltete Haus, denn Brandstetters hatten keine Kinder. Sie setzten sich an die Essbar, und Michael konnte von der Bar durch das Küchenfenster auf die Dorfmitte blicken. Gerade hielt ein großer schwarzer Audi vor Max' Haus. Zwei Personen in dunklen Anzügen stiegen aus. Einer davon, der Beifahrer, war Kommissar Hammer. Michael war erstaunt und blickte den zur Haustüre gehenden Männern nach, bis sie vom Haus verdeckt wurden. Was machen die da, fragte sich Michael.

„Ja, den Vorplatz wollen wir auch noch schöner gestalten", sagte nun Herr Brandstetter, der wahrscheinlich annahm, Michael würde auf dem Vorplatz nach Veränderungen suchen. Doch der blickte nur weiter herüber zum Haus von Max, wo die zwei Herren kurze Zeit später wieder zurückkamen, ins Auto stiegen und wieder losfuhren. Sie hatten wahrscheinlich geschellt, und keiner hatte geöffnet. Kein Wunder, dachte Michael, Max ist Single, der arbeitet, da ist keiner zu

Hause, nur Shiva, aber die bellt nicht, wenn es schellt. Aber das müsste Hammer doch wissen! Warum besucht er ihn denn an einem Donnerstagmorgen? Geht es noch um den Anschlag am Osterfeuer? Michael drehte sich wieder zu den Brandstetters um.

„Sie müssen wissen, wir kommen aus Berlin, Berlin Mitte, gute Adresse. Aber Berlin ist eine laute Stadt, und hier ist es so ruhig und so schön ländlich. Wir sind richtig glücklich hier“, erklärte Frau Brandstetter. Ihr Mann nickte nur.

„In Berlin wohnten wir in einem großen Haus, am Hindenburgdamm, ein Haus mit zweiundzwanzig Wohneinheiten. Aber der Straßenverkehr, das war ätzend. Das Haus dort gehörte meiner Tante. Und die ist vor drei Jahren gestorben.“

Sie lächelte etwas verschmitzt und schaute ihren Mann an.

„Ja, wir haben das Haus geerbt. Aber wir wollten dort nicht mehr wohnen. Wir haben es verkauft und uns diesen Lebenstraum erfüllt.“

Dabei zeigte sie mit ihrer Hand im Kreis herum.

„Herzlichen Glückwunsch“, wiederholte Michael. „Mittlerweile sind Sie doch auch schon fast Dörfler geworden, oder?“

„Ja, wir hacken unser Holz für den Kamin schon selbst klein“, antwortete der Hausherr ganz stolz.

„Und feiern Sie auch mit beim Schützenfest am Wochenende?“

„Natürlich“, erwiderte Frau Brandstetter sofort. „Mein Mann ist schon in den Schützenverein eingetreten. Kommen Sie auch?“

„Natürlich, und ich bringe noch zwei Gäste mit. Dann sehen wir uns ja dort wieder.“

„Die zwei Amerikaner? Wissen Sie, wir waren am Sonntag auch oben am Gedenkstein. Das ist ja eine rührende Geschichte, die Sie da aufgedeckt haben.“

Bei den weiteren Themen und Diskussionen versuchte Michael den sprunghaften Gedankengängen der Hausherrin zu folgen, obwohl er fortwährend an Hammers Besuch vor Max´ Haus denken musste. Die zwei Neuhinzugezogenen kommentierten das gesamte Dorfgeschehen, aber man merkte, dass sie das Dorfleben immer noch aus der Brille von Großstädtern betrachteten.

Nach dem zweiten Kaffee bedankte sich Michael für die Besichtigung seines ehemaligen Elternhauses. Er machte sich wieder auf den Weg zur Pension und kam zwangsläufig an Max’ Haus vorbei, an dem er stehen blieb. Das renovierte Haus stand wie immer still in der Mittagssonne, kein Hund bellte, und vor dem Haus stand auch kein Auto mehr.

Das Jahresereignis in der Gemeinde rückte näher. Man erkannte das an den Vorbereitungen zur Verschönerung der Häuser, Gärten und Straßen im Nachbarort Lenne, dort, wo die Route des Schützenzugs entlangführte. Wege und Vorplätze wurden sauber gefegt, Birkenbüsche schmückten Gartenzäune, grünweiße Fähnchen zierten einige Blumenkästen und lange, mehrfarbige Fahnen flatterten bereits an den eigens für das Schützenfest aufgestellten weißen Masten. Aber auch in Hundesossen waren die Zeichen auf Festtagsstimmung gestellt. Bei Hegners und bei Hanses schmückten bereits am Freitag kleine Fähnchen den Vorgarten, und jeweils eine Fahne war am weißen Mast aufgezogen worden. Denn Hegners Carsten war im letzten Jahr Schützenkönig und Hanses Gisela Königin gewesen, und der Fahnenschmuck sollte in diesem Jahr noch an das Fest im Vorjahr erinnern.

Die einleitende Veranstaltung des Schützenfests war seither das Ausschießen des Schützenkönigs und seines Vizekönigs an der Vogelstange, einem kleinen Festplatz oberhalb des Lennetals an einem Berghang gelegen, wo samstags der Vogel von einer Stange geschossen wurde – meist ein lustiger, lärmender Festauftakt in der Natur mit viel Bier, Schnaps und heißen Würstchen.

Michael, Hedi und Peter wollten sich an der Vogelstange treffen. Michael startete zu einem Fußmarsch dorthin, er war etwas zu spät und nahm den Weg am Berghang entlang. Von weitem hörte er schon die Schüsse, die auf den prachtvoll geschnitzten und hergerichteten Vogel aus Holz und Pappflügeln abgegeben wurden. Als er über den Höhenweg an der Vogelstange ankam, konnte er sich das Treiben von oben anschauen.

In Gruppen hatten sich Schützenbrüder und viele Besucher auf dem Festplatz zusammengefunden, hielten ihre Getränke in der Hand und schauten stehend dem Schießwettbewerb zu oder unterhielten sich und lachten miteinander. Weiß gekleidete Damen und Herren hinter zwei Biertheken und einem Grilltisch sorgten für das leibliche Wohl. Mehr als zweihundert Besucher bildeten mit den in Grünweiß gekleideten Schützenbrüdern eine bunte Mischung von feiernden Menschengruppen. Auch die beiden Amerikaner waren bereits freundlich bei einer lustigen Gruppe aufgenommen worden, denn Hedi und Peter lachten und scherzten gerade mit einem Mann in grünweißer Uniform, ein Vereinsoffizier mit einem goldenen Säbel an der Seite. Michael erblickte auch eine Gruppe um Carsten Hegner. Der Schützenkönig des Vorjahrs hatte noch seine schwere Königskette um den Hals gehängt, die ihm fast bis zu den Knien reichte. Er würde sie bald los sein, denn die Schüsse aus dem Kleinkalibergewehr hatten den Vogel bereits ziemlich lädiert. Ganz in der Nähe sah und hörte Michael auch den Bauunternehmer Siepe. Er stand mit einer Männergruppe zusammen, die ihn anschaute und zuhörte, denn das Wort führte nur er. Etwas abseits entging Michaels Blick auch Max nicht, der mit Schützenmütze neben ein paar jungen Leuten unter einer hohen Eiche stand, ein Glas Bier in der Hand. Der schaute nun hinauf und erkannte ihn, Max hob die Hand zum Gruß und prostete ihm zu. Michael ging auf ihn zu.

„Alles im grünen Bereich?“, fragte Michael salopp.

„Ja, alles ok, im wahrsten Sinne des Wortes. Darf ich vorstellen, ein paar Kollegen von *Bündnis 90 – die Grünen* aus dem Nachbarort, Parteifreunde sozusagen.“

Michael begrüßte die Frau und die drei Männer mit einem Hallo und bekam sofort ein Glas Bier gereicht.

„Keine Lust, Schützenkönig zu werden?“, fragte Michael. Die Umstehenden lachten und munterten Max ebenfalls auf, doch mal auf den Vogel zu schießen.

„Nein, danke“, meinte Max, „kein Bedarf. Lassen wir das mal lieber andere machen.“

Je länger es dauerte, desto lauter und fröhlicher wurde es im Umfeld. Michael sah, wie sich Hedi und Peter köstlich amüsierten. Sie hatten wahrscheinlich alte Bekannte wiedergetroffen oder Gleichgesinnte kennengelernt, weshalb er bei der Gruppe der Grünen stehen blieb, um die Amerikaner nicht zu stören.

Plötzlich rempelte ihn jemand von hinten an. Eine Gruppe Männer drängte in ihre Richtung, und mittendrin brüllte ein Mann Unverständliches. Es war Anton Siepe, der seinen Körper von zirka hundertzwanzig Kilo nun vor Max aufbaute. Michael stand neben ihm und ahnte Schlimmes, denn Anton schien stark alkoholisiert zu sein. Mit seinen rot unterlaufenen Augen stierte er die jungen Männer nacheinander an.

„Na, was macht ihr hier?“, brüllte er Max und die Umstehenden an. „Wieso seid ihr hier auf dem Schützenfest? Verstößt das nicht auch gegen eure grünen Öko-Gebote? So viele Menschen an einem Fleck, die Bier trinken und herumhecheln, da steigt der CO_2-Ausstoß doch ins Unermessliche! Und dann die Knallerei! Mäuse, Hasen und Vögel erschrecken sich doch zu Tode beim Vogelschießen. Wollt ihr denn nicht endlich auch Schützenfeste verbieten? Das Volksfest ist doch schadhaft für euer Klima.“

Er lachte laut los, einige aus seiner Clique taten es ihm nach und höhnten mit ähnlichen Worten weiter. Da trat eine schwarzhaarige Frau in einem freizügigen roten Kleid von hinten an Anton heran und zog ihn weg. „Lass das“, sagte sie, „wir wollten doch friedlich zusammen feiern, lass gut sein.“

Sie zog den Koloss von der Gruppe um Max weg. Anton wehrte sich nicht und ließ sich anscheinend gerne von der schwarzen Schönheit wegziehen, doch von weit hinten brüllte er noch letzte unflätige Worte herüber. „Du wirst es noch bereuen“, war das Letzte, was man deutlich verstand. Danach war er mit seiner Freundin bei einer anderen Gruppe verschwunden. Max, Michael und der Rest der Gruppe standen immer noch erschrocken beieinander. Zwei Männer aus Antons Gefolgschaft waren stehen geblieben und fingen nun in gemäßigtem Ton an, mit den Grünen und Max zu diskutieren.

Michael ging nun zu Hedi herüber, begrüßte sie kurz, wollte sie aber nicht weiter stören, denn sie hatte zwei ehemalige Schulkameraden aus dem Nachbarort getroffen. Er wandte sich wieder Max und den jungen Leuten zu, die nun über den Klimawandel redeten, diesmal ohne Emotionen und Beleidigungen. Michel hörte etwas abseitsstehend mit, wie der Wortführer aus Antons Gruppe seine Thesen vortrug.

„Genauso ist es“, sagte er gerade. „Sicher wird es etwas wärmer, aber ob das global gesehen wirklich so verheerende Auswirkungen hat wie immer postuliert wird, ist mehr als fraglich. Bisher sieht es absolut nicht danach aus. Es gab schon wesentlich wärmere Phasen in der Erdgeschichte und da wurde der Planet auch nicht zur Klimahölle.“

Sein Nachbar warf ein: „Das Problem ist auch, dass diverse Institute, Klimatologen und Wissenschaftler von der Klimaforschung und ihren apokalyptischen Prognosen leben. Sie werden von linken NGOs oder sogar vom Staat bezahlt. Wenn sie auf einmal sagen würden, keep calm, alles halb so wild, ist nicht so schlimm, dann würden sie sich ja ihre eigene Legitimation entziehen, denn die Eliten der Welt haben beschlossen, dass der Klimawandel von Menschen herrührt. Wer bezahlt schon für irrelevante oder positive Prognosen?"

Ein Freund von Max warf ein: „Sicher gibt es einige Meteorologen, die anders denken, ja, die querschießen und sich der Masse der Wissenschaftler in den Weg stellen, aber das ist nur eine Minderheit. Man muss doch der Mehrheit der Wissenschaftler glauben!"

„Die werden doch nicht bezahlt, wenn sie sich gegen den Strom stellen, obwohl sie beweisbare wissenschaftliche Ergebnisse bringen!"

„Glauben, glauben", rief nun jemand dazwischen. „Alles nur Glaubenssache. Wer nicht an eure Thesen glaubt, der wird verdammt ... Es ist wie im Mittelalter, als sich die Sonne noch um die Erde drehte."

Nun wurde es wieder lauter, und alle redeten durcheinander. Michael ging weg, um sich an der Theke ein neues Bier zu holen. Als er wiederkam, hatte sich die Runde wieder beruhigt und diskutierte gesittet weiter.

Interessiert hörte er zu und hatte nicht vor, sich in die Diskussionen einzumischen.

„Skandalisierung ist manchmal recht hilfreich, um Erkenntnisse zu vermitteln. Wenn jedoch der Eindruck entsteht, dass Skandalisierung Weg und Ziel zugleich ist, dann wird es unglaubwürdig“, sagte nun eine junge Dame im langen Kleid, eine Begleiterin der Grünen-Gegner. „Der menschengemachte Klimawandel wurde bereits vor Jahrzehnten als Grund für eine bevorstehende Eiszeit verkauft und nun ist er Grund für eine bevorstehende Hitzezeit? Mmmmh, was denn nun? Habt ihr geirrt, liebe Wissenschaftler?“

Ein anderer ging dazwischen, aber die Grünen kamen trotz Überzahl nicht dazu, etwas Substantielles zu entgegnen.

Max stand bisher eher hilflos dabei, doch nun brüllte er auf einmal laut dazwischen. Im gemäßigten Ton erklärte er dann: „Tatsache ist, in der Politik ist damals wie heute von der Gefahr, in der wir uns befinden, noch nichts angekommen, egal, ob das Co_2 uns tötet oder nicht. Es wird weiter abgeholzt, massiv versiegelt und die Luft zunehmend mit Holzkaminen verunreinigt. Flugzeuge verursachen unendlich viel Feinstaub, und die Schiffe verpesten die Luft mehr als alle Autos der Welt zusammen. Die Meere sind voll Plastik, aber die Globalisierung brummt. Profit siegt gegen Vernunft. Das sollte man doch wohl skandalieren! In grellen Farben, mit den Gesichtern der Verantwortlichen, nämlich den Politikern, den Wirtschaftsbossen und der Presse. Sie alle haben Dreck am Stecken, nicht nur die Autobauer."

Da ist viel Wahres dran, dachte Michael, aber auch Kritik an den Grünen versteckt sich in Max' Worten. Ja, die junge Generation kämpft um das Wohl auf ihrer Erde. Das ist auch gut so, dachte er, denn die jungen Leute werden den Erdball auch noch viel länger bewohnen als wir alten Rentner. Michael hielt sich von der streitenden Gruppe fern. Lass sie kämpfen um ihr Glück auf Erden, sagte er sich. Aber wer hatte Recht? Musste man sofort so extrem reagieren, wie es die Grünen und Öko-Aktivisten mit ihrer Forderung nach der Abschaffung von Atomkraft, Kohle, Öl und Autos taten? Und mit Abschaffung der Osterfeuer, fragte sich Michael. War das alles immer noch begründet? Er erinnerte sich noch an die Prognosen der 70-Jahre. Damals war sich die Mehrheit der zuständigen Wissenschaftler und der Medien einig, vor einer neuen Eiszeit zu stehen, weil die globalen Temperaturen zuvor gesunken waren. Die erwarteten Folgen glichen denen, die nun im Zusammenhang mit der Erderwärmung diskutiert wurden, wie ein Ei dem anderen: Unbewohnbarkeit der Erde, Extremereignisse, Hurrikane, Dürren, Fluten, Hungerkrisen und andere Katastrophen, die CIA und die UNO erwarteten Klimakriege. Auch damals machte man den Menschen verantwortlich für den sich abzeichnenden Klimawandel in die Eiszeit. Aber nun sollte es an der Erderwärmung liegen?

Zwei Schüsse kurz hintereinander, dann plötzlich Geschrei und Bravorufe – der Rest des bereits lädierten Vogels war von der Stange gefallen. Es gab einen neuen Schützenkönig.

Die Diskussion in der Gruppe wurde beendet, und alle wandten sich den kräftigen Männern zu, die nun einen jungen Mann auf ihre Schultern gehoben hatten und von dem Schießstand in die Mitte des Platzes trugen. Es brandete Beifall auf, und der Erste Offizier, der sich weiße Handschuhe angezogen hatte, befreite Carsten Hegners Schultern von der schweren Königskette. Dann legte er sie dem neuen König um.

Die Musikkapelle hatte sich wieder auf ihrem exponierten Platz am Waldrand eingeordnet und spielte einen Tusch, dann ein „Hoch soll er leben“. Danach tönte der Radetzky-Marsch durch den angrenzenden Fichtenwald.

Es gab Freibier vom neuen König, die Stimmung wurde immer ausgelassener, und Michael traf immer mehr Bekannte, die sich freuten, ihn in der Heimat wiederzusehen. Auch Hedi und Peter hatten heiteren Anschluss gefunden. Als eine Stunde später auch der Vizekönig feststand, ein Freund des neuen Königs, stieg der Alkoholkonsum weiter an. Lieder wurden angestimmt, es wurde geschunkelt, und manch einer hatte bereits leichte Schlagseite.

Als der Schützenhauptmann zum Sammeln rief, tranken die Schützen ihr letztes Bier aus, stellten sich in Reih und Glied auf und bereiteten sich auf die Rückkehr ins Dorf vor. Dort würden sie in der Schützenhalle den neuen König ehren. Manch einer würde heute nur wankend oder in Schlangenlinie den Schützenplatz erreichen.

Hedi und Peter wollten sich dem Menschenstrom anschließen, Michael hingegen wollte wieder zu Fuß zur Pension zurückgehen, um sich nach einer Ruhepause für den Schützenball frisch zu machen. Sie verabredeten sich für den Abend in der Schützenhalle.

Als sich Michael auf den Heimweg machte, stellte sich heraus, dass Hörsters Armin mit Frau und Familie Röder mit den zwei Mädchen ebenfalls den gleichen Weg ins Dorf nahmen. Zu Michaels Erstaunen folgte auch Max der Gruppe in kleinem Abstand. Seine Schützenmütze saß schief, und etwas stolpernd trat er den Heimweg an. Michael ließ sich zurückfallen und wartete auf ihn, die anderen gingen allein voran.

„Max, warum bist du nicht mehr bei den Schützen?“

„Keine Lust mehr.“

„Aber der neue König wird doch in der Schützenhalle inthronisiert!“

„Ist mir egal."

„Was ist los, Max? Ist was passiert?"

„Nein, ich mag nicht mehr, und habe auch zu viel getrunken. Außerdem habe ich mich mit meinen Parteifreunden gestritten."

Schweigend gingen sie gemeinsam weiter, aber viel langsamer als die zwei Familien vor ihnen. Max schwankte manchmal, und sein Kopf machte unkoordinierte Bewegungen, er war wirklich betrunken. Nach einer Weile hakte sich Michael bei ihm ein, und Max ließ die Unterstützung beim Gehen geschehen. Ab und zu plapperte er Unverständliches, und Michael glaubte manchmal „Ich habe Angst" zu verstehen.

Als sie auf der Höhe der Hude ankamen, leitete er den wankenden Weggenossen auf eine Holzbank. Von dort aus konnte er durch hohe Fichten auf das Wirrwarr des ungeordneten Sägewerks herunter und weiter westlich auf das kleine Dorf Hundesossen blicken. Max hatte sich auf die Bank fallen lassen und keinen Sinn für die Aussicht, stattdessen vergrub er sein Gesicht in den Händen. Dann griff er in seine Tasche und holte einen gläsernen Flachmann heraus, eine flache Wodkaflasche. Er nahm zwei Schlucke und reichte sie Michael herüber. Der lehnte ab, schaute ihn an und fragte: „Warum trinkst du so viel? Was ist los mit dir?"

„Ich stecke im Schlamassel. Anton erpresst mich."

„Wie? Womit?“, fragte Michael erstaunt.

„Kann ich dir vertrauen?“

„Wieso?“

„Bist du ein Ehrenmann? Ich muss sicher sein, dass du es niemandem erzählst. Versprichst du mir das?“

Max drehte sich zu ihm und legte ungelenk seinen Arm um Michaels Schulter, dabei fiel Max mit seinem Körper fast auf ihn drauf. Verflixt, schon wieder ein Geheimnis, dachte Michael. Eigentlich wollte ich mich entspannen und das Schützenfest feiern, und nun so etwas! Doch jemanden in der Not eine Bitte ausschlagen, dass konnte Michael nicht. Außerdem war er verwundert, dass Max ihm etwas anvertrauen wollte. Doch bei ihm hatten sich ja auch ein paar Fragen über Max angesammelt – der Anschlag auf ihn beim Osterfeuer, das Feuer auf der Weide und dann auch noch der Besuch von Hammer vor seinem Haus.

„Wenn es nichts Ungesetzliches ist. Du kannst mir vertrauen. Okay, ich will dir helfen. Aber wie kann ich das?“

„Du sollst mir nur zuhören und versprechen, keinem etwas davon zu erzählen. Ich habe doch sonst keinen ...“

Jetzt tat ihm der einsame Wolf fast leid, wie er sich mit einem leidvollen, traurigen Gesichtsausdruck an ihn wandte. Wieviel war davon dem Alkohol zuzuschreiben? Weiß er morgen noch, was er mir heute anvertraut? Er fasste den Arm von Max und drückte etwas zu.

„Max, ich verspreche dir, dass ich keinem darüber berichte, außer vielleicht meiner Frau.“

Max zögerte.

„Die kenn ich nicht. Aber okay, die muss auch in Ordnung sein, wenn sie deine Frau ist.“

Darüber lachte er sogar. Doch sofort verfinsterte sich seine Mine wieder. Michael rutschte etwas von ihm ab, als wartete er auf seine Erklärung.

„Michael, ich habe zwei Feinde und sogar noch einen Dritten, vor dem ich mich seit dieser Woche fürchte.“

Wieder nahm er einen Schluck aus dem Flachmann.

„Anton erpresst mich, weil ich ein Teil meines Hauses damals schwarz bei ihm habe bauen lassen. Er will mich zwingen, dem Bauprojekt *Hegners Höhe* zuzustimmen, obwohl das ökologisch eine Katastrophe wäre. Aber noch viel schlimmer ist meine Angst vor der RAF.“

„Die RAF?“, staunte Michael lauter, als er gewollt hatte. Das Thema war doch hochaktuell!

„Die RAF war letzten Samstag bei uns im Dorf. Sie suchen mich, kennen mich aber nicht.“

„Moment, Moment!“, unterbrach ihn Michael. „Das kann nicht wahr sein. Du? Dich suchen? Die RAF?“

„Michael, ich sage dir, hör einfach zu“, er nahm noch einen Schluck, verschluckte sich dabei und steckte die Flasche wieder ein. Nun hustete er ganz fürchterlich. Michael befürchtete, dass er sich übergeben müsste. Endlich sprach er, immer noch hustend und nach vorn geneigt, weiter. „Ich habe am Samstag eine schwarze, verdunkelte Karosse durchs Dorf fahren sehen und anonym das Autokennzeichen gemeldet. Deswegen hat mich der Kommissar Hammer diese Woche zwei Mal verhört.“

Er hustete wieder und Michael beugte sich zu ihm herunter.

„Ich war so blöd, das anonym zu machen. Den anonymen Anruf hat die Polizei natürlich sofort nachverfolgt, als sie feststellt haben, dass das Auto in Winterberg gestohlen worden war. Drinnen haben sie DNA-Spuren von zwei RAF-Mitgliedern gefunden. Kurz darauf standen sie bei mir auf der Matte. Der Kommissar wollte wissen, warum ich das anonym gemacht habe. Jetzt bin ich am Arsch. Jetzt habe ich Anton, den Kommissar und die RAF am Hals.“

Dann holte er die Wodkaflasche wieder hervor. Michael wollte sie ihm abnehmen, aber er wehrte sich heftig, nahm einen letzten großen Schluck und warf die leere Flasche im hohen Bogen in den angrenzenden Wald. Dann neigte er seinen Oberkörper langsam auf die Sitzfläche der Bank. Dort blieb er plappernd liegen. Kurz darauf war nur noch ein Röcheln zu hören. Was nun, fragte sich Michael. Er rüttelte ihn, doch er blieb liegen. Max würde den Fußweg mit ihm bis ins Dorf nicht mehr schaffen, auch wenn er ihn stützen würde.

Er war ratlos. Was sollte er jetzt mit dem schlafenden und betrunkenen Max machen? Und was sollte er von seinen wirren Informationen halten, die für ihn überhaupt keinen Sinn ergaben?

Kurz entschlossen rannte er los, hechelte aber bereits nach hundert Metern und wechselte wieder in schnelle Schrittgeschwindigkeit. Er schaffte den halben Kilometer unerkannt bis auf Hanses Hof, stieg ins Auto ein und fuhr los. Der Feldweg war Gott sei Dank gut zu befahren, und es war nicht weit. Kurz vor dem Ziel wendete er sein Auto auf einer Feldeinfahrt und fuhr rückwärts bis zur Holzbank, wo Max noch immer lag. Gut, dass ich einen Kombi habe, dachte er und klappte die hintere Türe auf. Dann breitete er eine Plastikplane aus, denn er wollte sich nicht auch noch von Max das Auto beschmutzen lassen. Man konnte nie wissen.

Max wurde trotz Schütteln nicht wach. Michael rüttelte, schubste und zog ihn hoch. Erst nach mehreren Versuchen konnte er ihn auf seine Schulter bugsieren und die paar Meter bis zum Auto schleifen. Die Füße von Max sackten immer wieder ein. Am Auto angekommen ließ er ihn hart auf die Ablagefläche fallen und schob die Beine hinterher. Dann schloss er die Hintertüre und fuhr ihn bis vor sein Haus. Auch hier setzte er sein Auto rückwärts ganz nah vor die Türe. Dieses blamable Erlebnis wollte er den vorwitzigen Nachbarinnen Hörster und Becker nicht bieten. Erst jetzt dachte er an den Haustürschlüssel, fand ihn in Max´ Hosentasche, öffnete die Türe und schleppte ihn erst einmal bis zur Tenne. Dort legte er ihn auf dem Boden ab und suchte sein Schlafzimmer. Das war im zweiten Stock, viel zu hoch für diesen besoffenen Sack, dachte er und beschloss, ihn auf eine Bettdecke im Erdgeschoss zu betten. Er nahm sie mit aus dem Schlafzimmer, legte sie auf den Dielenboden und rollte Max darauf. Den Schlüssel legte er neben ihn. Wenn er wieder nüchtern war, würde er den Weg in die höheren Etagen selbst wiederfinden.

Danach parkte er sein Auto wieder vor Hanses Scheune und atmete kräftig durch. Er war heilfroh, unbehelligt von dieser Alkoholfahrt wieder hier angekommen zu sein, denn auch sein Pegel wäre bei einer Kontrolle viel zu hoch gewesen. Seine Gedanken schweiften zu Max' wirren Aussagen. Die Angst vor Anton wegen des Schwarzgelds, vor der Polizei und der RAF. Was sollte das bedeuten? Was war mit dem schwarzen Auto im Dorf gewesen? Michael begriff nicht, was Max mit all dem zu tun hatte. Aber vielleicht wäre alles wieder okay, wenn Max seinen Rausch ausgeschlafen hatte.

Michael stieg aus und ging hoch zum Chalet. Die Dusche wartete auf ihn – und dann die Couch. Vielleicht würde sich am Abend im Schützenhaus ja alles aufklären.

Aber Max tauchte den ganzen Abend nicht wieder auf. Verständlich, dachte Michael, bei dem Zustand heute Nachmittag ist das kein Wunder.

Der Schützenball wurde vom Königspaar eröffnet. Die große, schlanke Königin hatte am späten Nachmittag auf die Schnelle noch ein grünes festliches Kleid gekauft, mit dem sie beim Königswalzer ihre herrschaftliche Eleganz versprühte. Bald war die Tanzfläche mit Paaren jeden Alters gefüllt, und beim zweiten Tanz versuchten auch Michael und Hedi gemeinsame Tanzschritte. Es klappte ganz gut. Zwar nicht mehr so wild und jugendlich wie damals vor fünfzig Jahren in ihrer letzten gemeinsamen Silvesternacht, aber sie hatten schnell ihren Gleichschritt bei Walzer, Foxtrott und Tango wiedergefunden. Ehe sich Michael versah, fand er sich mit Hedi im siebten Tanzhimmel wieder – ein Gefühl, das er mit seiner Frau Carmen nie erlebt hatte, denn die war ein Tanzmuffel.

Peter verweilte derweil an der Theke und fand immer wieder neuen Anschluss. Einmal stellte er sich in einer Tanzpause einen Mann vor, der wie Peter auch zum ersten Mal ein Schützenfest mitmachte. Er hieß Peter Engel, kam aus Köln und war Redakteur einer Vogelzeitschrift.

„Zufälle gibt´s. Wie habt ihr zwei Vogelkundler euch denn nur getroffen?“, fragte Hedi, und zu ihrem Erstaunen wollte der Redakteur morgen Hundesossen besuchen – und zwar zu Michaels Überraschung – den Taubenzüchter Armin Hörster. Denn der besitze zusammen mit einem chinesischen Investor eine sehr erfolgreiche Taubenzucht mit schnellen Fliegern, die laufend internationale Preise gewinnen würden. Darüber wolle der Redakteur in seiner Monatszeitschrift berichten. Bei seiner Reisevorbereitung habe er erfahren, dass im Dorf Schützenfest sei und sei deshalb schon einen Tag früher hergekommen, um das Sauerland auch mal von dieser Seite kennenzulernen.

„Sie sind auch Vogelkundler? Da hätten Sie heute Nachmittag zur Vogelstange kommen müssen“, meinte Michael, „denn da haben sie mehr als zweihundert Schüsse gebraucht, um einen einzigen Vogel abzuschießen.“ Alle lachten, und während die beiden gleichnamigen Vogelkundler sich wieder in spezielle Fachthemen vertieften, wusste Michael endlich, warum sich der Chinese im Dorf aufhielt und was er mit Armin zu tun hatte.

Von Siegern und schnellen Tauben hatte Hörster ihm vor zwei Wochen zwar erzählt, aber dass sie so erfolgreich waren, um Investoren aus China anzulocken, hätte er nie geahnt. Ein Investor in Sachen Tauben, das hatte er wirklich noch nie gehört. Aber Dinge gibt´s, wunderte er sich und wurde schon wieder von Hedi auf die Tanzfläche gezogen.

Nach Mitternacht bestellte Peter ein Taxi, das sie zum Gasthof bringen sollte. Michael begleitete die Geschwister nach draußen, und Peter verschwand im Taxi.

Michael führte Hedi auf die andere Seite des Taxis und öffnete ihr die Türe. „Peter Engel will noch eine Nacht länger hierbleiben, er kommt morgen Abend auch noch einmal“, sagte sie. „Es hat ihm wohl sehr gut gefallen. Also sehen wir uns hier morgen Abend alle wieder.“ „Schade, dass es bald vorbei ist“, meinte Michael.

„Was? Das Schützenfest?“, fragte sie.

„Nein, nicht nur das. Ich meinte unser Leben.“

Hedi lächelte ihn an, kam näher und gab ihm einen langen, intensiven Kuss auf den Mund. Dann hauchte sie: „Es ist nie zu spät. Und schon morgen sehen wir uns wieder.“ Dann stieg sie ins Taxi und Michael schaute hinterher, immer noch überrascht über Hedis Annäherung, obwohl sich das beim Tanzen schon angekündigt hatte.

Der große Schützenumzug durch das Dorf fand bei sommerlicher Hitze statt. Michael, Hedi und Peter standen unter einer Linde in der Nähe des Friedhofs und beobachteten den langen Zug von einer schattigen Anhöhe aus. Zwei Tambourcorps, ein Blasorchester, an die hundert Schützen und der farbenfrohe Hofstaat mit über zwanzig herausgeputzten Paaren marschierten an ihnen vorbei. Wegen der Hitze sehnten sich alle ein baldiges Ende des Umzugs herbei. Michael versuchte, Max in der Männerriege ausfindig zu machen, erkannte ihn aber nicht. Oder hatte er ihn übersehen? Er würde ihn am Abend auf seine Aussagen ansprechen, die ihm seither immer wieder durch den Kopf schwirrten.

Der Uniformzwang für die Schützen brachte beim Abmarsch in der Schützenhalle schweißnasse, weiße Hemden zu Tage. Auch die Damen des Hofstaats waren froh, sich mit ihren langen und eleganten Kleidern zu einer Erfrischung an den Königstisch begeben zu können.

Das Nachmittagskonzert des Blasorchesters ließen die drei Freunde aus und begaben sich stattdessen in ihre Pensionen, um für den Abend wieder fit zu sein.

Auch an diesem Sonntagabend tauchte Max beim Schützenball nicht auf. Michael schnappte von einigen Dorfbewohnern ein paar abfällige Bemerkungen und Vorwürfe wegen seinem Fernbleiben auf.

„Der gehört nicht in unser Dorf", sagte Friedel Röder.

„Dem ist die Nasenspitze zu hoch gewachsen", meinte Beckers Maria.

Michael machte sich bereits Sorgen, denn Max hatte von Gefahr und Angst gesprochen. Er war komplett von der Rolle gewesen, nicht nur wegen dem Alkohol. Sollte etwas dran sein an seinen Behauptungen? Schwarzgeld okay, aber die RAF? Michael konnte sich das überhaupt nicht vorstellen, ließ sich seine Unruhe jedoch nicht anmerken.

Der Abend im Schützenhaus verlief wieder sehr harmonisch, die beiden Vogelkundler standen meist an der Theke, und nach ein paar Tänzen setzten sich Hedi und Michael an den Tisch zu ihren Bekannten aus dem Dorf. Fast alle Familien waren vertreten. Einige machten sich Sorgen wegen der Gerüchte um den Toten und die RAF, andere waren in Feierlaune, und es gab viel zu lachen. Nur Carsten stand mit Anton und seiner Clique an der Theke und mied die Nachbarn sichtlich. Und was sofort auffiel, Carstens Verlobte Gisela war nicht dabei.

Alle wollten von Hedi und Michael wissen, wo sie lebten, was sie in den vergangenen Jahrzehnten gemacht hatten und was sie nun vorhatten. Röders Maria lud alle drei für den nächsten Nachmittag ein, am Glockenturm beim Festausklang der Dorfbewohner mitzumachen – eine Tradition, die in jedem Jahr ein Tag nach dem Schützenfest zelebriert wurde.

Nach Mitternacht brachen sie auf, das Schützenfest nahm ein Ende. Am wartenden Taxi kam Hedi auf Michael zu, hakte sich ein und zog ihn zur Seite ins Dunkel. Er hoffte schon, dass Hedi sich wieder so zärtlich verabschiedete wie in der Nacht zuvor, denn den ganzen Tag hatte er darüber nachgedacht. Was wäre passiert, wenn Hedi damals nicht weggelaufen wäre? Ja, er war verliebt gewesen, aber sie hatte es nicht gemerkt oder wollte seine Gefühle damals nicht erwidern. Sie zog ihn noch weiter von den Herumstehenden weg, stellte sich vor ihn und sagte: „Ich habe mir Gedanken gemacht."

Michaels Puls schlug schneller. Was kam jetzt?

„Ich habe mit Peter vereinbart, dass wir den Birkensees helfen wollen. Wegen dem Arzt in Philadelphia. Wir werden zweihundertfünfzigtausend Euro für Helenas Behandlung beisteuern, dann fehlen noch Zweihunderttausend. Michael, überleg du doch auch mal, wie wir das hinbekommen!"

Sie schmiegte sich lächelnd an ihn, gab ihm einen Kuss auf den Mund und verschwand im Taxi. Er war baff. Wieder ein richtiger Kuss! Aber wie sollte er zweihunderttausend Euro herbeizaubern?

Am anderen Morgen hatte er Kopfschmerzen, er hatte mit den Dorfnachbarn wohl etwas zu viel getrunken. Auf eine Kopfschmerztablette verzichtete er, und Alka Seltzer hatte er nicht im Reisegepäck. Stattdessen trank er in Elkes Küche fast einen ganzen Liter Milch. Nach dem Frühstück machte er einen kleinen Spaziergang durch das Dorf. Das Auto von Max stand unter dem Carport. Als er auf dem Rückweg das zweite Mal an seinem Haus vorbeikam, ging er zur Haustüre. Er schaute auf die Uhr, es war halb elf. Er schellte, aber es rührte sich nichts. Er wartete eine Weile und drückte noch einmal auf den Knopf. Max öffnete nicht oder war nicht zu Hause. Michael ging wieder zum Chalet zurück.

Jetzt machte er sich Sorgen. Max war seit drei Tagen nicht wiederaufgetaucht. Selbst den Königsball hatte er geschwänzt – eigentlich ein Fauxpas für Schützenmitglieder.

Normalerweise hatten Schützen nach ihrem Jahresfest ein paar Tage Urlaub. War Max heute am Montag vielleicht wieder zum Dienst gegangen? Aber nein, sein Auto stand vor dem Haus.

Trotzdem rief er auf dem Bauamt an.

„Herr Rückert hat heute Urlaub und ist dann zwei Tage auf einem Seminar. Er ist erst am Donnerstag wieder im Büro“, meldete die Telefonistin.

Beim Videoanruf nach New York am späten Abend erzählte Michael seiner Frau kein Wort von Max' beunruhigender Entwicklung, und auch das Tanzvergnügen und die Plänkelei mit Hedi blieb sein Geheimnis. Carmen erzählte von erfolgreichen Gesprächen während ausgedehnter Abendessen mit japanischen und australischen Kunstinvestoren, und Michael war froh, dass er nicht mitgeflogen war. Lieber betrunkene Dörfler heimbringen, als in Anzug und Krawatte Smalltalk mit Geschäftsleuten beim Abendessen halten, sagte er sich.

„Mach´s gut, ich liebe dich", sagte sie zum Abschied.

„Ich dich auch", antwortete er, musste aber an Hedi denken, als der Bildschirm dunkel wurde.

Am Montagnachmittag sahen sich die Hartgesottenen in Hundesossen wieder. Sie trafen sich vor dem Glockenturm, wo Gesslers und Röders zwei Biertischgarnituren aufgestellt hatten. Langsam versammelte sich ein Teil der Dorfgemeinschaft zum Ausklang des Schützenfests bei Bier und Grillwürstchen. Kinder tollten auf der Dorfstraße herum und Beckers Martin spielte auf seinem Akkordeon bereits ein paar Volkslieder. Als Hedi mit den zwei Männern eintraf, wollten ihr alle Platz machen, denn sie war der Ehrengast im Dorf. Einige Frauen hatten Kuchen gebacken und Kannen mit heißem Kaffee mitgebracht.

Die Familien Hanses und Hegner hatten sich entschuldigt, und Max fehlte ebenfalls, was genügend Stoff gab, um über ihre Abwesenheit zu spekulieren. Natürlich wurde auch über den Toten und die Beteiligung der RAF getratscht. Wilde Spekulationen machten die Runde, manche Frauen reagierten ängstlich. Michael versuchte, sie zu beruhigen, sie hätten hier im Dorf doch nichts zu befürchten.

Hedi erzählte gerade über Amerika, und Peter über die Vögel im Sauerland, die er damals beobachtet hatte, als Hörsters Änne ohne ihren Ehemann Armin erschien. Sie nahm sich ein Stück Kuchen und setzte sich an Peters Tisch.

„Ich möchte Sie ... ähhh ... congratulation for Aldo", meinte Peter in seiner offenen amerikanischen Art und mit seinem gebrochenen US-Deutsch. Keiner wusste so recht am Tisch, wen und was er gemeint hatte.

Änne zuckte mit dem Kopf hoch und blickte Peter an. Sie fühlte sich angesprochen und sagte schließlich: „Danke. Ja, wir können stolz auf ihn sein."

Man merkte ihr an, dass sie nicht gern darüber sprechen wollte, doch Peter hakte für alle hörbar nach, er habe mit dem Journalisten gesprochen, der Hörsters besucht habe. Der habe von der Taube Aldo und ihren Olympiasiegen geschwärmt. Er selbst habe Aldo bei seinem Besuch mit Michaels Enkel Markus letzte Woche jedoch gar nicht kennengelernt.

„Ja, er gehört uns ja auch nicht, er lebt in dem Taubenschlag von Herrn Lee", antwortete sie ganz leise, doch alle an den Tischen hatten sich den zweien zugewandt.

„Da ich kann... ähhh ... congratulate für Verkauf von Aldo an Mr. Lee from Shanghai. I want to meet Mr. Lee. Wie ... ähhh ... I heard, er ist eine, wie sagt man große Investor in pigeon racing ... ähhh ... Taubenrennen, you know."

Änne schob sich noch einmal vor Schreck ein Kuchenstück in den Mund und meinte dann schüchtern mit halbvollem Mund: „Ja, wir haben Glück mit Herrn Lee gehabt. Ich kann das ja jetzt erzählen, es wird bald eh in der Zeitung stehen. Er hat Aldo gekauft. Aldo bleibt aus Sicherheitsgründen aber bei uns in einem eigenen Taubenschlag."

Die Dorfbewohner sperrten Mund und Augen auf, denn was sie da hörten, war ganz neu für sie. Aber keiner traute sich, Änne direkte Fragen zu stellen. Zwei Kinder schrien plötzlich, weil sie beim Spielen gestürzt waren, und die Mütter liefen aufgeschreckt zu ihnen herüber. Bald gingen die Unterhaltungen an den Tischen weiter, und Beckers Martin heizte die Feierstimmung mit einem Schunkellied wieder an.

Michael saß Hedi schräg gegenüber, und ihre Blicke kreuzten sich mehrmals. Jedes Mal spürte Michael ein wonniges Gefühl in seinem Innern aufsteigen. Kann das sein? Wie in jungen Jahren ... Hedi, nun reiß dich mal zusammen und schau mich nicht so an! Schade, dass es vorbei ist, unser kurzes Leben. Aber es ist nie zu spät, hatte sie gesagt. Er fixierte einen Punkt im Tal und war eine Weile lang geistig abwesend. Da stieß ihn Peter an und riss ihn aus seinen Träumen, denn er wollte wissen, wann sie sich am nächsten Tag treffen sollten.

Kurze Zeit später entschuldigte sich Änne und ging wieder nach Hause. Michael spürte, dass sie sich nach der Offenlegung des Geheimnisses um den chinesischen Investor nicht mehr wohlgefühlt hatte. Peter und Michael hatten beim Mittagessen mit dem Redakteur Peter Engel die unglaubliche Geschichte über die Taube Aldo und den Chinesen erfahren, die bald in der Vogelzeitschrift veröffentlicht würde.

Änne war kaum verschwunden, als die ersten Fragen wegen der Tauben von Hörster und dem Chinesen auf Peter einprasselten, und er wusste gar nicht, wem er zuerst antworten sollte. Dann mischte sich Michael ein und half dabei, die Neugier der Dorfbewohner zu stillen.

Als sie zur Abenddämmerung den Glockenplatz verließen und die Nachfeier des Schützenfests beendet war, waren alle Beteiligten über den neuesten Wissensstand zu Hörsters Taube Aldo, was bald auch in der Fachzeitschrift nachzulesen sein würde, in Kenntnis gesetzt. Die Dorfbewohner hatten sich neugierig um Peter und Michael geschart und den zweien aufmerksam zugehört.

Der Täuberich Aldo war in Armins Taubenschlag und in den Hochsauerländer Lüften herangezogen und von ihm trainiert worden. Armin, der Taubenvater, war, wie alle wussten, ein verschlossener, introvertierter Mann, der mehr mit seinen Tauben sprach und kommunizierte als mit seiner Frau, seinen Kindern oder den Nachbarn. Seit zwei Jahren hatte er ein sehr starkes Tier im Stall, den Täuberich Aldo – ein hoch dekorierter Schnellflieger, der schon viele Preise bei nationalen und internationalen Langflugwettbewerben der Taubenfreunde Europas gewonnen hatte. Über all diese Höchstleistungen wusste im Dorf keiner Bescheid.

Heute bewohnte Aldo ein eigenes Taubengemach neben dem Gemeinschaftsschlag der anderen Tiere, nur für sich allein mit ein paar ausgesuchten Täubinnen. Armin ließ ihn nur selten mit den anderen Tauben im Ort fliegen – und wenn doch, dann nur in Absprache mit Herrn Lee und unter Aufsicht mit einem Fernglas. Denn der Star unter seinen hundertdreißig Seglern war sehr wertvoll. Die Berichte über Aldos Siege in den deutschen Clubnachrichten der Taubenzüchter hatten vor einem Jahr Herrn Lee aus Shanghai angezogen – den Chinesen, der in den letzten Wochen im Dorf umhergeschlichen war. Niemand, außer die Hörsters, wusste bisher, was ihn in die dörfliche Abgeschiedenheit des Hochsauerlands verschlagen hatte. Armin war seinem Ruf treu geblieben und hatte seinen Mund gehalten. Selbst als seine neue Nachbarin Elfriede Brandstetter ihn gefragt hatte, was denn der Chinese bei ihm gewollt habe, als er einmal über eine Stunde in seinem Haus geweilt hatte, war nur ein Schulterzucken seine Antwort gewesen.

„Chinesen gefällt das Taubenzüchten seit Jahrhunderten, früher für die Bereicherung der Speisekarte, heute jedoch auch immer mehr wegen der schnellen Brieftauben und den damit verbundenen Wetten. Besonders Wohlhabende geben viel Geld für diese edlen Tiere aus“, erklärte Michael Martin Becker, der das nicht glauben wollte.

So war es gekommen, dass Mr. Lee aus Shanghai die Taube Aldo für eine unbekannte Summe gekauft hatte, der Redakteur hatte eine Summe im siebenstelligen Bereich geschätzt.

„Dann ist der Armin ja Millionär“, rief Beckers Mathilde laut dazwischen und hielt sich dann den Mund zu, denn dieser Satz war ihr vor Überraschung aus dem Mund gewichen. Alle schauten Peter an, der nickte, und nun erst verstanden die meisten, dass siebenstellig mindestens eine Million bedeutete.

Frau Brandstetter, die erst vor etwas über einem Jahr aus Berlin in das Sauerländer Dorf gezogen war, verstand das nicht und meinte verwundert: „In Berlin scheißen sie die Dächer und Straßen voll, werden verfolgt, weggejagt und vergiftet, und hier verdient sich mein Nachbar eine goldene Nase an einer einzigen Taube? Die Chinesen zahlen so viel für eine Taube, wie ich und mein Mann in zehn Jahren nicht verdient haben? Dann hätte ich wohl besser in Berlin ein paar eingefangen und würde jetzt unser Dorf vergolden!“

Alle lachten. Michael erzählte weiter.

„Reiche Chinesen legen bis weit über eine Million Euro für ausgezeichnete Viel- und Langflieger aus. Auch hier in Europa kaufen sie Tauben für ihren späteren Ruhm im eigenen Land oder zur Aufzucht. Das lässt die Preise steigen, weil auch europäische Taubenliebhaber zigtausend Euro für gute Langflieger zahlen."

Welchen Betrag Armin nun erhalten hatte, blieb ein Geheimnis. Frau Brandstetter vermutete, dass selbst seine Ehefrau nicht wisse, welchen Preis er für die Taube erzielt hatte.

Peter erklärte, dass es auch Gegner dieser Taubenrennen gab. Die Sauerländer Taubenvereinigung müsste sich gegen immer mehr kämpferische Tierschützer wehren. Die propagierten, Taubenzüchter seien Tierquäler. Ihre Vorwürfe zielten dahin, dass auch Tauben während der Rennen zu Tode kämen, durch Raubvögel, elektrische Leitungen, aus Erschöpfung oder, weil sie sich manchmal auch verfliegen würden. Den Taubenhaltern ginge es nur um Leistung, Verlierer würden im Topf landen. Wenn manche Tauben wegen ihrer Desorientierung in die Tierheime kämen, würden die Besitzer ihre Rücknahme meist verweigern, weil sie im Wettkampf gescheitert seien.

Das alles galt jedoch nicht für Aldo und seinen neuen Besitzer Lee aus Shanghai. Armin hatte neben seinem Haus auf Kosten des Chinesen einen separaten Taubenschlag bauen lassen, in dem Aldo seine Nachkommenschaft mit drei leistungsstarken Täubinnen zeugen sollte. Aldo nach China zu transportieren, war Mr. Lee zu gefährlich gewesen, er hätte auf dem Transport Schaden nehmen oder sterben können. Deshalb blieb er in Hundesossen, und erst seine Nachkommen, die hoffentlich ähnliche Geschwindigkeitsgene erben würden, würden nach China transportiert, um dort an Wettbewerben teilzunehmen.

In China habe die Taubenzucht in einigen Landesteilen eine lange Tradition. Die Bevölkerung interessiere sich zunehmend für die Wettkämpfe, jährlich gäbe es bereits Tausende. Der Brieftaubenverband in China zähle bereits über vierhunderttausend Mitglieder. Doch die steigenden Preisgelder lockten auch Betrüger an. Man müsse wissen, dass in Asien und speziell in China sehr viel in Wetten investiert würde. Ein Fall habe kürzlich sogar Schlagzeilen gemacht. Zwei Züchter hätten ihre Tauben nach dem Start abgefangen, in einer Schachtel versteckt und die Wettbewerbsstrecke von zirka siebenhundert Kilometern mit einem Schnellzug zwischen Henan und Shanghai zurückgelegt. So gewannen diese zwei Tauben mit großem Vorsprung und gewannen ein Preisgeld von über hunderttausend Dollar. Die Männer wurden jedoch überführt und zu einer Gefängnisstrafe von drei Jahren verurteilt.

All das hatten Michael und Peter erfahren, als sie am Mittag mit dem Redakteur zu Mittag gegessen hatten, und nun wussten ihre Zuhörer das auch.

Seit diesem Tag schauten die Dorfbewohner mit größerer Bewunderung und manchmal auch mit Neid zum Himmel empor, wenn Armins Tauben durch die

Lüfte des Tals schossen und sich nach eleganten Landemanövern auf den Dächern des Dorfs niederließen oder sich wieder in ihrem Taubenschlag sammelten.

Das Schützenfest und die zwei Tanzabende, die geheimen Gedanken über Hedis Annäherungen und den Aufruhr um Armins Tauben und den Chinesen hatten Michael in den vergangenen Tagen von seiner ursprünglichen Sorge um Max und seine Aussagen abgelenkt. Doch nun, als er wieder allein in seinem Chalet saß, drängten sich die Aussagen von Max wegen Anton, der RAF und dem VW Bus wieder in den Vordergrund. Am Nachmittag hatte Michael noch einmal erfolglos vor seiner Haustüre gestanden.

Entschlossen nahm er sein Smartphone und wählte die private Mobilnummer von Max. Es war ihm diesmal egal, ob er seine Privatsphäre störte.

Es schellte so lange, bis die Mailbox ansprang. Sofort beendete er den Anruf und schaute lange auf die Telefonnummer im Display. Er musste den Dingen auf den Grund gehen.

Am nächsten Morgen war es trüb und regnerisch. Der Sommer legte nach Auskunft des Wetterberichts eine kleine Pause ein. Unten im Tal lag eine weiße Schicht Dunst und waberte den Fluss entlang. Oben waren die Gipfel der Berge von grauen Wolken umhangen. Michael rief Hedi an, und sie sagten ihr Treffen wegen dem schlechten Wetter ab. Den Morgen verbrachte er mit einem Buch über die Azteken Mexikos, konnte sich aber nicht konzentrieren, da ihm die offenen Fragen um Max nicht aus dem Kopf gingen. Schließlich entschloss er sich endlich dazu, seinen Plan umzusetzen und fuhr in die Stadt.

Es nieselte den ganzen Tag, und nach seiner Rückkehr blieb er im Chalet. Erst zum Abendessen ging er herunter in die Pension und setzte sich in Elkes Bauernküche. Drei vorlaute Pärchen aus Köln, die alle keinen Anstand kannten, nahmen ebenfalls ihr Essen ein. Reinhard tauchte nicht auf. Die Stimmung von Elke und Barbara war etwas angespannt, und Michael führte es auf das Benehmen der ungehobelten Gäste zurück. Er aß sehr schnell und verzichtete auf den Nachtisch, er wollte nur schnell hier raus. Als er ging, sagte er Elke, er wolle heute Abend noch in die Stadt fahren, komme aber schnell wieder. Elke griff seine Hand und drückte sie fest. Sie schaute ihn irgendwie traurig an und sagte: „Schönen Abend und pass auf dich auf!“

Michael hatte das Gefühl, dass bei ihr irgendetwas nicht stimmte. Aber bei solchen asozialen Gästen war das kein Wunder.

Es wurde dunkel, und er wartete noch etwas nervös bis elf Uhr. Dann fuhr er los. Er hatte die Wanderschuhe und seine Regenjacke angezogen, aber es hatte endlich aufgehört zu regnen. Nach wenigen hundert Metern stellte er das Auto im sichtgeschützten Hohlweg ab, stieg aus und nahm seinen Rucksack aus dem Kofferraum. Es war stockdunkel. Er holte die neue Taschenlampe heraus und steckte sie in seine Jackentasche. Dann schulterte er den Rucksack und ging los.

Als er jedoch die ersten Schritte über die Weide machte, merkte er, dass der Regen den Boden stark aufgeweicht hatte. Sofort stand er in einer matschigen Pfütze. Er nahm die Taschenlampe, schaltete sie an, und der Schein leuchtete ihm den Weg zu seinem Ziel. Zwischendurch schaltete er sie wieder aus, weil er niemanden auf sich aufmerksam machen wollte. Im Dunkeln mit einer Taschenlampe über die Felder des Sauerlands zu schleichen, hätte zumindest bei wachsamen Zeitgenossen die Fragen nach dem Warum und Wohin aufgeworfen, und das wollte er vermeiden. Er wusste nicht genau, was sein Ziel war, vertraute jedoch auf sein Erinnerungsvermögen. Als er die Weidegrenze erreicht hatte, blieb er stehen. Er drehte sich um und stellte fest, dass der Wald die Lichter des Dorfs abschirmte. Nun leuchtete er am Weiderand entlang, ging noch weiter und suchte, blieb stehen, leuchtete noch mal zurück und ging noch ein paar Schritte weiter. Dann entdeckte er das Holzgatter, hier in der Nähe musste es sein. Meter für Meter suchte er den Boden ab. Im Dunkeln waren Unebenheiten und Erdflecken nicht gut zu erkennen. Doch dann, auf der anderen Seite des Gatters entdeckte er die Stelle – verkohlte Grasbüschel und ein Rest von schwarzer Erde, Aschereste. Er leuchtete nun auch den Umkreis der Feuerstelle aus und fand die Stelle, die er suchte. Hier musste es sein.

Er nahm den Rucksack vom Rücken und holte eine Schnur, einen leeren Plastiksack und eine Tüte heraus. Den Plastiksack breitete er am Boden aus und legte die Tüte mit Inhalt daneben. Dann ging er mit der brennenden Taschenlampe zum Holzgatter. Nach zwei Versuchen fand er eine geeignete Stelle und band die Lampe mit der Schnur an der Holzlatte fest. Der Lampenschein beleuchtete die Stelle, die er nun begutachten wollte.

Er zog den nagelneuen Spaten aus der Plastiktüte, und nach ein paar Rucken hatte er den klappbaren Schaft des Geräts fixiert. Er hielt nun eine kurze Schaufel in der Hand, wie er sie damals bei der Bundeswehr kennengelernt und am Nachmittag in dem Sport- und Trekkinggeschäft in der Stadt eingekauft hatte.

Zuerst stach er das Grasstück ab, das Max bereits einmal ausgestochen hatte, hob es vorsichtig hoch und legte es auf den Plastiksack. Vorsichtig grub er tiefer und ließ die Erde neben dem Grasstück auf den Sack fallen. Nach kurzer Zeit traf er auf etwas Festes, auf Stoff oder Kunststoff. Er bückte sich und zog einen verschmutzten, verkohlten Rest eines Leinensacks mit Plastikriemen und Metallschiebern heraus. Er stand auf, ging näher zur Lampe und hielt eine Handvoll Fetzen in den Lichtkegel. Es war der Rest eines Rucksacks, eines dunkelgrauen, großen Rucksacks. Warum verbrennt und vergräbt Max einen Rucksack, wunderte er sich und legte den Fetzen ab.

Er stocherte weiter in dem Loch und traf plötzlich auf etwas Hartes, Metallenes. Wieder bückte er sich und holte eine verdreckte, schwarze Pistole heraus. Fast wäre er vor Schreck mit dem Knie in den nassen Boden geknickt, fing sich jedoch schnell wieder und hielt das Ding weit von sich. Eine Pistole, kein Revolver, so viel verstand er von Waffen, aber nicht viel mehr. Mit einem Taschentuch aus der Hosentasche entfernte er den Schmutz von Schaft und Griff. Es war eine Beretta, Kaliber 9, er konnte es deutlich im Lichtschein lesen. Erst jetzt schreckte er auf und schaute sich hektisch um. Er schaltete die Taschenlampe aus. Wenn ihn jemand beobachtet hatte! Eine Waffe. Vergraben. Max wollte etwas verbergen. Das hatte er ihm nicht zugetraut. In was für eine Räubergeschichte bin ich hier rein geraten, fragte er sich und knipste die Lampe wieder an. Nun registrierte er, dass das Magazin fehlte.

Vorsichtig stocherte er weiter im Erdloch und fand auch das fehlende Magazin. Er säuberte es und konnte erkennen, dass eine Kugel fehlte. Er schaltete die Lampe wieder aus, der verschwundene Lichtkegel brachte Dunkelheit, und er machte ein paar Schritte auf die Weide zu. Dort drehte er sich um die eigene Achse und suchte die Gegend noch einmal nach möglichen Beobachtern ab. Ringsum war es stockdunkel, niemand war zu sehen, und es war totenstill. Auch von Blicken aus dem Dorf blieben er und das Erdloch wegen der Bäume verborgen. Seine Befürchtung war unbegründet.

Schnell ging er zurück, legte Pistole, Magazin und Rucksackrest in die Tüte und steckte sie in den Rucksack. Schließlich prüfte er, ob noch weitere Überraschungen im Loch schlummerten, grub tiefer, traf aber nur noch auf felsigen Untergrund. Er schaufelte das Loch zu und deckte es mit dem Grasstück wieder ab. Schnell wickelte er den Spaten in den Plastiksack und steckte auch ihn in den Rucksack. Zum Schluss band er die Taschenlampe ab und beleuchtete zum letzten Mal sein Arbeitsfeld. Man konnte nicht erkennen, dass hier jemand gegraben hatte. Hastig schritt er zum Auto zurück. Es hatte wieder angefangen zu regnen.

Auf dem Hof angekommen, schlich er an der Pension vorbei und verschwand in seinem Chalet. Die Plastiktüte mit Inhalt hatte er im Radkasten unter dem Kofferraum seines Autos verstaut. Sofort ging er ins Bad und säuberte in der Dusche seine Schuhe und den Spaten. Dann ließ er sich auf die Couch fallen und begann, über seinen überraschenden Fund nachzudenken.

Sichtlich konsterniert stand er jedoch kurz darauf wieder auf, ging zur Küchenzeile und wollte gerade eine Flasche Rotwein öffnen, als seine Frau anrief. Sein Gespräch verlief nicht so flüssig wie bisher, und Carmen merkte, dass mit ihrem Mann etwas nicht stimmte. Er konnte ihr doch nicht per Video erklären, was er gefunden hatte! Außerdem hatte er dieses Mal keine Lust mehr auf Schilderungen und Geschichten über Kunst und eitle Kunstinvestoren. Er antwortete nur kurz und knapp auf ihre Fragen, bis Carmen das Gespräch etwas verärgert beendete. Sie riet ihm, ins Bett zu gehen und sich nach dem Schützenfest erst einmal auszuschlafen. Als ihr Bild aus New York am Bildschirm verschwunden war, schaute er noch eine Weile auf die graue Scheibe und dachte über das unerfreuliche Gespräch nach. Vielleicht hing seine heutige Unlust auch mit Hedis seltsamen Blickkontakten zusammen. Er hatte den ganzen Tag über ihr Tête-à-Tête am Tisch beim Glockenturm und ihr anlehnendes

Verhalten der letzten Tage nachgedacht. Schon am Mittag hatte er bereut, dass sie ihr geplantes Treffen abgesagt hatten.

An Schlafen war nicht zu denken. Michael schüttete sich ein Glas Wein ein und nahm den Schreibblock zur Hand. Er notierte alle Fakten über Max auf ein Blatt Papier, ordnete sie dann in Kästchen und versah sie mit Verbindungslinien. Wie konnten sie untereinander zusammenhängen? Dann googelte er, suchte nach Kombinationen und Verbindungen. Gegen ein Uhr hatte er zwar noch mehr Informationen über Anton Siepe, die 3. RAF Generation, RAF-Waffen, den Sauerländer Bankraub, die Roten Brigaden und so weiter gefunden, war, was die Lösung seiner Fragen anging, aber nicht schlauer als zuvor.

Er fing damit an, offene Fragen zu formulieren und aufzuschreiben – es kam eine ganze Liste dabei heraus. Verzweifelt suchte er nach Antworten, die er nicht fand. Er war überzeugt, die Lösung konnte ihm nur Max Rückert geben.

Gleich am nächsten Tag würde er ihn anrufen. Und wenn er ihn nicht erreichen würde, wollte er so lange an der Haustüre stehen bleiben, bis er nach Hause kam.

Am Mittwochmorgen versteckte sich die Sonne hinter einem trüben Grau, aber Michael merkte es gar nicht, denn er schlief bis nach zehn Uhr. Um diese Zeit hatten sich die dicken Wolken schon wieder verzogen und einzelne blaue Flecken wurden am Himmel sichtbar.

Er hatte sich bis um halb drei Uhr nachts am Tisch mit den neuesten Entwicklungen um Max und seinen aufregenden nächtlichen Ausflug beschäftigt und dabei eine ganze Flasche Rotwein getrunken. Als er ins Bett ging, konnte er nicht einschlafen, grübelte weiter, stand um vier noch mal kurz auf und schlief erst um fünf ein.

Am Vormittag war er noch lange nicht ausgeschlafen, stand aber trotzdem auf, um einen Joghurt zu essen und einen Kaffee zu kochen. Kaum saß er am Tisch, kreisten seine Gedanken wieder um Max. Plötzlich wurde ihm bewusst, dass er sich selbst strafbar machte, wenn er den Waffenfund nicht meldete. Er überlegte eine Weile, ob er Hammer anrufen sollte, entschied aber, dass er zuerst mit Max reden musste. Erst dann würde er entscheiden, wie er vorgehen würde.

Was war, wenn Max sich strafbar gemacht hatte? Würde er ihn anzeigen? Die Angelegenheit mit dem Schwarzgeld hatte er ja schon zugegeben, aber darüber würde Michael einfach hinwegsehen, er war schließlich kein Finanzbeamter. Aber die Pistole – die irritierte ihn maßlos. Michael hatte die Waffe erst einmal sicher versteckt.

Dann nahm er sich erneut die Fragenliste vor, las sie einmal durch und setzte sich auf die Veranda. An der frischen Luft versuchte er, logisch nachzudenken und nach einer Lösung zu suchen.

Wie könnte Antons Erpressungsversuch zu einem Mordanschlag am Osterfeuer führen? Wer würde so weit gehen?

Warum hatte Max so große Angst vor der Polizei? Wegen seines anonymen Anrufs, der zu einem Hinweis auf die RAF-Banditen geführt hatte? Doch wohl kaum!

Warum fahren RAF-Terroristen in einem abgedunkelten Auto durch Hundesossen? Klar, weil sie von dem Toten erfahren haben – er musste also mit denen in Verbindung gestanden haben!

Doch weshalb gehen sie mit dem Besuch in Hundesossen ein solches Risiko ein? Bestimmt, weil sie jemanden oder etwas suchen – aber wen bloß?

Was um Gottes Willen hatte Max mit der RAF zu tun? Sein Fund und die Pistole mussten damit zusammenhängen! Und was war im Rucksack gewesen? Hatte er dessen Inhalt verbrannt? Welches Spiel spielte Max?

Enttäuschung machte sich in Michael breit, laut atmete er aus. Den Besitz einer Pistole hatte er Max niemals zugetraut! Zu allem Übel fehlte noch eine Kugel im Magazin, aber warum?

Michael lehnte sich zurück und schaute zum Kähling hinauf, wo die Wolken verschwunden waren.

Man weiß ja nie, sinnierte Michael, brach seine Gedankenspiele ab und rief entschlossen im Bauamt an. Max war im Haus, sagte die Telefonistin. Er war also nicht auf dem Seminar. Michael wartete eine Weile, dann meldete er sich mit „Rückert".

„Ich bin´s, Michael, Michael Schneider. Wir müssen dringend reden."

Zuerst kam keine Antwort, dann schien er das Mikrofon zuzuhalten. Michael wartete ungeduldig.

„Okay", sagte er dann, „ich bin in einer Sitzung. Übermorgen, um sieben bei mir?"

„Okay, um sieben am Freitagabend."

Michael schaute auf sein Smartphone und war erleichtert, dass er ihn erreicht hatte. So schlimm kann es nicht sein, dachte er, er geht ja seiner normalen Arbeit nach.

Sofort danach rief er Hedi an. Er fuhr los und freute sich auf ein Wiedersehen mit ihr beim Mittagessen, doch vorher wollte er noch beim Büro des Sauerlandkuriers vorbei. Er hatte sich die knappe Bemerkung von Hedi zur Aufgabe gemacht und in Abstimmung mit Frau Birkensee einen kleinen Text vorbereitet, der das Schicksal von Helena Birkensee erläuterte. Darin berichtete er über die seltene Erkrankung und die mögliche Behandlungsmethode in den USA. Indirekt bat er mögliche Geldgeber, sich bei der Redaktion der Wochenzeitung zu melden. Mit dieser Aktion wollte Michael das kleine Mädchen unterstützen – und nicht zuletzt auch Hedi mit seinem Einsatz beeindrucken.

Zum Abendessen fand er sich wieder bei Elke und Barbara in der Küche ein. Die Kölner Gäste waren alle abgereist. Gott sei Dank, hatte die Seniorchefin Elke bei seiner Ankunft leise gesagt.

Reinhard und sein Schwiegersohn Günter saßen am anderen Tischende und hatten gerade zu Ende gegessen. Sie standen beide auf und gingen. Außer „Schönen Abend" war kein weiteres Wort gefallen.

Plötzlich tauchte Gisela in der Küche auf, doch ohne einen Kommentar verschwand sie sofort wieder. Elke kam herein und stellte Michael einen Teller Sülze mit dicken Gurken, einen Quark-Mayonnaise-Dip und eine dampfende Schüssel Bratkartoffeln auf den Tisch.

„Aus eigener Schlachtung“, sagte sie und meinte wohl das Fleisch in der Sülze.

„Heute ist es aber leer hier. Deine Männer verlassen fluchtartig das Lokal, und die Kölsche Kinder sind auch verschwunden. Dann musst du mich jetzt unterhalten“, lachte Michael. Doch Elke war nicht zu Späßen aufgelegt und verließ die Küche. Da saß Michael allein am Tisch und genoss die in Butter gebratenen Frühkartoffeln, die mit einer Schicht frischer Petersilie bestreut waren.

Das Essen war so mächtig, dass er einen Teil der Kartoffeln stehen lassen musste. Elke räumte ab und brachte noch einen kleinen Teller Quarkpudding, ehe sie wortlos wieder hinausging. So ganz allein hatte Michael noch nie hier gesessen. Doch nach einer Weile erschien Elke wieder und hatte zwei Glas Rotwein in der Hand. Sie stellte den Wein auf den Tisch und setzte sich zu ihm.

„Ein Glas Spätburgunder vom Buscher aus Rheinhessen für dich“, sagte sie.

„Wie komme ich zu der Ehre?“

„Muss mal ein bisschen Luft ablassen bei dir.“

„Was gibt’s?“

„Erst mal Prost.“ Sie stießen an. Michael schaute sie an und wartete.

„Seit dem Schützenfest haben wir in der Familie eine Krise zu bewältigen, Ausnahmezustand sozusagen.“

„Ach ja? Ich hatte euch schon am Montagnachmittag unten im Dorf vermisst.“

„Ja. Unsere Gisela hat sich entlobt.“

„Entlobt? Von Carsten?“

„Genau.“ Sie nahm einen großen Schluck aus ihrem Glas. Nun verstand Michael auch, warum eine solch gedrückte Stimmung in der Pension herrschte. Deshalb war Gisela bei ihren Eltern, ich habe sie doch vorhin gesehen, dachte er und wartete.

„Es war schon länger auf Messers Schneide, aber am Samstag hat Gisela endlich entschieden, Carsten zu verlassen.“

„Das tut mir leid. Aber es muss ja kein Weltuntergang sein für die Schöne! Ich habe sie gerade noch kurz gesehen.“

„Ja, sie ist hier und wartet auf den Rechtsanwalt.“

Elke verbarg ihr Gesicht in den Händen und begann zu weinen. Michael saß da und legte seine Hand auf ihre Schulter.

„Es ist so kompliziert“, weinte sie. Nun schluchzte sie ein paar Mal, dann erzählte sie stockend weiter. „Das Mädchen tut mir ja so leid, aber auf der anderen Seite bin ich froh, dass das ein Ende nimmt. Sie hätte sich ins Unglück gestürzt."

„Wieso? Was ist mit Carsten? Ich dachte, der sei ein guter Kerl."

„Es geht ja nicht nur um Carsten! Der Streit ging um das Projekt *Hegners Höhe* und die Gesellschaft, die sie mit Carsten und Anton Siepe gegründet hat. Das hat die beiden letztendlich entzweit, und Anton hat da den größten Teil zu beigetragen. Da steckt schon viel Geld drin, und es gibt Verträge, die jetzt aufgelöst werden müssen. Gisela will aussteigen, und Carsten hat nun auch entschieden, das Projekt aufzugeben. Er will alles auf null stellen, denn allein ohne Gisela könnte er das Hotel nicht führen. Aber es gibt Krach mit Anton, der ist total ausgeflippt. Wie sollte es anders sein! Er hat schon über den Rechtsanwalt Schadenersatz in Millionenhöhe gestellt ... Wir kennen uns damit überhaut nicht aus, deshalb haben auch wir einen Rechtsanwalt eingeschaltet."

„Elke, es wird nichts so heiß gegessen, wie es gekocht wird." Mehr als diese Plattitüde fiel Michael in dem Moment nicht ein.

Nun kam auch Reinhard in die Küche und setzte sich zu ihnen. Er machte ebenfalls einen niedergeschlagenen Eindruck, was Michael bei dem statthaften Bauern noch nie erlebt hatte. Er sagte, Anton sei ein Verbrecher, der schon öfter andere in den Ruin getrieben habe, Bauherren wie Handwerker. Und jetzt habe er sich Gisela und Carsten ausgesucht.

„Der schreckt vor nichts zurück", meinte er. „Auf dem Schützenfest haben sie noch zusammen Bier getrunken. Nachdem Carsten das Baugesuch gestern Morgen offiziell zurückgezogen hat, hat Anton die Hegners besucht und muss sich wie ein Berserker dort aufgeführt haben. Er wollte ihm den Hof abfackeln und hat ihm grausame Tode angedroht."

Sie diskutierten hin und her, Michael gab einige Ratschläge. Ihn beschlich das Gefühl, dass sie ihn für das vertrauliche Gespräch ausgewählt hatten, weil er kein Dorfbewohner war, trotzdem aber ein gewisses Vertrauen genoss. Zum Schluss kam ihre Tochter Gisela dazu und meldete, dass der Anwalt erst am nächsten Morgen kommen werde.

Michael verließ die Pension erst um halb zehn Richtung Chalet und dachte sofort wieder an Max. Als Bauamtsleiter würde er vom Ende des Projekts *Hegners Höhe* als Erster erfahren haben, und nicht unglücklich darüber sein. Denn Carsten hatte Antons Erpressungsversuchen mit seiner Entscheidung den Boden entzogen.

Michael setzte sich noch mit einem Glas Wein vor sein Chalet und beschloss, früh zu Bett zu gehen, da er am nächsten Tag mit Hedi einen Stadtbummel machen wollte. Peter wollte morgen im Sorpetal einen

Fischzuchtbetrieb besuchen. Und dann hatte er am Freitagabend einen Termin mit Max. Dafür musste er fit sein.

Bevor er einschlief, dämmerte er dahin und fragte sich, was aus Hundesossen geworden war. Chinesische Investoren, mysteriöse Todesfälle, Morddrohungen, Erpressung, Betrug und Waffenfunde ... Statt in ländlicher Ruhe zu weilen, ist das Dorf in Aufruhr geraten.

Michael war auf dem Weg zu Max, als ihm Beckers Maria entgegenkam und sich umsah, als suche sie etwas.

„Michael, hast du unseren Dominik gesehen?", fragte sie ihn und ging an ihm vorbei. Michael hob nur nichtwissend seine Hände und fragte dann hinterher: „Wie alt ist er denn?"

„Er wird nächste Woche fünf. Der Schlingel ist schon seit drei Stunden weg, aber meist ist er beim Pferdestall von Lindners oder im Garten von Gesslers. Ich muss ihn mal suchen", rief sie ihm zurück. Schon war sie über den Bachsteg verschwunden.

Da ist sie noch, dachte Michael, die Freiheit der Kinder, wie ich sie von früher kenne. Im Dorf verlor man nichts, schon gar nicht die Kinder, da passte jeder aufeinander auf. Manche Mutter in der Stadt würde neidisch sein, wenn sie sähe, wie die Kinder hier noch aufwachsen. Etwas abgelenkt von seiner Mission ging Michael weiter,

Die Haustüre stand offen, und Max kam ihm bereits auf der Diele entgegen. Er hatte ihn erwartet. Und Shiva wartete hinter ihm.

Das milde Wetter lud zwar zu einem Aufenthalt draußen im Garten ein, doch Max bat ihn ins Haus – zu heikel war das, was die beiden zu besprechen hatten. Mithörer, die es im Dorf zur Genüge gab, konnten sie nicht gebrauchen. Das wusste auch Max, als er seinen Gast hinauf in seinen offenen Wohnbereich führte. Die Stimmung war eine ganz andere, als bei den Besuchen zuvor, denn statt in die gemütlichen Sessel lenkte er ihn zum Esstisch. Etwas nervös setzte sich Michael hin, und statt eines Drinks brachte Max eine Karaffe Wasser und zwei Gläser aus der Küche. Er setzte sich gegenüber, als wolle er nun eine Verhandlung beginnen. Damit war klar, dass es nicht um Smalltalk, sondern um harte Fakten ging.

Shiva hatte sich gegenüber im Wohnraum in einen Sessel gelegt und beäugte die beiden. An so einem Hund könnte ich auch noch Gefallen finden, dachte Michael.

Nun konzentrierte er sich auf sein Gegenüber. Er hatte sich vorgenommen, hart, aber fair mit Max umzugehen und begann die Aussprache erst einmal etwas jovial.

„Wo hast du gesteckt? Die Tänzerinnen haben dich auf dem Schützenball vermisst."

Max schaute ihn nicht an, sondern fixierte seinen Blick auf das Wasserglas, das er mit beiden Händen umfasst hatte.

Etwas trotzig sagte er: „Mir ist der Spaß am Feiern vergangen."

„An der Vogelstange?"

„Dort auch."

„Wegen Anton?"

„Auch wegen dem, aber auch wegen meinen Parteifreunden, ich hatte noch heftigen Streit mit denen." Dabei zog er eine seltsame Grimasse, die Michael nicht verstand.

„Michael", sagte er nun etwas vorwurfsvoll und schaute ihn mit einem ernsten Gesicht an. „Was willst du? Was willst du mit mir bereden?"

„Erinnerst du dich noch an Samstag?"

„Ja, natürlich." Er schaute wieder auf sein Glas.

„Weißt du, wer dich nach Hause geschleppt hat?"

„Ja. Ich danke dir. Entschuldigung, ich war besoffen."

„Weißt du noch, was du mir anvertraut hast?"

„Was habe ich dir anvertraut?"

Max blickte ihn nun wieder an und rieb seine Hände auf den Oberschenkeln.

„Max, du hast mich gefragt, ob du mir vertrauen kannst, und ich habe dir gesagt, dass ich dir helfen will. Warum blockst du heute wieder ab? Liegt das an Anton Siepe oder besser gesagt an Carsten Hegner, der das Baugesuch zurückgezogen hat? Hast du keine Angst mehr vor Anton?“

Nun blickte er ihn mit weiten Augen an. Wie ein aufgescheuchtes Reh, dachte Michael, und er sah, dass seine Oberschenkel auf und ab wippten. Seine Hände legte er obenauf.

„Wieso Angst?“, fragte er zurück.

„Max, du hast geweint und gekotzt. Du hast mir gesagt, du hast Angst vor Anton, der RAF und vor der Polizei.“

Das saß. Plötzlich war Max ganz ruhig, wippte nicht mehr, und es sah aus, als schaue er durch ihn hindurch. Er schwieg eine Weile.

„Max, ich will dir helfen. Glaub mir, ich weiß mehr, als du denkst. Du hast Angst, weil irgendetwas Schlimmes passiert sein muss. Am Samstag wolltest du mir alles sagen, aber dann bist du vollkommen betrunken eingeschlafen, und ich habe dich wie einen Toten nach Hause getragen.“

Beim Wort Toten zuckte er etwas und schaute Michael wieder in die Augen.

Beide schwiegen. Michael sah, wie Max seine Hände wieder um das Wasserglas legte. Er trank einen Schluck und rang mit sich selbst. Dann sagte er: „Okay, Michael, ich vertraue dir. Und ich sage dir, was los ist. Ich stehe unter starkem Druck.“

„Das glaube ich dir. Fangen wir doch mal mit Anton an. Er erpresst dich wegen Schwarzgeld, das du für deinen Umbau eingesetzt hast. Aber die Baugenehmigung zu *Hegners Höhe* ist doch jetzt vom Tisch, das kann dich doch nicht mehr belasten!“

„Nicht mehr belasten“, wiederholte er mit ironischen Unterton. „Lächerlich! Der Mann geht über Leichen. Was glaubst du denn, wer mich ins Osterfeuer gestoßen hat?“

„Weißt du es denn? Anton?“

„Ja, ich weiß es, ein treu abgerichteter Hund von Anton, ich habe ihn doch gesehen.“

„Was? Du hast es gesehen? Einen Hund? Warum hast du das nicht der Polizei erzählt?“

„Weil Anton am nächsten Tag bei mir im Krankenzimmer stand und mir gedroht hat. Wenn ich nur ein Wort gesagt hätte, hätte er sofort die Abrechnungsunterlagen von meinem Umbau ans Finanzamt schicken. Michael, ich wäre am Arsch! Ich hätte meinen Job und ich weiß nicht was verloren. Also habe ich geschwiegen.“

„Das gibt es doch nicht!“

„Doch, so ist Anton drauf. Dabei hatte ich ihm gesagt, das Geld stamme aus schwarzen Immobiliengeschäften von damals, als ich noch selbständig war. Das stimmt aber nicht, und das Finanzamt wird das überprüfen können. Da das Bauprojekt oben im Tal jetzt aber passé ist, haben wir gestern Burgfrieden geschlossen. Er hält dicht und im Gegenzug sage ich bei der Polizei nicht aus, dass es sein Sohn war am Osterfeuer."

Michael konnte es kaum fassen. Antons Sohn. Er hatte ihn an der Vogelstange gesehen. Beckers Martin hatte ihm den Juniorchef von Siepe gezeigt, als sie zusammen ein Bier getrunken hatten und Antons Clique ganz in der Nähe stand. „Der Sohnemann steht ihm in nichts nach, nicht beim Trinken und auch nicht bei seinen brutalen Geschäften", hatte Martin gesagt.

„Wenn das Schwarzgeld nicht aus Immobiliengeschäften kam, woher kam das Geld dann?"

„Das tut nichts zur Sache", wiegelte Max ab.

Doch Michael merkte, dass sein Gegenüber ihn ablenken wollte. Für Max war die Aussprache schon beendet, denn er sagte: „Damit ist mein Problem erledigt, ich habc keine Angst mehr vor ihm."

„Und was ist mit der RAF?"

Wieder versuchte Max, die Sache zu beschönigen. Er erzählte von dem VW Bus und der Meldung, die er anonym gemacht hatte. Es sei eine Dummheit gewesen. Er wisse auch nicht, warum, so etwas mache man ja manchmal, und hinterher wisse man nicht mehr, warum man in dem Moment so irrsinnig gehandelt habe.

Seine Telefonnummer habe die Polizei natürlich sofort herausgefunden. Er habe halt so ein Gefühl gehabt, dass mit dem Auto etwas nicht stimme. Dass es RAF-Leute waren, daran habe er im Traum nicht gedacht. Er habe zweimal mit Kommissar Hammer gesprochen, und nun sei alles okay.

Max war nun wieder ganz der Alte, denn er dachte wohl, er hätte das Ganze überstanden und fragte freundlich, ob Michael ein Bier mit ihm trinken wolle.

„Ja, warum nicht, aber vorher habe ich nur noch eine Frage“, sagte Michael und machte eine lange Pause. Max, der im Begriff war, zum Kühlschrank zu gehen, bereits aufgestanden war und sich mit den Armen auf dem Tisch abstützte, verharrte und wartete auf die Frage.

„Warum vergräbt man einen verbrannten Rucksack und eine Pistole?“

Abrupt ließ sich Max wieder auf den Stuhl fallen, als habe ihn ein Schuss mitten ins Herz getroffen.

„Was?“, schrie er und dann ganz leise: „Woher weißt du das?“

Er beugte sich über den Tisch, legte die Hände weit nach vorne, als wolle er Michael so erreichen, und fragte flüsternd: „Michael, warum spionierst du mir nach?“

Nun war es an Michael, seine Geschichte zu erzählen – von der langen Wanderung zum Härdler, der Pause bei der Rückkehr über den Feldern, von der zufälligen Beobachtung eines Feuers und dem geschaufelten Grab.

„Und woher weißt du, was ich vergraben habe?“, fragte Max dazwischen.

„Weil du drei Tage lang verschwunden warst und am Samstag von Angst, Gefahr und RAF gefaselt hast. Da habe ich mir Sorgen gemacht und wollte der Sache auf den Grund gehen. Du warst einfach abgetaucht! Hättest du dich normal verhalten, wäre ich gar nicht erst auf die Idee gekommen. Dann würde darüber jetzt Gras wachsen, im wahrsten Sinne des Wortes. Der Fund befindet sich jetzt an einem sicheren Ort.“

Und dann erzählte Michael von der nächtlichen Expedition und dem Fund.

Max schaute ihn während der Schilderung ungläubig an und beugte seinen Oberkörper immer tiefer. Als Michael mit seiner Erzählung geendet hatte, lag er mit dem Oberkörper fast auf dem Tisch. So, als sei er erlegt worden. Etwas ging in ihm vor, er verharrte lange in dieser Stellung. Dann richtete er sich auf und sagte: „Michael, ich weiß, dass ich dir vertrauen kann. Und ich erzähle dir alles. Du musst mir nur versprechen, dass das unter uns bleibt.“

„Das kann ich erst dann, wenn du mir die ganze Wahrheit gesagt hast."

Max blieb ruhig sitzen und sagte nach einer Weile: „Na gut, ich traue dir. Und ich glaube, du wirst mir zustimmen."

Dann sprang er auf, ging ins Wohnzimmer und brachte eine Flasche Cognac und zwei Schwenker mit. Er füllte beide Gläser, schob Michael einen herüber und trank sein Glas in einem Zug aus. Michael rührte sein Glas nicht an. Dann füllte Max seins nach. Nicht, dass er mir wieder betrunken zusammenklappt, dachte Michael. Doch dann begann er zu erzählen.

Es war vor acht Jahren, irgendwann Ende April. Max arbeitete damals noch als Angestellter auf dem Olper Bauamt und fuhr jeden Tag die weite Strecke hin und her. Es war an dem Freitag, als es in Olpe und Altenhundem jeweils einen Raubüberfall gab. Das wusste Max zu diesem Zeitpunkt aber noch nicht, als er abends gegen neun zu einer Party in den Nachbarort fuhr, zu der er eingeladen war. Doch die Leute passten ihm nicht, sie waren zu jung für ihn, und die Musikauswahl war nicht nach seinem Geschmack. Er trank ein paar Wodka Lemon und rauchte mit einer extrovertierten Puppe, die dick eingepudert und geschminkt war, zwei Joints auf dem Balkon. Als er von ihrem Geschwafel genug hatte, ging er wieder rein und trank noch mehr. Doch gegen halb zwölf hatte er genug von der Party und fuhr heim. Er wusste, dass er zu viel getrunken und geraucht hatte. Und obwohl er wusste, dass der Führerschein für ihn lebenswichtig war, setzte er sich ans Steuer. Es waren ja nur fünf Kilometer nach Hause.

Es war eine dunkle Nacht, und es kamen ihm nur wenige Autos entgegen. Er konzentrierte sich auf die weit vor ihm liegenden Straßenränder und fuhr mit aufgeblendetem Licht. Eine nächtliche Straßenkontrolle käme nun sehr ungelegen. Er müsste schon großes Pech haben, wenn gerade in dieser Nacht eine Polizeistreife in der einsamen Gegend stehen würde.

Er war schon fast zu Hause, nur noch zirka siebenhundert Meter, als er um die langgezogene Kurve des Goldsteins fuhr. Da war etwas. Ein heller Lichtschein. Rechts am Straßenrand weit vor ihm. Er ging in die Bremsen und fuhr langsam weiter, nicht zu langsam, damit er nicht auffiel. Das Licht wurde immer heller, immer größer. Und nun sah er, was es war. Ein Feuer, es war ein Auto, was Feuer gefangen hatte. Es stand auf der rechten Parkbucht, etwas abseits von der Bundesstraße. Im Lichtschein sah er zwei Männer. Langsam fuhr er an ihnen vorbei. Sein Alkoholpegel hinderte ihn daran, rechts ranzufahren, das wäre viel zu gefährlich gewesen. Plötzlich sah und hörte er eine Explosion, und die Flammen stiegen hoch bis in die

Äste der Ahornbäume, die neben dem Parkplatz standen. Er bremste leicht, fuhr aber weiter, blickte noch ein letztes Mal zurück und fuhr dann doch, wider jede Vernunft, in die linke Parkbucht der Straße hinein, blieb weit hinten stehen und schaltete sofort Licht und Motor aus.

Sofort sprang er aus dem Auto, blieb aber hinter seinem Wagen stehen. Da liefen Menschen, drei Personen hin und her. Im brennenden Auto schien keiner mehr zu sitzen. Er nahm sein Smartphone in die Hand, zögerte jedoch, 110 zu wählen. Dann sah er ein zweites Auto, etwas weiter vorne im Dunkeln, es brannte nicht, es wurde nur von dem Feuer angeleuchtet. Das hintere Auto loderte nun an allen Stellen, innen, außen, aus dem Motor- und dem Kofferraum, die bei der Explosion aufgesprengt worden waren. Es schien Max, als hätte jemand Brandverstärker über das Auto gekippt.

Dann einen Schuss, und noch ein zweiter. Zwei der drei Personen liefen in seine Richtung. Hatten sie ihn bemerkt? Max erschrak. Geistesgegenwärtig flüchtete er nach hinten in die Büsche, die direkt neben der Parkbucht an den nahen Wald grenzten. Dort bückte er sich und schaute gebannt ins Dunkel. Dann ein dritter Schuss. Die zwei Männer, es mussten Männer sein, blieben stehen und bückten sich. Jemand rief laut etwas, was er nicht verstand. Dann jaulte der Motor des zweiten Autos auf, die zwei Männer liefen gebückt zurück und sprangen in den Wagen. Kurz darauf quietschende Reifen, eine Wende auf der Straße, und das Auto fuhr mit heulendem Motor los. Es verschwand hinter dem Goldstein im Dunkeln, in die Richtung, aus der Max gekommen war.

Hockend verharrte er und starrte zum Autobrand. Von der anderen Richtung sah er kurze Zeit später ein Scheinwerferlicht auf sich zukommen. Max sprang auf, spurtete zum Auto zurück und wartete, bis das Auto, langsamer werdend, an ihm vorbeigefahren war. Dann fuhr er los, zuerst ohne Licht, das schaltete er erst auf der Straße ein. Nein, ich darf nicht warten oder die Polizei anrufen, sagte er sich und gab Gas.

Als er die letzte Kurve vor dem Dorf erreichte, sah er weit vorne einen Schatten, der gerade über einen Zaun stieg. Erschrocken bremste er wieder ab und sah noch, wie ein Mann über die kleine Wiese hin zu Lindners Hof humpelte und hinter dem kleinen Backhaus verschwand. Mit Herzklopfen fuhr er nach Hause, setzte das Auto in die Garage und schlich sich durch das Dorf zurück bis zur Bundesstraße. Selbst von hier aus konnte er den hellen Schein des Autobrands im Goldstein sehen. Dann vernahm er den Klang von Sirenen, der immer näherkam. Er stellte sich hinter die Linde am Straßenrand und wartete, bis das Polizeiauto vorbei war. Als er wenige Minuten später weitere Sirenen hörte, verschwand er wieder aus dem Dunkeln und schlich über den Bachweg bis nach Hause.

„Dann hast du also den Mann gesehen, der im Backhaus gefunden wurde?“, folgerte Michael.

Max nickte und sagte. „Wahrscheinlich“ und schüttete sich noch einen Cognac ein. Michael schob seinen noch etwas weiter weg.

„Ja, aber das habe ich auch erst acht Jahre später erfahren. Der Mann muss damals schon verletzt gewesen sein. Am anderen Morgen um sechs in der Früh startete ich zu einer Joggingtour. Damals lief ich noch zwei- bis dreimal die Woche, heute überhaupt nicht mehr“, fuhr Max seine Erzählung fort.

„Auf jeden Fall, ich weiß nicht, was es war, und ich habe darüber in den Jahren danach tausendmal nachgedacht. War es Karma, Vorsehung oder nur einfacher Vorwitz? Damals lief ich verschiedene Strecken, meist drei bis vier Kilometer, meistens die Burbecke hinauf und herunter. Eine andere Strecke führte über Lindners Hof hinunter zum Goldstein. An dem Morgen wollte ich eigentlich dort unten vorbeischauen, was aus dem Brand geworden war. Aber als ich am Backhaus vorbeikam, dachte ich an die Gestalt in der Nacht, lenkte meine Tour links ab und stieg das kleine Ufer hinunter. Irgendetwas zog mich magnetisch an. Wie ein Reh sprang ich durch die taunasse Wiese, und als ich am Backhaus ankam, waren meine Turnschuhe pitschnass. Ich ging an der hinteren Wand vorbei und schaute durch das Fenster. Es war milchig, und man konnte vor lauter Staub und Dreck nicht mehr hindurchschauen. Ich ging weiter und trat an die alte, hölzerne Eingangstür. Komischerweise klopfte ich an, ich erinnere mich noch ganz genau. Dann rief ich Hallo. Es blieb still. Ich wollte schon wieder umkehren und weiterlaufen, machte dann aber doch einen Schritt zurück und drückte die uralte Klinke herunter. Die Türe ließ sich leicht öffnen, sie knarrte nur ein wenig, und ich öffnete sie einen Spalt. Hallo, rief ich noch einmal, als würde dort jemand wohnen. Wieder Stille, und ich öffnete sie weiter, steckte meinen Kopf durch den Spalt und sah nur Gerümpel. Es war zwar noch dunkel, aber ich erkannte alte Möbel, Fensterrahmen, Kisten, Koffer und eine Leiter, die nach oben auf den Dachboden führte – und das alles war voller Staub, Spinnenweben und Dreck. Nur links auf einer alten Truhe stand ein moderner, schwarzer Rucksack, prall gefüllt. Ich stutzte. Ich rief noch einmal Hallo. Dann trat ich ein und begutachtete den Rucksack. Er war oben zugezogen. Ich zog die Leine locker und schaute hinein. Mich traf der Schlag. Mein Puls ging hoch, und ich schaute mich um, kein Mensch war zu sehen. Mir fiel damals nicht ein, die Leiter hochzusteigen. Denn sonst, und das weiß ich heute, hätte ich den Toten entdeckt.

Die Entscheidung fiel in wenigen Sekunden, schon hatte ich den Rucksack aufgeschnallt, ging hinaus, schaute mich um, zog leise die Türe hinter mir zu und verschwand wieder im Wald. Gott sei Dank waren die Lindners um diese Zeit im Stall beschäftigt und hatten kein Auge, was neben ihrem Hof geschah. Über einen kleinen Umweg lief ich, so schnell mich meine Beine tragen konnten, wieder nach Hause. Ich fand viel Geld im Rucksack – und in einer Seitentasche die Pistole mit dem Magazin."

„Viel Geld?"

„Ja Michael, viel Geld."

„Wie viel?", hakte Michael nach.

„Es waren dreihundertvierzehntausend Euro. Da konnte ich nicht widerstehen."

Max machte eine Pause und trank noch einmal. Michael schwieg und schaute ihn nur an.

„Ich konnte und durfte die Polizei damals nicht anrufen. In der Nacht war ich fahruntüchtig, und am nächsten Tag, als der Rucksack hier im Haus vor mir lag, war es schon zu spät. Ich habe den Rucksack und die Pistole auf dem Dachboden versteckt. Bis letzte Woche, da wurde es mir zu heiß."

Michael schwieg immer noch.

„Als der Tote dann vor drei Wochen gefunden wurde, war die Ruhe für mich vorbei. Ich war doch auch total überrascht. Mehrmals habe ich gedacht, welches Glück ich gehabt hatte. Stell dir vor, der Typ hätte noch gelebt. Na, dann würde ich mir die Sache jetzt wahrscheinlich von unten anschauen. Seitdem sitze ich auf heißen Kohlen. Und dann noch der Druck wegen dem VW Bus. Ich habe geahnt, dass es die Leute waren, die damals das Auto angezündet hatten, und meine Angst steigerte sich noch einmal. Das waren die drei schlimmsten Wochen, die ich je erlebt habe. In jeder Nacht bin ich aus meinen Alpträumen aufgewacht. Und dann habe ich gedacht, jetzt ist es vorbei. Und heute tauchst du auf und stellst mir Fragen."

„Das nennt man Lohn der Angst."

Max schaute ihn verständnislos an.

„Ein alter Film von 1953", erklärte Michael, „‚Lohn der Angst' ist der Titel. Ein atemberaubender Klassiker in Schwarz-Weiß, der aufzeigt, dass Geld die Angst wettmachen kann."

„Kenne ich nicht, stimmt aber leider nicht!"

„Nein? Du musst es ja wissen, Max. Aber warum sitze ich heute hier? Dein Ausbruch am Samstag hat mich einfach nicht mehr losgelassen, deshalb habe ich weiter recherchiert."

„Wie dem auch sei. Jetzt habe ich dir alles erzählt, was passiert ist und ich hoffe, du hast Verständnis für mich."

„Und wer hat mit der Pistole geschossen? Eine Kugel fehlt im Magazin“, fragte Michael.

„Ich war´s nicht. Die war schon nicht mehr drin, als ich sie damals entdeckt habe“, er schaute ihn hilfesuchend an. „Michael, bitte! Du glaubst doch nicht, ich hätte den Mann erschossen. Nein!“

Michael blieb ruhig sitzen und schwieg.

Plötzlich sprang Max auf.

„Ich beweise es dir“, rief er und rannte weg, kam zurück und legte einen Stoß Zeitungen auf den Tisch. „Bitte, hilf mir mit. Irgendwo muss der Bericht über die erste Pressekonferenz von Kommissar Hammer sein. Wann war das? Vor zwei Wochen ungefähr.“

Max wühlte sich durch die Zeitungen, Michael schaute nur zu. Dann hatte er das richtige Datum gefunden, blätterte zum Regionalteil und fand die Stelle, nach der er suchte. Er las vor.

„Bla bla bla ... hier steht´s! ... aber festgestellte Thorax- und Knochenverletzungen lassen auf eine äußere Gewaltanwendung durch eine Schussverletzung schließen. Es wurde eine Kugel mit dem Kaliber 7,65 im Lungentrakt gefunden, abgeschossen aus einer Schweizer Armeepistole. Diese Verletzung haben letztlich zu seinem Tod geführt. Zitat Ende. Ein Steckschuss aus einer Schweizer Armeepistole.“

Max hielt die Zeitung Michael entgegen und sagte; „Siehst du? Kaliber 7,65. Und welches Kaliber hat die Beretta? Kaliber 9! Was sagst du nun?“

„Sorry Max, aber ich musste das doch fragen. Ich glaube dir ja,“ antwortete Michael entschuldigend.

Max stapelte die Zeitungen aufeinander und brachte sie wieder weg. Er blieb eine Weile im Bad, und Michael wusste, dass er eine Karriere und ein Leben zerstören musste, wenn er seine Pflicht tat.

„Bleibt nur der Diebstahl, war das Unrecht? Hättest du den Rucksack abgegeben?“, fragte er, als er zurückkam.

„Natürlich ist Diebstahl Unrecht. Wir haben einen Rechtsstaat und sind nicht im Wilden Westen“, antwortete Michael. Er sparte sich die Antwort auf die zweite Frage auf, weil er selbst zweifelte, ob er den Fund unter diesen Umständen gemeldet und bei der Polizei abgegeben hätte.

„Du hättest dem Rechtstaat also Genüge getan?“

Nun erinnerte sich Michael an seine eigenen provokanten Thesen über den Rechtsstaat, die er Kommissar Hammer vor einigen Tagen noch entgegengehalten hatte.

Nach einer Weile antwortete Michael: „Das ist Bürgerpflicht, aber ich war noch nie in einer solchen Situation.“

Dann fügte er hinzu: „Trotzdem. Der Rechtstaat steht über den individuellen Interessen und Befindlichkeiten!“

Max lachte und entgegnete: „Der Rechtstaat hat in manchen Bereichen ja auch gemogelt. Er hat gültige Gesetze einfach ignoriert oder gebrochen. Grenzöffnungen, Bankenrettungen und EU-Gesetze, die das Papier nicht wert sind. Und dann gibt es manche Richter, die glauben, sie könnten die Gesetze auslegen, wie sie wollen, und Polizisten, die nicht in der Lage sind oder von den Politikern gehindert werden, gegen die Kinderehe, Verbrecherclans oder rechte und linke Extremisten vorzugehen. Sie alle sägen selbst am Rechtstaat und dürfen sich nicht wundern, wenn manche vom Unrechtsstaat reden. Deshalb habe ich bisher auch nie ein schlechtes Gewissen gehabt, das Geld, das die Räuber in den Rucksack gesteckt haben, vor den von Steuergeldern finanzierten Banken zurückzuhalten!“

„Um es hier bei dir zu investieren“, ergänzte Michael. Dabei machte er mit der Hand eine Rundumbewegung durch die Luft.

„Max, was du da gerade gesagt hast, das ist Opportunismus, so kenne ich dich gar nicht. Das ist nicht das Verständnis eines Beamten und schon gar nicht der Glaube grün-religiöser Überzeugung. Deine Parteikollegen würden dich steinigen, wenn sie das hörten!“

Max verzog sein Gesicht und schürzte die Lippen. „Ist mir egal“, sagte er verächtlich. „Mit denen habe ich gebrochen. Ich werde aus der Partei austreten.“

Michael war erstaunt, ging jedoch nicht darauf ein und sagte im ernsten Ton: „Max, ich muss den Waffenfund melden, sonst mache ich mich strafbar.“

„Du hast dich doch auch schon strafbar gemacht, weil du den Fund bereits mehrere Tage zurückgehalten hast“, antworte er beleidigt.

Eine Weile herrschte Stille, dann schüttete Max noch einmal einen Cognac für sich nach. Michael griff zu seinem bisher verschmähten Glas, und beide tranken ihr Glas aus, synchron, schweigsam und jeder den anderen beobachtend. Wieder trat Stille ein, sie hielten ihre Gläser noch eine Weile in der Hand, und ein Beobachter hätte meinen können, zwei Sumo Kämpfer würden sich belauern und innerhalb von Sekunden aufeinanderprallen.

Dann traf Michael eine Entscheidung. Er setzte sein leeres Glas ab, und zwar so hart, dass es fast zersprungen wäre.

„Max, ich mache dir einen Vorschlag. Vielleicht können wir einen Kompromiss finden.“

Sie saßen noch lange zusammen. Um neun bestellte Max eine große Pizza, die sie zusammen aßen. Kurz darauf formulierte Michael eine Lösung, für die Max um Bedenkzeit bat.

Um halb elf sagte Michael: „Ich gehe jetzt. Denk dran, bis nächste Woche Freitag musst du es dir überlegen. Dann entscheide ich, was ich mache.“

Noch Jahre später würde Michael an diese Pizza zurückdenken, die wie ein Katalysator gewirkt hatte. Oder wie das Schwert vor dem Gordischen Knoten. Eine Entscheidungsfindung bei einer Pizza Napoli, die den Aufruhr im Dorf wieder abebben ließ und die Bewohner von Hundesossen später mit Stolz beglücken sollte.

Der Mietwagen stand schon abfahrbereit auf dem Vorplatz von Hanses Hof. Peter hatte ihn für die Fahrt zum Frankfurter Flughafen gemietet, wo ein Direktflug nach Atlanta auf Hedi und Peter wartete. Hier bei Hanses war ihre letzte Station des dreiwöchigen Aufenthalts im Sauerland. Peter stand noch mit Reinhards Schwiegersohn draußen an der Kuhstalltüre, und sie diskutierten über die Symptome eines kranken Kalbes, das Peter aber nicht mehr im Stall begutachten und ansehen konnte, ohne seine Sitznachbarn im Flugzeug zum Naserümpfen zu bringen.

Die anderen saßen am Gartentisch unter der Linde im Garten – Elke, Barbara mit ihren zwei Kinder, Gisela, die sich ihr Heimquartier wieder im Elternhaus eingerichtet hatte, Reinhard, Hedi und Michael. Sie alle nahmen nun Abschied von einander. In zwei Wochen würde auch Michael wieder nach Hause fahren. Die Hanses hatten die ersten Tage nach dem Trennungsschock von Gisela einigermaßen überwunden, und der Rechtsanwalt hatte sie etwas beruhigt und Gegenmaßnahmen gegenüber Antons Offensive ergriffen.

In den vergangenen Tagen hatten die drei Feriengäste das Hochsauerland bereist, und Klima, Kultur und die

Schönheit der Berge aufgesogen, um sie in ihre fernen Wohnorte mitzunehmen.

Sie waren die Sommerrodelbahn in Winterberg hinabgefahren, hatten dabei gelacht und herumgealbert wie die Kinder und waren durch die Baumbestände des Eichwalds heruntergerauscht. Hedi hatte sich zuerst geziert, ihre Angst dann aber überwunden, und sich hinterher riesig gefreut.

Kurz darauf hatte sie gefragt: „Wie sieht es mit deinen Bemühungen wegen Helena aus? Du weißt, dass wir zu unserem Wort stehen. Streng dich an!"

„Ich tue mein Bestes, aber auf den Bericht im Sauerlandkurier hat sich noch keiner gemeldet", hatte er geantwortet.

Am Sonntag fuhren sie zum Flugplatz Rennefeld bei Wormbach und stiegen dort in eine kleine Cessna, die Peter zwei Tage vorher gebucht hatte. Das Wetter spielte mit, und die Herrlichkeit des östlichen Sauerlands präsentierte sich unter ihnen. Berge und Landschaften mit Grün in allen Schattierungen, die wechselnde Lichtspiele von Sonne und Wolken auf die Erde warfen, beherrschten die Sicht der Fluggäste. Dunkelgrüne Fichtenbestände, das satte Grün der Buchen- und Eichenwälder, dazwischen in den hellgrün leuchtenden Tälern verstreut die Ortschaften. Die Häuser mit ihren dunkelgrauen Schieferdächern und weißen Wänden machten das Potpourri der Natur komplett. Michael bat den Piloten am Ende der Tour, eine spezielle Route zu fliegen.

„Jetzt müsst ihr beiden mal genau hinsehen“, bat er die zwei Amerikaner, „wir fliegen die Route, die euer Vater bei seinem letzten Flug gemacht hat.“

Aus dem Lennetal hoch durch das Gleiertal bis Halberbracht, rechts zurück nach Osten und dann vor Wormbach wieder Richtung Süden zum Lennetal.

„Dort, seht ihr die kleine Häuseransammlung? Das ist Hundesossen. Und hier, genau hier, wo wir uns jetzt befinden, ist euer Vater aus dem brennenden Jagdflugzeug herausgesprungen.“

Es bleib still, alle schauten gebannt herunter auf das Grün der Bäume. Dann schaute Michael zu Hedi herüber, Tränen liefen ihr über die Wange. Doch als sie wieder auf dem Rennefeld landeten, war ihre Lebensfreude wieder zurückgekehrt.

Bis dahin hatten die zwei Amerikaner, für die Golf ein Lebenselixier wie die Luft zum Atmen war, abstinent gelebt, was den Sport angeht. Am Ende liehen sie sich eine Ausrüstung und zogen über die grünen Hügel des Schmallenberger Golfclubs. Michael hatte es sich auf der Terrasse, auf der er sich Wochen zuvor mit Hammer getroffen hatte, bei einem Obstsaft gemütlich gemacht. Nach einer 9 Loch-Runde kehrten Hedi und Peter zurück und verweilten den ganzen Nachmittag inklusive Abendessen auf der Terrasse.

Das war das Ende von Hedis Heimaturlaub gewesen, und nun verabschiedeten sie sich unter der Linde der Ferienpension Hanses. Vorher waren Hedi und Peter noch einmal bei den Birkensees gewesen und hatten Helena und ihrer Mutter Trost zugesprochen, ohne zu verraten, dass die zwei den größten Teil der Behandlung bezahlen wollten. Dann war die Zeit zum Umarmen gekommen.

Hedi saß bereits auf der Beifahrerseite, als Bauer Reinhard auf Peter zuging und zuerst sehr ernst und dann lachend fragte: „Peter, du hast doch dieses Mal auch wieder unsere Krähen besucht und beobachtet. Hast du sie gefragt, ob sie nächstes Frühjahr meine Saatfelder meiden können?“

Peter blieb ganz ernst und antwortete: „Yes, ich habe sie gefragt. Aber der Boss answered, du hast best food for them … ähhmm … die dicksten Körner auf Feld. And they like it. And sie lieben dich auch and your food.“

Dann lachte er laut los, setzte sich hinter das Steuer und fuhr los. Bald war das Auto aus Reinhards Sichtfeld verschwunden.

Michael genoss die nächsten Tage der Ruhe und war froh darüber, keine Ferienverpflichtungen mehr auf seinem Programm zu haben. Trotzdem fehlte ihm die

Nähe zu Hedi und ihre Avancen, die in den letzten Tagen immer wieder durch Bemerkungen und fast zufällige Berührungen zugenommen hatten. Nun war sie fort, und seine geheimsten Wünsche sollten ein Traum bleiben. Stattdessen machte er noch kleinere Wanderungen, kehrte hier und da ein und genoss das Essen und die Gastfreundschaft der Sauerländer Wirte. Beim Gasthaus Viel im Nachbarort probierte er zum ersten Mal Heidschnucken. An einem Abend holte Edmund vom Gasthof Hubertus einen Medoc aus seinem Keller, der schon seit 1985 auf die Genießer gewartet hatte.

Auch im Dorf schien nach dem Rückzug der Soko Backhaus Ruhe eingekehrt zu sein. Michael hörte keine weiteren Spekulationen, und die Hintergründe zum Tod des Italieners sowie zum Anschlag auf Max blieben weiterhin im Dunkeln.

Am Freitag war die vereinbarte Frist für Max abgelaufen. Sie trafen sich wieder in seinem Haus, und er willigte ein. Darauf tranken sie ein Bier und vereinbarten, in den nächsten Wochen und Monaten in engem Kontakt zu bleiben.

Epilog

Anfang Juli war auch für Michael die Zeit des Abschieds gekommen, und er fuhr mit etwas Wehmut zurück nach München. Seine Frau erwartete er am übernächsten Tag zurück. Er saugte seine Wohnung und wischte den Staub von den Möbeln, der sich in den vergangenen sechs Wochen angesammelt hatte.

Als auch Carmen zurückgekommen war, brauchten beide eine ganze Woche, um sich wieder an die Zweisamkeit und ihr Zuhause zu gewöhnen.

An einem Freitagnachmittag Ende Juli war Michael in der Küche mit der Vorbereitung des Abendessens beschäftigt, als das Telefon klingelte. Er nahm das Gespräch entgegen.

Es war Hedi aus den USA. Wie jedes Mal, wenn sie seit ihrem Sauerlandaufenthalt miteinander gesprochen hatten, spürte Michael dieses Gefühl im Magen, das er das erste Mal am Schützenfestmontag empfunden hatte. So auch dieses Mal. Nach dem „Wie geht´s, wie steht´s“ kam Hedi auf den Grund ihres Anrufs zu sprechen.

„Michael, ich danke dir für deine Investition in Zeit und Geld, die du nach meiner Rückkehr für die kleine Helena in die Waagschale geworfen hast. Sie wird es dir später sicher irgendwann danken. Die restlichen zweihunderttausend Euro sind diese Woche eingegangen. Ich habe bereits Kontakt mit dem Arzt aufgenommen und einen Termin im September vereinbart. Nun musst du die Reise für die kleine Birkensee und ihre Mutter organisieren, ich fliege dann auch nach Philadelphia und begrüße die zwei. Die sind ja noch nie geflogen und würden sich allein in den USA nicht zurechtfinden.“

„Deinen Dank nehme ich gerne an. Aber dir gilt er als Erstes, weil du die Sache auf dem Schützenfest überhaupt erst angestoßen hast. Mein Einsatz hat mich auch ganz schön Nerven gekostet, bis die Finanzierung bei den Banken in trockenen Tüchern war.“

„Kriegst auch nächstes Mal wieder einen dicken Kuss von mir“, neckte sie ihn.

Da ist sie wieder, dachte Michael, wie eine Schlange, schießt nach vorn und zieht sich dann wieder zurück. Er feixte zurück: „Wann denn? Ich kann´s kaum aushalten ohne dich.“

„Übernächsten Sommer komm ich wieder, ganz bestimmt. Kommst du auch?“

„Ganz bestimmt“, antwortete er und meinte es ernst.

Draußen fuhr ein Auto vor. Carmen kam zurück von der Arbeit.

„Ich muss Schluss machen, Carmen kommt nach Hause. Bis bald. Übrigens, es war schön dieses Jahr mit dir – und Peter.“

„Übernächstes Jahr wird’s noch schöner. Bis bald.“ Dann war die Leitung tot.

Er legte den Hörer auf und freute sich schon auf das nächste Wiedersehen mit seiner Hedi.

Am nächsten Morgen fuhr ein weißer Audi an der Ausfahrt München Vaterstetten von der Autobahn ab und schlug den Weg zum Kletterwald im Münchner Wald ein. Doch statt auf dem Waldparkplatz zu parken, fuhr er weiter über den Kiesweg in den Wald hinein. Nach zirka einem Kilometer hielt das Auto an und parkte in der Nähe eines eingezäunten Jungwalds.

Michael stieg aus und holte den Rucksack aus dem Kofferraum. Dann öffnete er die Abdeckung des Bodens im Kofferraum und holte eine Plastiktüte hervor, die er in den Rucksack steckte. Er legte den Rucksack an und ging los. Hier kannte er sich bestens aus. Er öffnete ein Gatter und schritt durch hohes Gras in die Tannenschonung hinein. Nach zirka dreihundert Metern suchte er sich eine Stelle, die ihm am geeignetsten erschien und tat das gleiche, was er einige Wochen zuvor in seinem Heimatort getan hatte, mit demselben Spaten. Als die Waffe tief eingebuddelt war und das ausgestochene Wildrasenstück die Öffnung wieder verschlossen hatte, begutachtete er sein Werk. Niemand würde vermuten, dass hier etwas vergraben war, dass fünfhundert Kilometer nördlich im Sauerland schon einmal ein ewiges Grab finden sollte.

Zufrieden mit seiner Arbeit ging Michael wieder zu seinem Auto zurück.

Ein Jahr später. Es war schon Oktober. Seit seinem letzten Besuch im Sauerland war über ein Jahr vergangen. Die Linde des Nachbarn hatte schon viel Laub verloren. Goldbraun lag ein dünner Blätterteppich darunter auf dem Rasen.

An einem frühen Montagmorgen, der Tag nach der Wahl, zog Michael seine Windjacke an, nahm das Fahrrad aus der Garage und fuhr zum Kiosk an der Hauptstraße. Hier kaufte er normalerweise seine Wochenzeitschriften. Dieses Mal wählte er jedoch ein paar Tageszeitungen aus und legte sie Franzl, dem bayrischen Vollblutverkäufer, auf die Theke.

Der schaute erstaunt auf und sagte: „Sogens amoil, Herr Schneider. Heid koan Stern, koan Spiegel? Bloos preissische Zeitunga? Westfalenpost, WAZ, Westfälische Nachrichden? Owa sunsd nimmscht du doch allewei des Süddeitsche mit, wos isn passierd?"

„Passt scho Franzl, heute lese ich mal ein paar Zeitungen von den Saupreußen", antwortete Michael und zahlte. Dann fuhr er beim Bäcker vorbei und kaufte ein paar Brötchen.

Zuhause hatte Carmen den Frühstückstisch gedeckt, was selten vorkam. Aber an diesem Morgen hatte sie Zeit, sie musste erst um zehn in der Galerie sein.

„Jetzt bin ich aber gespannt, welche Nachrichten du mitbringst", empfing sie ihn.

Er blätterte die drei Zeitungen schnell durch, suchte in den Regionalteilen und entschied sich dann für eine.

„Ich lese dir mal vor, was die Westfalenpost schreibt", sagte Michael und begann vorzulesen.

Unabhängiger täuscht CDU bei Bürgermeisterwahl

Er ist ein parteiloser Unabhängiger mit wenig kommunalpolitischer Erfahrung und war zwölf Monate vor der Wahl noch Parteimitglied der GRÜNEN. Als Chef der Städtischen Bauamtes war er nur wenigen Eingeweihten, wie Bauunternehmern und Bauherren bekannt. Dennoch ist Max Rückert im ersten Wahlgang mit 54,4% zum neuen Bürgermeister von Schmallenberg gewählt worden.

Seinen CDU-Gegenkandidaten Lutz Rieger hat er deklassiert, der erhielt nur 36,1% – und das im tiefschwarzen Hochsauerland. Der dritte Kandidat, der GRÜNE Egidius Schwarz, musste sich mit 8,5% zufriedengeben.

Der 39-jährige Max Rückert wohnt in einem umgebauten Bauernhaus im kleinsten Ort des Stadtverbunds – in Hundesossen – und ist dort Mitglied des Heimat- und Schützenvereins. Das ehemalige Mitglied der GRÜNEN/Bündnis 90 verließ die Partei vor zwölf Monaten, weil – wie er in seinem Wahlkampf immer wieder betonte – seine Vorstellung von nachhaltiger und kulturgeprägter Regionalpolitik mit seinen ehemaligen Parteikollegen nicht umsetzbar war. So trat er in diesem Jahr als kämpferisch auftretender Befürworter von Osterfeuern auf. Ein prägender Ausspruch von ihm wurde über die Stadtgrenzen hinaus bekannt: „Wenn die heute unser altes Kulturgut, wie zum Beispiel das Osterfeuer verbieten wollen, werden sie auch bald den Christbaum und den Adventskranz aus den Wohnzimmern verbannen."

Seinen Wahlsieg verdankt er nach Aussagen vieler Eingeweihter außerdem seinem bewundernswerten, sozialen Engagement, das einen Fond für schwerkranke Kinder ins Leben gerufen hat. Diesen soll er zum Teil durch persönliche Kredite finanziert haben. So soll er einem kranken, zehnjährigen Mädchen aus seiner Nachbarschaft mit der großzügigen Spende eines sechsstelligen Betrags die kostspielige Behandlung in den USA ermöglicht haben.

„Hört, hört", bemerkte Carmen, die ihrem Mann aufmerksam zugehört hatte.

„Es geht noch mit einem Kurzinterview weiter", sagte er. „Ich lese dir nur ein paar Zeilen vor."

Der Redakteur der WESTFALENPOST hatte die Gelegenheit, dem gewählten Bürgermeister bereits am Wahlabend ein paar Fragen zu stellen.

Sie sind Architekt, aber es werden sicher viele neue Aufgaben auf Sie zukommen. Wie gehen Sie damit um?

Rückert: Mein bisheriges, durch Höhen und Tiefen geprägtes Leben hat mich gut auf das Bürgermeisteramt vorbereitet. Sicher ist, dass das Amt neue Herausforderungen für mich bringen wird. Aber ich freue mich darauf.

Welche Schwerpunkte haben Sie sich für die nächsten Monate gesetzt?

Rückert: Bürgerbeteiligung ist mir sehr wichtig. Ich möchte den Rathausplatz als Begegnungsstätte beleben. Auf das erste Rathausplatzfest zur spontanen Feier meines Wahlsiegs sollen regelmäßige Feste auf diesem Platz folgen.

In Ihrem Dorf lebt ein Mädchen, das dank Ihrer Initiative geheilt wurde. Was sagen Sie zu den Gerüchten, Sie hätten sich persönlich mit einer Hypothek auf Ihr Haus verschuldet, um diesem Mädchen zu helfen?

Rückert: Was ist schon Geld, wenn es einem kranken Mädchen hilft, ein menschenwürdiges Leben zu führen ...

Michael legte die Zeitung ab und schaute seine Frau an. „Der Kerl ist gut. Halleluja!“, war Michaels abschließender Kommentar.

„In Ewigkeit, Amen“, lachte Carmen zurück. Sie stand auf. „Ich muss los und werde den Artikel heute Abend nochmal in Ruhe lesen.“

Carmen fuhr zur Galerie in die Stadt und kam gegen sechs Uhr wieder zurück. Michael hatte das Abendessen vorbereitet und vorher alle übrigen Zeitungen und auch das Internet nach Reaktionen auf den Wahlsieg von Max Rückert durchforstet.

Vor einem Jahr hatte er dem schlauen Max Rückert mit seinem Vorschlag eine Brücke ins Politbusiness gebaut. Damit habe ich damals wirklich nicht gerechnet, dachte er. Er hat aus der Not eine Tugend gemacht und das werbewirksam an seine Wähler verkauft. Nun konnten die Bewohner auf einen Sohn ihres Dorfs mächtig stolz sein, und die Depressionen nach den Vorfällen im letzten Jahr werden vergessen sein.

Michael hatte den Tisch draußen gedeckt, und das Paar wagte sich trotz der einsetzenden Abendkühle zum Abendbrot in den Garten, beide hatten eine wärmende Weste an.

Anschließend verließen sie die Terrasse und gingen ins warme Haus zurück. Sie setzten sich ins Wohnzimmer. Dort lag das Buch „Am Äquator" des portugiesischen Schriftstellers Miguel Sousa Tavares auf dem Couchtisch, das Michael gerade las. Der Roman handelte vom tragischen Leben eines Rechtsanwalts aus Lissabon Anfang des zwanzigsten Jahrhunderts, der stets die falschen Frauen liebte und in seiner Funktion als Gouverneur der Sklaveninsel Sao Tomé daran zerbrach.

Er nahm es in die Hand und betrachtete es einen Moment. Unwillkürlich musste er wieder an die schöne Zeit mit Hedi denken.

Dann wandte er sich an seine Frau und fragte: „Was meinst du? Soll ich noch einmal ein Buch schreiben?"

Carmen schaute ihn an und setzte sich mit den Zeitungen bequem auf die Couch.

„Wie? Du willst noch einmal ein Buch schreiben? So eins wie *Der Rabe des Köhlers*?"

„So eins wie letztes Mal, genau", antwortete Michael. „Ja, die Offenlegung einer Geschichte, die in Hundesossen spielt. Die Offenlegung von dem, was ich in meinen letzten Ferien in Hundesossen erlebt habe und was danach wirklich geschah."

„Du bist verrückt", meinte sie, „das kannst du nicht machen!"

„Warum nicht?", fragte er scheinheilig.

„Das würde im Sauerland ein Erdbeben auslösen", meinte sie, „und du wirst danach dort niemals mehr Ferien machen können. Außerdem würdest du eh im Gefängnis landen."

Autor

Bruno Schmidt, geboren im nordrhein-westfälischen Sauerland, gelernter EDV-Kaufmann, langjähriger Softwareentwickler und Projektleiter war beruflich und privat in vielen Ländern unterwegs. Seit ein paar Jahren entflieht er der Kälte und überwintert in Thailand.

Nach seiner geschäftlichen Karriere widmete er sich am Rande des Nationalparks in Süd-Thailand seinem Hobby, dem Schreiben. Zuerst entstand auf Anstoß seiner Tochter seine Autobiografie. Dann folgte jedes Jahr ein neuer Roman.

Bruno Schmidt

Der Rabe des Köhlers

Band 1 der Hundesossen-Reihe

Ende des 2. Weltkriegs in einem kleinen Dorf im Sauerland. Der Köhler des Dorfs erlebt mit seinem Sohn die letzten Kriegstage hoch oben im Wald neben seinem rauchenden Meiler. Unten im Dorf bereiten sich die Bewohner auf die Eroberung durch die Amerikaner vor.

Der Köhler und sein Sohn werden plötzlich in den Krieg hineingezogen, dem sie hier oben am Berg eigentlich entgehen wollten. Ein gezähmter Rabe des Köhlers spielt dabei eine entscheidende Rolle.

Sie erleben dramatische Tage, deren Ereignisse aber auch noch lange nach dem Krieg im Dunkeln bleiben und jahrelang zu Gerüchten Anlass geben.

Erst viele Jahre später kommen die verschwiegenen Vorfälle ans Licht. Und erst mit der späten Aufklärung von Geheimnissen durc einen amerikanischen Kriegsveteranen werden die Ereignisse der letzten Kriegstage für alle Dorfbewohner offengelegt.

ISBN 978-3-948496-23-4 • 312 Seiten • 12,90 €